AMORES ABSURDOS

CELSO VIÁFORA

Capa e projeto gráfico **Victor Maluhy**
Revisão **Carmen T. S. Costa**

Grafia segundo o Acordo Ortográfico da Língua Portuguesa de 1990, em vigor, no Brasil, a partir de 2009. Imagens da capa (de cima para baixo, no sentido horário): Mercado do Ver o Peso (Belém - PA), Rio Guaíba (Porto Alegre – RS), Praça do Relógio, Campus da USP – São Paulo – SP, e Chafariz de São José de Botas – Tiradentes – MG

Viáfora, Celso
Amores Absurdos / Celso Viáfora
– 1a. Edição – São Paulo
Edição do Autor

ISBN 978-85-916029-1-9
LITERATURA BRASILEIRA (ROMANCE)

2013

www.celsoviafora.com.br - viamusica.viamusica@uol.com.br
www.facebook.com/celsoviaforaoficial - www.twitter.com/celsoviafora -
Tel. (11) 99168-2787

O CD com as canções deste livro foi produzido com apoio do ProAC -Programa de Ação Cultural do Estado de São Paulo - Edital 034/2012 e encontra-se à venda no site: www.celsoviafora.com.br

Devo este romance às letras de canções, cuja prática diária de tantos anos me encorajou a escrevê-lo.

Dedico-o a todos os letristas, poetas e escritores que me ensinaram a escrevê-las.

PRÓLOGO

A razão de tanta angústia começou em 2002.

Era a campanha do deputado Avelino Gurgel para a Câmara Federal.

Conforme o prometido no encontro que tivemos no Rei das Batidas, em 2000, fui procurado para trabalhar no marketing de sua campanha, com algumas ramificações na propaganda global do partido.

Tivemos um primeiro encontro em seu escritório político, no início daquele ano.

A casa possuía estrutura muito melhor que a acanhada república onde um dia morou e muito farreamos.

Estava certo de que fazia-o por merecer.

Continuava o mesmo: logo quando fui anunciado pela secretária, fez questão de pessoalmente me buscar na sala de espera:

– Grande Antônio Terra, meu camarada!

Depois de relembrarmos as mesmas antigas lutas, o velho companheiro tergiversou por caminhos tortuosos até chegar à oferta de trabalho.

No final da reunião desabei: Avelino Gurgel estava longe de continuar o mesmo.

Eticamente, o país não se consertaria tão cedo.

Fizemos com ele o mesmo jogo que já fazíamos com todos os outros. Ou não teríamos quase ninguém a quem prestar nossos serviços.

Nove anos depois daquele dia, eu atravessava noites acompanhando na TV tudo o que se referia aos acontecimentos.

Durante muito tempo dediquei à política meu mais devotado interesse. O país mudou. Ficou melhor. A política, não. A licenciosidade com que probos e pulhas se cumpliciam fez com que eu deixasse de a ela empregar minhas madrugadas. Perdia o sono, mas era atrás de notícia capaz de sepultar o tumulto pessoal e familiar que se abateu sobre nós no dia em que alguns agentes da Polícia Federal vieram à produtora para apreender nossos computadores com a finalidade de investigar possível envolvimento da empresa no pagamento da compra de votos a deputados, ocorrida em 2004.

Não tenho talento para a prática de crimes. Não se trata das certezas que trago do berço sobre bondades e maldades atávicas. Ainda que não tivesse nenhum caráter continuaria, igual e completamente, incapacitado para o ofício de enganar pessoas: não dormiria à noite e nem nunca mais olharia nenhum dos meus amigos dentro dos olhos. Ou seja: mais incômodo que prazeres me traria o produto da ação desacertada.

Tive inteira convicção disso no dia em que conheci um legítimo e talentoso crápula. O cara tinha montado um esquema de fraudes em empréstimos no Banco do Brasil cujas vantagens eram repartidas entre ele, um político bastante graduado e o gerente da agência fraudada. Claro que a repartição do dinheiro era desigual e perversa, mas o pior era a mecânica do golpe: caso desse errado, só o gerente seria alcançado pelas provas.

Quando a casa caiu para o bancário envolvido, perguntei ao sujeito a quantas andava o seu sono. Ele, rindo, me disse:

– Perfeito como um anjo!

Definitivamente não tenho vocação para isso.

Minha mulher também não.

Daí o porquê do nosso desmedido descontrole quando os oficiais levaram os dois micros.

– Eu sempre disse que não era legal – lamentei em voz alta.

– É comigo? – ela pedia e precisava de apoio naquele instante.

– De maneira nenhuma! Talvez seja comigo, exclusivamente – minha resposta foi o mesmo que o recusar.

A ausência de amparo mútuo inoculou o primeiro vírus do prolongado silêncio que, de pouco em pouco, viria a se fazer entre nós.

Daquele dia em diante, haveria quietude em nossas palavras mesmo quando fingíamos conversar em voz alta.

Deixaram de dialogar, os nossos corações.

Parte 1

Da incondicionalidade dos amores

início do anos 1980

CAPÍTULO 1

Parece ontem o tempo distante em que acreditava na incondicionalidade do nosso amor. E era. Ao seu tempo e sob certas condições.

O festival de São Joaquim do Rio Turvo tinha terminado havia pouco e levei um baita chumbo na asa. Ganhou uma música besta. Talvez boa – ao seu tempo e sob certas condições. Nunca incondicionalmente.

Sendo claro: o tempo e as condições eram Lídia, linda e afinada, namorada do ganhador, cantora da tal música. E que me deu mole – pronto, contei.

No bar do clube, o melhorzinho da cidade e onde músico do festival pagava meia, fomos um foco só – dos nossos olhos.

Havia o ganhador mais o troféu e ela. Um em cada mão. Ela na esquerda. Eu de frente para os três. Minha retina seletiva primeiro sumiu com ele. Depois sumiu o troféu. Ficou só a Lídia, só. E eu, também, só. Depois ficamos só nós dois, sós. Até que nossos olhos se tocaram e nunca mais nos desacompanhamos.

Quando o troféu quebrou, nem vi: durante anos se manteve a mentira que tinha sido eu quem o destruiu. Também é mentira que foi na minha cabeça. Não aconteceu nenhuma das duas coisas por um motivo simples: na varanda, senti o sabor daquele beijo rápido, roubado da sua boca, depois o barulho de coisa se quebrando e mais nada que não fosse Lídia voltando correndo para a mesa, se pondo de joelhos, ao lado dele, empenhada em ajudar a recolher todos os pedaços do prêmio, já então só ferro, plástico, pino e parafuso pelo chão.

Poderia ter sido simbólico: o troféu quebrado, como o amor de Lídia pelo ganhador.

Não foi: ela voltou não somente para sua cadeira, mas, uma outra vez, para o entrelaço da sua mão esquerda – a direita agora vazia do troféu.

Quando eles se foram, restou, debaixo de alguma mesa, o que poderia ter sido a primeira noite do nosso amor: fragmentos do corpo quebrado de um confuso sentimento que ninguém recolheu.

Era a primeira metade dos anos 1980 e, no caminho à frente dos jovens artistas, havia apenas duas bifurcações principais: o pop rock e a música romântico-sertaneja.

Quem não possuísse vontade ou vocação para compor em alguma dessas duas vertentes tinha estrada menos pavimentada: havia de correr os interiores, defendendo obra sua nos festivais da canção atrás de amealhar reconhecimento e admiração pública para formar sua própria plateia e, quem sabe, um prêmio em dinheiro para se manter atuando enquanto isso não se dava.

O Brasil chegou a ter, nessa época, algumas dezenas de festivais de música espalhados, sobretudo, pelos estados de São Paulo, Minas Gerais e Rio Grande do Sul. Houve o tempo de acontecerem, pelo menos, dois festivais por mês. Alguns se faziam coincidir no mesmo fim de semana e, não raras vezes, o músico se apresentava na semifinal de quinta-feira no oeste de São Paulo, na semifinal da sexta-feira no norte de Minas, retornando ao primeiro na final de sábado para encerrar a correria na final do segundo, na noite de domingo.

São Joaquim do Rio Turvo, onde estávamos, ficava quase na divisa entre São Paulo e Minas Gerais.

Fechou o bar do clube e a gente voltou para o alojamento. Rubinato, Paulo Emílio e eu. O festival havia nos abrigado numa sala do ginásio, em colchonetes pelo chão. Não muito mau. Só o banho (depois do terceiro usuário, ficava um barro no piso de cerâmica vermelha que me fez descobrir não ter, praticamente nojo de nada, senão de pisar em lama de chuveiro). No quarto improvisado quase todos os ocupantes dormiam. Quase. Olhei os colchões onde ficaram Lídia e o ganhador e os vi vazios. Imensamente vazios. Não por causa do pano puído do forro agora à mostra, desbeiçado, sem o lençol, o xadrez da manta cor de vinho e preta, as duas mochilas e os outros sinais do casal que o habitou. Mas porque, mais que desocupados por um casal qualquer, nos colchões agora residia o vazio de Lídia e minha nova, inédita e inesperada saudade.

Rubinato se atirou na espuma rasa e dormiu ainda na queda. Antes que Paulo Emílio também se atirasse, o intimei para a saideira. Sabia que não adormeceria tendo o bafio da ausência de Lídia a mim tão próximo.

Na rua, não demorou para percebermos que era tarde demais para encontrar aberto um bar da noite e demasiado cedo para a primeira padaria que nos servisse a última cerveja.

Insistimos, contudo. Subimos até a Praça da Matriz, contornamos o clube, descemos para a estação rodoviária e nada. Apenas um desperdício de silêncio nos botecos.

Para piorar a situação, na última esquina trombamos com um bêbado em pior estado que o nosso. Apontando meu violão – que a força do hábito me fazia trazer nas costas desde o bar do clube – me pediu que cantasse Adoniran. Tentei escapar mas não deu. Acho que tenho ímã pra Exu: pode haver multidão que, nela existindo um bêbado mala, será em mim que virá.

– Toca Adoniran, cara! Depois eu vou dormir.

Sabia que não iria. Era aceder em cantar para me alugar o resto da manhã.

Paulo Emílio, muito filho da puta:

– Toca Adoniran pra ele dormir, cara! – rindo.

Só de marra, cantei uma minha – um samba paulista, meio na onda do velho mestre.

Ele ouviu em sagrado silêncio, me agradeceu, deu as costas e – cumprindo rigorosamente a promessa feita – foi-se embora, sorrindo.

No topo da ladeira, ainda gritou:

– Não é do Adoniran. Mas é bonita.

De volta ao alojamento, Paulo Emílio, antes da rendição, levantou a possibilidade do assalto ao bar que serviu o público do festival. Funcionava numa espécie de anexo, uma barraca de lona contígua à parede do ginásio de esportes.

Acomodados na própria edificação, tentamos alcançá-lo pelas internas. Nada feito: entre nosso improvisado quarto e o cobiçado bar, uma porta de ferro havia sido prudente e cuidadosamente trancada com grosso cadeado.

Restou o lado de fora. Arrancamos os cravos presos na grama, a lona e, chão adentro, rastejamos por um piso úmido e gosmento – mais nojento que o chuveiro ao fim do último banho. Lá dentro, mesmo quente, ela: a cerveja!

Sentados sobre o tampo, abrimos uma, duas... e sete garrafas até quando, bambo de sono e embriaguez, a ausência do calor de Lídia no colchonete desbeiçado passou a não ser mais que uma fisgada hipoglicêmica e anestesiada, uma dorzinha besta como a música que ganhou o festival.

Antes de sair, deixamos um dinheiro sobre o tampo do caixa, debaixo da pedra colocada para que as notas não voassem com o vento. Sete vezes novecentos: seis mil e trezentos. Porra... mas novecentos cruzeiros por uma garrafa era muita grana!

Junto com o dinheiro, escrevemos um bilhete:

– Tiozinho da cerveja: bebemos sete garrafas. Quinhentão por cada uma tá bem pago. Taí os três mil e quinhentos paus. Seu ladrão do caralho!

CAPÍTULO 2

Voltei para casa contando os dias da quinzena que faltava para o festival seguinte.

Pela relação dos classificados publicada na revista *Violão e Guitarra*, sabia que ele estaria lá. Com a mesma música. Eu iria com algo melhor. Seria, do ponto de vista musical, uma revanche. Seria mas não seria. Primeiro por nunca encarar festival como um embate pessoal. Valia como mostra do meu trabalho e, claro, naquele momento, também para ganhar uma grana e seguir vivendo do meu som. Dessa vez, no entanto, não seria uma revanche sobretudo porque o festival, o prêmio, minha música, minha obra, a Arte – essa coisa maiúscula –, tudo era mero apêndice do meu desejo por Lídia.

Ensaiei mais que sempre, não minto. Também cuidei um tantinho mais da garganta: evitei sereno, gelado... Nada pelo embate. Quer dizer, pelo embate, sim, não pela revanche. Na real? Nunca quis tanto ganhar um festival, mas para impressionar Lídia.

Me impus um excesso de tarefas para abreviar a ansiedade. O tempo, porém, se arrastou pesadamente. O ponteiro do relógio da sala parecia gastar do 0 ao 6 tanto mais que a habitual custosa subida do 6 ao 12, sem outra serventia que não fosse repetir a circular viagem muitas vezes até chegar o tempo dos meus olhos tocarem a menina dos olhos de Lídia.

Foi sorte terem ligado da gravadora precisamente nesses dias. Marcaram para uma segunda-feira a reunião no Rio. O Elektra decolou às dez horas. Era um saudoso tempo em que se oferecia uísque, cerveja, refrigerante, suco, café e água durante o voo. Escolhi um Passport porque era o mais caro. Com duas doses e três cigarros cheguei ao Santos Dumont. Pintado no painel da parede do grande saguão achei um rosto tão parecido ao dela que bem poderia ser de um bisavô carioca de Lídia.

O táxi, para me levar até à Barra, exigiu que eu pagasse a volta. Peguei o Frescão. Na gravadora, um assistente me chamou para almoçar no restaurante La Mole. Temi ser chamado para dividir a despesa. A fatura foi posta na conta da empresa. Três e pouco entrei na PolyGram para o encontro com os bacanas. Na sala de espera me distraí com subtrair os minutos que passavam do tempo que restava para o fim de semana em que estaria com Lídia.

Me perguntava com que olhos nos reencontraríamos – em silêncio de íntimo interesse ou espalhafatoso sorriso de indiferença – quando a sala se abriu. Paulo e Roberto nem esperaram que eu terminasse o breve discurso que decorei para impressioná-los. Curta e grossamente me convidaram para fazer um disco só de canções pop românticas. Por demasiada presunção, escassa idade para aceitar que arte pudesse ser reduzida a produto de maneira tão reles ou porque ainda não tivesse suficiente atrevimento para os mandar enfiar a oferta no rabo, disse que ia pensar. Peguei o ônibus na avenida das Américas, atravessei a Cidade Maravilhosa e, antes de embarcar, atirei no lixo do aeroporto o cassete com as canções que pensei em propor para o disco. Junto com ele, ficou no Santos

Dumont a oportunidade de ser companheiro da nata da nata, na Philips/PolyGram.

Já no fundo do Elektra – quase uma saleta com as poltronas em semicírculo –, acendi um cigarro e, antes de o poente avermelhar o copo do segundo uísque, voltei a achar que a vida valia a pena. Aos vinte e cinco anos, eu tinha tempo, eu tinha talento (senão não bancariam minha viagem para simples audição de uma proposta) e tinha a música que me faria voar para sempre.

Ao cabo do terceiro uísque, já não tinha mais nada senão uma saudade insuportável de Lídia.

Faltava uma semana quando me dei conta: seria de fato ela a cantora a defender a canção do ganhador? Ele não poderia, cheio de si, para não ter que dividir o prêmio, inventar de ir sozinho, prepotente e mesquinho do alto de sua vitória, desconhecendo que foi o canto dela, não sua letra besta, sobre melodia e harmonia bestas, que ganhou o festival de São Joaquim? Entrei em paranoia. Imensa paranoia. E o tamanho dessa paranoia me dimensionou a medida do meu amor por Lídia.

Faltei ao futebol na terça-feira e a rapaziada espalhou que eu não terminava um capítulo do livro da minha vida, um parágrafo sequer de qualquer discurso, sem citar seu nome. Andei, de fato, obcecado e repetitivo, mas não terminar um único parágrafo sem citar seu nome era um exagero.

Contudo, admito: com canções para compor, a proposta de um disco, uma reunião de possível patrocínio, só fiz a primeira tarefa. Ainda assim não as canções que tinha para escrever, aquela ideia nova, inusitada: só fiz canções para Lídia.

A trilha que escrevi pro balé da faculdade? Pensei na Lídia.

O tema pro filme da Dani? Pra Lídia!

A letra para o personagem da peça do Jajá? Lídia.

– Caramba, meu irmão: o nome do meu personagem é Janaína. Que merda é essa de Lídia?

A três dias eu continuava sem saber quem cantaria a música em Aruanã. Festival era como mato: nascia um a cada esquina. Soube haver um outro rolando em Minas, na mesma data. E se o Manezão tivesse resolvido abrir uma franquia de sua música besta só para ganhar festivais? E se, pior ainda, no organograma do seu imbecil franqueamento, tivesse o babaca decidido ir sozinho para Aruanã, mandando Lídia para Minas ao lado de um qualquer músico que a acompanhasse?

Restando dois dias para o festival, louco de tanto pensar nela, decidi tirar seu nome da minha cabeça. Não o pronunciaria mais e pronto! Para um apaixonado como eu, foi o mesmo que, às vésperas do concerto, um violonista roer as unhas da mão direita para conter a ansiedade – o que, também, equivale a cortar as pernas da sua execução, a alma de qualquer interpretação que fizesse.

A associação das duas situações chamou o gol contra: na noite da véspera, quebrei justamente a unha do indicador da mão direita. Um catastrófico acidente violonístico que levei na boa porque, se Lídia estivesse lá, não seria a ausência de uma unha que me cortaria as pernas da execução, nem a alma da interpretação – isso era bobagem. Sem ela, não seria uma unha que daria graça ao que quer que fosse.

CAPÍTULO 3

A PONTE DOS SONHOS

Para onde irão, depois do sonho
Benedito, Zita e Tonho?
Serafim, pra que lugar?

Esse povo bom com quem converso
há tanto tempo e não conheço
o endereço ao acordar

São José dos Becos onde está?

Como pode afeto tão bonito
por Antonio, Zita e Dito?
Serafim, como explicar?

Decifrar um sonho recorrente
noite a noite, a mesma gente
que não sei onde encontrar?

Rio das Mortes corre pra que mar?

Será que esse povo se ressente
quando acordo e todos deixam de existir
ou será que não:
antes de eu sair
todos eles vão dormir?
Sonham com quem sou ao despertar?
*(*1)*

Foi nesse tempo que começaram os sonhos. Seguidas noites. Era uma outra galera. Todos igualmente íntimos, mas outro elenco. Não conhecia ninguém daqueles com quem, nos meus sonhos, dividia com natural intimidade um outro cotidiano, outra vida com a qual, enquanto nela, o tempo corria como sendo único dentro daquela que, desperto, sabia ser um sonho que, de tão real e reincidente, passaria a existir como minha vida em duplicidade.

Não me chamava Antônio, mas João.

Acordava e não sobrava ninguém. Nem um rosto conhecido sobrevivia. Tinha outra família, outra turma, outra tribo; uma outra vida que só vivia nos meus sonos. A sandice era, no sono seguinte, como uma fita pausada, tornar a sonhar com aquele povo, tudo de novo. Numa cidade desconhecida, com ruas calçadas de pedra, muitas ladeiras e um chafariz em forma de altar, encimado por uma cruz de pedra, a imagem de um santo e três carrancas por onde jorrava a água. Uns morrotes no fundo. E noites frias, quase sempre.

A Lídia dos meus sonos era Quitéria. Quitéria que era Lídia no sentido de provocar, no feixe de sentimentos da minha outra intimidade, meu desejo e minha libido. Mas não tinha nada a ver com Lídia. Não seria Lídia nem para o Rubinato que fez regressão um tempo e achava que tudo neste mundo (ou no outro) era a memória remanescente do passado.

Quitéria que também tinha cabelo curto, um tiquinho menos bonita mas, por outro lado, sem namorado para fazer música besta e ganhar o festival. Nem tinha festival no mundo de Quitéria, claro, porque festival era coisa recente: acontecia no mundo de Lídia que cantava bem pra caramba. Por causa dela ganhou o Manezão. Mas que fique claro: chamo de Manezão não por despeito, mas porque, seu nome, me esqueci mesmo dele. Até porque perdi o festival, mas, ao seu tempo e sob certas condições, ganharia mais que qualquer certame, ganharia Lídia, como brincou Paulo Emílio, meio distraidão, ainda naquela noite:

– Sua música perdeu, mas você foi quem ganhou o festival!

Depois riu, meio que dormindo quase todo.

Quis perguntar se ele viu nosso beijo na varanda, mas a preguiça venceu. No dia seguinte, achei despropositado interrogar.

Em confusão de vidas, perguntei, naquela noite, para a galera do sonho. Mas dele nem Paulo Emílio nem ninguém participava. Serafim ouviu a pergunta e não entendeu de que beijo se tratava ou qual varanda. Mergulhado em outra completa realidade, já nem eu entendi o porquê. Desconversei.

Quitéria escutou minha pergunta e a tudo desentendeu da mesma forma. Incomodada, vi quando prendeu o dedo na janela. Não tentei justificar o que, já então, desconhecia. Sabia que, fosse o que fosse explicado, tudo pareceria estrondosa mentira.

Normal que parecesse. Mesmo a mim, enquanto João de Rio das Mortes, era suprema doideira supor haver vida afora São José dos Becos. Impossível pensar em algo ali ou além do ter que cuidar do ponto de comércio, buscar água no chafariz, viajar para a compra da mercadoria, fechar as portas do estabelecimento, acender os candeeiros, namorar Quitéria em completo sossego... De modo que pensei em fazer isso – dizer algo a Quitéria – no caminho entre o metrô e a rodoviária porque unicamente no viés da realidade conseguia pensar em interferir no outro lado. O contrário jamais. Adormecido, havia o mundo dos meus sonhos e, estando nele, minha realidade era aquela e todo o resto – no caso, minha vida real – uma completa inexistência. Mesmo os sonhos. Não me lembro que, sendo João de Rio das Mortes, tenha sonhado. Nesse sentido, a presença de Quitéria – nosso sereno amor, quase modorrento – era mais soberana que a presença arrebatadora de Lídia: porque em sonho não sonhava com Lídia como em vida sonhava com Quitéria.

No ônibus, a caminho do festival, retomei a ideia de dizer a Quitéria, caso voltasse a sonhar com ela, sobre essa sua soberania em relação a Lídia. Seria uma forma de compensá-la da pergunta estapafúrdia que fiz a Serafim sobre se houvera visto o beijo. Mas, logo quando dormi, perdi, como das outras vezes, a noção do discurso preparado. Nem sei mais por que perguntara a Serafim sobre beijos e varandas. Fora delírio. Recaída da febre, talvez. Qualquer coisa assim. Sonho, não: João, não sonho.

Acordei com o fim dos solavancos. Era tanta buraqueira, tanto salto e sobressalto no desleixo da estrada que me adaptei a eles. Quando o ônibus estacou na parada e tudo se aquietou, ficou impossível seguir dormindo.

Paulo Emílio e Rubinato desceram comigo para usar o banheiro e esticar a carcaça. A cidade não tinha estação rodoviária. Embarque e desembarque se davam em frente a um boteco cujo guichê de venda das passagens dividia espaço com o balcão de fórmica sobre o qual havia uma vitrine térmica de vidro e alumínio que oferecia ovos coloridos – a casca cozida em água com anilina –, miúdos de frango e coxinhas frias.

Na frente da birosca, sentado numa das três mesas de madeira gasta e bancos compridos, as costas apoiadas na parede, um senhor de idade incalculável, cujo chapéu tinha mais de setenta anos, se regalava.

Paulo Emílio, muito metido, resolveu mangar do velho:

– Aí, tio: bebendo cachaça, comendo torresmo e fumando você não dura muito...

A resposta foi uma aula:

– Meu filho, ói: na minha idade, eu tô na vida mais preocupado com a largura do que com o comprimento – e arrancou do palheiro uma longa tragada de fumaça azul que me deu saudade do prazer que, embora fumante, nunca tive.

CAPÍTULO 4

De cima do palco, na passagem de som, girei meu periscópio por todo o salão e não vi nem Lídia, nem Manezão, nem ninguém que pudesse defender sua música.

Não sei se timidez, medo de dar bandeira ou ambas as coisas me impediram de procurar alguém da produção para perguntar se haviam chegado. Mesmo porque o que me interessava saber, naquele momento, encontrei no jornal da cidade:

" ... Música 5: *VENTO SUL* – Intérprete: Lídia Saviolo..."

Ela viria.

Estava sujo e cansado, queria um banho e um cochilo antes do instante pelo qual respirara o ar dos últimos quinze dias.

A recepcionista do hotel correu a vista pela lista de reservas e, enquanto me dava a chave do apartamento, negou que houvesse alguma Lídia na relação de hóspedes.

Subi para o quarto, tomei um banho de pingos e capotei sem nem me importar com as avarias no molejo da cama estreita.

Antes de adormecer me liguei que em São José dos Becos não havia colchão de mola. Ainda na ponte dos sonhos, entre uma dimensão e outra, tive tempo de associar a lombalgia da incômoda viagem com o fardo de mercadorias que tive de descarregar. Pensando na minha chegada, já tarde da noite, com os caixotes de compras, revi a cena da aproximação de Quitéria para me receber com um sorriso aliviado – devido à minha excessiva demora – e um abraço desconcertante, sobretudo porque detectei uma certa desproporção entre seu afeto e minha saudade.

Alguma coisa se interpusera entre nós, como se o beijo de Lídia fora bastante para atravessar o portão das duas existências, estabelecendo um caminho por onde a voz de Rubinato, em sentido inverso, invadiria o quarto junto com o eco de seu soco na porta:

– Vamo, bicho! Ouvi no rádio que já tá na segunda música!

A minha seria a oitava, portanto, embora atrasado, não carecia me vestir com desespero.

– Tô indo na frente. Sou a sétima. Paulo Emílio vai comigo. O ratão é a quinta, assim aproveito e dou uma secadinha...

Ratão, na nossa gíria, era o cara que vivia de ganhar festivais. Manezão nem tinha ganhado tantos assim. Mas vencera o último e, pelo jeito, as feridas na pele da autoestima do velho Rubinato não haviam cicatrizado.

De todo modo, ratão ou não, a observação me despertou para o absurdo de empatar no apartamento um precioso tempo de já poder estar com Lídia.

Escolhi apressadamente a roupa de palco (das duas, a menos amassada) e saí sem perfume, quase tropeçando no cordão do tênis mal amarrado.

Do hotel ao salão do clube não havia distância. Alguns passos depois, embora pouco nítida, dava para ouvir a canção que estava sendo executada. Era do Ataulfo, ótimo compositor do interior de Minas. Pelos meus cálculos, a quarta da noite.

A vinte passos percebi uma movimentação estranha. O alvoroço trombou comigo ainda na calçada: algumas pessoas tinham a cara do pânico estampada na pele pálida.

Quando soube do ocorrido, devo ter estampado na cara zilhões de vezes mais pânico e palidez. Meu chão faltou: o ônibus que vinha de Porto Alegre tinha batido a dez quilômetros da entrada da cidade. Alguns passageiros se machucaram feio. Havia músicos nele. Lídia era gaúcha.

Ainda tonto, ouvi o apresentador chamar a próxima canção e corri para o interior do salão, subindo os degraus do hall de entrada em desespero.

Ao avistar o palco chorei de alegria, escondido no escuro, com todas as lágrimas de que dispunha naquela hora e mais um tanto que emprestei de todo o sempre. Sim: era ela. Um pianista, um percussionista e Lídia. Sem o Manezão que foi para Minas, onde o prêmio era um pouco maior.

Sentindo bater no tampo da cabeça o coração, tive a certeza, escancarada pela ameaça assustadora de perdê-la, de que nunca mais veria o indescritível, ouviria a palavra seminal de todas os poemas ou tocaria a face da felicidade se não fosse ao lado dela.

Divertido com a falta de espaço onde acomodar tamanho contentamento, assisti Lídia brincando de dizer, acima e adiante de todas as músicas, as palavras bestas de uma canção mais besta ainda, com a voz que antes nunca cantor algum tivera a presunção de tentar emitir; voz – aquela única – que o compositor almeja para sua obra no mágico primeiro instante da criação (o mais próximo da perfeição ou menos longínquo da estupidez, dependendo do que virá a ser aquela massa sonora ainda disforme com que um artista modelou sua nova canção), a hora em que tudo se sublima e mesmo o mais chinfrim dos criadores, naquele exclusivo instante, dá-se a permissão de considerar a possibilidade de se ter tornado gênio, ainda que, no dia seguinte, ao acordar e reouvir a obra, tenha dela a certeza de tratar-se de uma inteira e irremediável bosta.

Indiferente ao encantamento com que eu a assistia, Lídia só via o todo. Só tinha olhos para todo mundo. E eu, ao pé do palco, só desejava um souvenir, um fragmento do olhar com que seus olhos nunca me focavam: "Olha pra mim, Lídia dos meus tudos...". Sabia que seu olhar, mesmo desatento assim, haveria de fazer brilhar minha pupila como jamais o lume de canção alguma. Mas, não: Lídia cantava encarando o público no jogo de convencê-lo, com palavras bestas de uma canção mais besta ainda, que festivais são besteira; teatros são besteira; aquela noite era besteira; música, poema, acorde, nota de canção, ingresso; a cerveja comprada só depois de infinitos tempos na fila do caixa; a falta d'água na pia do banheiro; o caderninho com as canções concorrentes; o ator famoso do júri; o carro novo lá fora, sujeito a ter a pintura riscada pelo canivete dos moleques que cobraram para tomar conta dele; a prova na faculdade; o emprego; a conta do açougue... tudo, enfim, daquilo que pudesse ser a vida das demais pessoas era besteira perto de sua canção ao mesmo tempo besta e maravilhosa.

Depois do último acorde, fechei os olhos e esperei o estrondo da consagração que haveria de coroar o deslumbramento inexplicável daquele momento.

Um assoviozinho anêmico, meia dúzia de sinceras palmas, um numeroso aplauso burocrático e a música acabou sem merecer nem vaia.

Como assim? Olhei ao redor e tive a sensação de que, ainda antes de os músicos desplugarem seus instrumentos, sua canção havia deixado o palco.

CAPÍTULO 5

– Me assustei. Pensei que você vinha naquele ônibus – foi a primeira coisa que disse a ela no bar da praça, enquanto aguardávamos o resultado sobre quais músicas seriam as doze classificadas para a grande final do dia seguinte.

Lídia deu um sorriso tão introspectivo que me pareceu estampado na moldura do céu da boca, não nos lábios. Alegria pelo meu interesse? Desdém? Não decifrei.

– Cheguei cedo. Vim de São Paulo. – Achei ter percebido ternura nas suas palavras, nem tanto amor, mais uma espécie de agradecimento pelo cuidado demonstrado para com ela.

Checando os horários, concluí que viríamos no mesmo ônibus, caso Paulo Emílio e Rubinato não tivessem me convencido a trocar minha passagem para viajarmos juntos.

Pensei em dizer isso a ela, mas achei desimportante.

Pensei em fazer prosa poética da minha tristeza diante do colchonete que ela deixou vazio na última noite de São Joaquim, mas achei prematuro.

Pensei em contar da minha aflição em saber se seria ela quem defenderia a música do Manezão, mas achei infantil.

Pensei em contar da letra que fiz para a peça do Jajá, onde Janaína virou Lídia por culpa dela, mas achei temerário.

Pensei em confessar sobre a trilha do balé da faculdade, o tema pro filme da Dani, enfim, escancarar o jogo sobre como a coisa pesou para mim nas duas últimas semanas, o ar se rarefez, a comida custou para ser triturada, dizer da aridez que virou o chão da minha garganta, revelar a estatura da minha saudade... mas eu, que já fui bom nisso – mesmo não sendo genial, é certo –, tropecei em todos os silêncios até dizer:

– Quebrei a unha.

O estranho é que deu certo: ela me pediu a mão para medir o estrago. Estiquei o braço e Lídia agasalhou minha palma com seus dedos, deixando livre apenas o polegar com o qual roçou a pele da extremidade do meu indicador à procura da unha dilacerada.

Teria ficado assim por toda a noite, caso não viessem chamar os concorrentes para a leitura do resultado.

Menos por esperança com a sorte da música que defendia do que para se descomprometer do arrependido gesto de me tomar pelas mãos, Lídia correu para o teatro a tempo de constatar o que já sabia: o festival tinha acabado para ela.

Recebi os cumprimentos pela classificação ainda na escadaria do prédio para onde também corri, no rastro dela. Mesmo lugar onde encontrei Paulo Emílio, também ele excluído do certame:

– Paulo Simões? – perguntei.

– Paulo Simões, claro!

Era o código para me responder que a frustração da derrota não o faria perder a elegância. Menção ao compositor Paulo Simões (*) e sua precisa definição daquela constrangida situação: "Perder festival é que nem o filho apanhar do colega na escola. A gente quer bater em todo mundo mas não pode".

(*) Paulo Simões, poeta e compositor, nascido carioca mas residente em Campo Grande (MS), autor de sucessos como "Trem do Pantanal" (parceria com Geraldo Roca), sucesso na voz de Almir Sater, com quem compôs "Comitiva Esperança" e "Sonhos Guaranis", entre outras.

Continuei subindo as escadas atrás de Lídia até ser puxado pelo braço. Era o repórter da rádio local querendo um comentário sobre "a emoção da passagem para a final", a "minha esperança em termos de resultado" e outras obviedades a quem culpam o ouvinte por perguntar sem a mínima comprovação de que esse pobre ouvinte tenha, de fato, interesse em discurso tão manjado.

O certo é que, por culpa ou não do ouvinte, perdi Lídia naquele instante.

Passei no Sambadão, no Pop's e na Abadia – os três pontos de encontro da cidade – e nada.

Percorri a pé diversos caminhos até voltar à praça em frente ao teatro, onde havia um conjunto de barracas de sanduíche, e nada.

Na barraca do "Seta" (um corinthiano risonho cujo apelido trazia da escola por conta de ter uma orelha normal e outra de abano – a da esquerda –, que lhe valeu ser conhecido como "Seta-Pra-Esquerda", alcunha depois abreviada para a atual) soube que uma galera tinha ido para a casa da Regina, uma das produtoras, onde haveria cantoria e boca-livre.

Cheguei mesmo sem ter sido formalmente convidado e custei para constatar a falta de Lídia na balbúrdia da casa toda.

Antes de partir fui obrigado a tocar uma canção antiga, tida como meu maior sucesso e pela qual já tinha perdido o interesse – a despeito daquele momento em que canção nenhuma inspiraria o menor empenho e importância.

Fiquei um tempo na porta da casa da Regina, onde alguns músicos fumavam um baseado, buscando na memória o inexistente lugar onde, afinal, esperava encontrar a mulher que vinha fazendo daquela e todas as outras noites – assim como cada instante daqueles dias – uma sucessão de procuras.

Não encontrei o lugar. Fui encontrado pelo Paulo Emílio, que retornava da rodoviária onde não havia conseguido assento no ônibus para voltar naquela mesma noite para casa. Chamei-o para caminhar pela cidade vazia – também pela conveniência de acalmar um princípio de revolta contra o júri escancarado por sua visível bebedeira.

– Jurados de bosta. Bando de bunda-mole!

Tirei-o dali não a tempo de evitar que dois deles o ouvissem no momento em que deixavam a casa da Regina.

Paulo Emílio seguiu botando abaixo a credibilidade dos julgadores para uma centena de estrelas e uma luazinha minguante que nos faziam companhia:

– Duas professoras de música. Que porra uma professora de conservatório entende de música inédita? Parou em Bach. Debussy, no máximo.

– Esquece, Paulão... Lembra do Paulinho Simões.

– Paulo Simões que se foda! Ele e a máxima que inventou. Queria mesmo era dar porrada naquele ator bichona que desclassificou minha música! Aposto que foi ele quem deu pau na gostosa da Lídia. Ai, caraca, ia me esquecendo: ela estava na rodoviária. Pediu que eu te entregasse esse bilhete.

Arranquei a mensagem da sua mão e li cada palavra como quem puxa o ar após um surto de apneia.

No final, como um desistente, cortei caminho até o hotel, empurrando um Paulo Emílio completamente bêbado, inconveniente e inconformado com sua inteira incapacidade em tomar ainda um gole que fosse.

Sozinho no quarto, reli as frases atrás de achar um segundo sentido onde, definitivamente, não havia:

Antônio,
Me perdoa sair sem despedir. Conseguimos vaga no último ônibus.
Foi um jeito de diminuir despesas já que não classificamos.
Fiquei triste com o resultado mas já passou.
Talvez seja até melhor sair assim, menor o constrangimento.
Boa sorte. Torço por ti e acho sinceramente que esse festival é teu.
Te cuida. A gente se encontra.
Beijo, Lídia

CAPÍTULO 6

Embora magoado com sua repentina partida, não consegui me desfazer de suas lembranças. Perdi dois quilos numa quinzena e a vontade de viver para o restante do que não fosse tramar um jeito urgente de ver Lídia, saber seu endereço, descobrir seu telefone.

A vitória no festival me rendeu o convite para apresentar a canção no programa *Som Brasil*, da Globo. Foi ótimo, mesmo tendo brigado com um dos produtores porque se dava infinitamente mais importância do que possuía (me chamou de moleque por não ter feito a barba, sem se dar conta de que não me escanhoei porque, sendo o último a passar o som durante a tarde, fiquei sem tempo de voltar para casa).

Durante a apresentação não deixei de pensar sobre se Lídia me veria de Porto Alegre ou, ao contrário, se chegaria tarde de alguma balada, deixando de acordar no domingo de manhã para ligar a TV. Na dúvida, cantei bem pra caramba.

Por outro lado, os sonhos continuavam renitentes, em rigorosa sequência de fatos, como novela. Minhas duas vidas em paralelo.

Tenho uma maneira peculiar de reagir ao nervosismo, antes de uma apresentação importante: sinto o mais profundo cansaço, um sono despropositado que me leva a adormecer com facilidade. O mundo vindo abaixo nas coxias, revirado pelo alvoroço do pessoal da produção, e eu simplesmente ressono.

Não foi diferente no camarim da Globo: adormeci e sonhei tocar tambor no congado. Trajava uma bata de tecido cru, calça branca e um colar grosso de contas negras atravessado sobre o peito. Havia uma fogueira que nos aquecia e afinava os couros. Me ocupava em forrar a ponta das duas baquetas com algodão e pano para abafar o som, quando reparei na pele das minhas mãos: eu era negro em São José dos Becos!

Como dava a toda essa sucessão de sonhos a mesma nenhuma importância que dou à cor da pele, não sei precisar se, neles, sempre fui negro ou se passei a sê-lo depois daquele dia. Sei apenas que, doravante, jamais deixei de ser.

E como tocavam as minhas mãos negras!

Ao despertar, deixando de ser o negro João, eu, Antônio, no primeiro instante parecia recordar claramente os códigos todos: a mecânica dos movimentos, a intensidade da força com que percutir o couro do tambor, as diversas diferenças de agilidade com que mover os dedos.

Emocionado, corria para o instrumento e já, no entanto, havia perdido o encantamento e a habilidade.

Sem saber ao certo quando seria o próximo encontro, a insubstância de vida que havia na ausência de Lídia me fez, naqueles quase dois meses, desejar viver mais no sonho que na realidade, como se só ao dormir a vida se materializasse. Ao adormecer os sentidos, ganhava destreza para tocar os dois: vida e tambor de Reis. Desperto, perdia a leveza da alma e dos músculos.

Nunca houve dia nos meus sonos e, então, passou a também não haver trabalho. Só folguedo. Varava noites tocando sob o olhar de Quitéria, que continuava com os cabelos curtos e um tiquinho menos bonita que Lídia quando não dançava. Ao girar no terreiro, com um turbante colorido na cabeça, Quitéria transcendia: passava a ser aquela negra maravilhosa por debaixo da bata colorida que lhe cobria o corpo inteiro, e, negra, já não era um tiquinho menos e nem mais bonita que Lídia. Não havia comparação nem parecença. Era inteira Quitéria.

Passei a me divertir muito mais com o tempo do sonho que com a vida real. Como se a primazia das existências se invertesse. Eram bonitos os festejos. Como a primeira noite de que me lembro ter dançado com Quitéria. Nem sei qual a festa. Sei que meus pés, tronchos e duros, ao virarem os pés de João de Rio das Mortes, ganharam asa. Passei a sentir como se, de repente, todos os feixes, fibras, nervuras, ligamentos, impulsos, conexões e ramificações cerebrais finalmente se fizessem entender pelas minhas pernas, de modo que todos os movimentos comandados eram não apenas reproduzidos como, no último instante, aprimorados com um negaceio, um trançado, uma tirada de lado. Via o olhar em transe das pessoas e ria de seu alumbramento. Eu, que sempre ri de mim mesmo – dos muitos desengonços que fazia caber em tão poucos passos –, agora ria em êxtase. Ria soberano. Sabia que sobre os pés de João de Rio das Mortes não tinha pra ninguém.

E foi assim, sobre os pés de João de Rio das Mortes, que segui por toda a noite rodopiando sobre o chão de pedra do calçamento uma e duas e cem vezes, cada giro com mais velocidade, assistindo triscar minha retina o facho das lamparinas da iluminação pública até formar um único borrão de luz amarela e depois a lua e depois estrelas e depois o teto que virou o lustre que acendeu a lâmpada ganhou os olhos, o nariz e, por fim, a boca do meu pai que dizia algo fora de propósito como:

– Acorda que vai começar o programa da Globo.

CAPÍTULO 7

Sentados à mesa da sala, ouvíamos o jogo pelo rádio. Meu pai, os olhos no jornal e os ouvidos na transmissão. Eu fingindo estar no rádio, mas a atenção voltada para uma certa pessoa numa rua incerta de Porto Alegre.

Com minha cabeça entre Auxiliadora e Moinhos de Vento tomamos o primeiro gol. Da Independência ao Bonfim empatamos. No Parque Farroupilha viramos para 2 a 1.

Procurava nos bares da Cidade Baixa quando minha mãe chamou:

– Telefone, filho!

– Tô ouvindo o jogo. Diz que não tô.

– Já falei que você estava.

– Quem é?

– Uma tal de Lídia.

– Quem? – o tamanho do espanto dimensionou a altura do meu grito.

Atendi no quarto.

– Tu tava muito lindo no programa!

Pensei em dizer que cantei apenas para ela, mas achei ingênuo.

– Então você viu...

– Claro que vi. Não te perderia de jeito nenhum.

Pensei em repetir o samba do Lupicínio que ficou girando no disco da minha cabeça por todo o caminho solitário das ruas que imaginei passear com ela naquela madrugada em Aruanã, mas achei inoportuno.

– Não falei que tu ia ganhar?

Pensei em contar que perdi o prumo e a graça na noite da sua partida, mas achei impróprio.

– Você ficou triste com a perda do festival? – desconversei.

– Com o festival só na hora. Fiquei triste por aquele idiota.

– Como assim?

– O compositor, teu amigo – evitou pronunciar o nome.

– Meu amigo?

Pensei em confessar que sempre chamei o idiota de Manezão, mas achei prepotente.

– Deixou meio no ar que perdemos por minha causa.

– Sua causa? – Recordei a letra besta, sobre melodia e harmonia bestas.

– Deu um jeito de dizer que com ele a música nunca perdeu.

– Que cara maluco!

– Tu vai pra Santa Rita? – ela quis saber.

– Claro! Fica tão perto de você...

– Nem tanto... – e deixou o silêncio se adensar. – Ele vai sem mim dessa vez.

Pensei em pedir que ela fosse de toda forma, mas achei presunçoso.

– A briga foi feia, então.

– A gente terminou.

Pensei em tirar da viola um samba do Paulinho, mas achei que ela não entenderia um samba naquela hora.

Permanecemos quietos por um espaço grande de tempo. Gigantesco para o preço da tarifa de uma ligação interurbana, naquela época. Ela tentando descobrir a minha reação. Eu tentando ocultar.

Desconversei de novo:

– Como você descobriu meu telefone?

– Vi no programa. Deram o número da produção. Liguei e já era a tua casa.

Percebi a abertura de uma certa distância ou constrangimento com minha falsa indiferença pelo fim do seu namoro com o Idiota. Me arrependi de tantas desconversas.

Pensei no desfazimento de todas as minhas defesas: confessar que perdi dois quilos, a alegria do prêmio, o jogo de hoje, a felicidade das coisas, a vontade de viver para o que não fosse descobrir seu endereço, seu telefone, seu rastro, seu paradeiro... Tropecei nas palavras para, só enfim, dizer:

– Preciso ver você.

Ficou um silêncio.

– Também preciso.

Ouvi o Big Bang.

CAPÍTULO 8

Tinha até me esquecido como era beijar a boca da felicidade.

Decidi pôr fim à aflição de meu pai:

– Nunca!

– É mesmo, meu filho?

– Mesmo! Nunca amei uma mulher dessa maneira.

Ficou me olhando que nem uma moeda: a cara, emoção; coroa, um certo medo de que me machucasse. Não sei se lançou a sorte no ar de si mesmo. Sei que deu cara: com emoção, abriu um champanhe. Minha irmã não estava e minha mãe não quis. Matamos o espumante excessivamente doce e ficamos igualmente bêbados.

O terraço do prédio tinha uma mesa de sinuca. Nossas íntimas conversas sempre se davam em torno dela. Adorávamos o jogo. Creio que éramos os únicos em todo o prédio. Com o tempo, a sinuca também passou a ser uma forma de estarmos apenas os dois, sem necessidade da expressa exclusão do restante das pessoas.

Depois de quase furar o pano, ainda embriagados, fomos para o fundo do pavimento onde havia um banco de cimento recoberto com tábuas de madeira. Em pé sobre esse banco, o muro batia na altura do peito. Supostamente entretidos em tragar nossos cigarros, permanecemos um longo tempo olhando a cidade.

Na silhueta dos prédios, meu pai enxergava a São Paulo dos seus vinte anos enquanto eu tentava imaginar como seria Porto Alegre.

– Contei pra você da Giulia? – perguntou de repente.

Como sempre imaginei, tinha lá suas histórias de amor para confessar. Nunca soube se foram muitas. Naquela noite ficou apenas em Giulia, a italianinha de beijos roubados no salão dos clubes Piratininga e Espéria. Mudou-se para Belém ("quase um outro planeta, naquela época!") e nunca mais deu notícia.

Terminou seu romance sem mágoa do que não viveu:

– Que nem Giulia, só amei sua mãe.

Acho que foi sincero, embora, não tendo sido, sei que a mim jamais diria.

A história me fez entender como alguém com tanto desdém pela música instrumental ("É música manca: falta a letra", dizia sempre) podia permanecer horas e horas ouvindo a Orquestra de Glenn Miller. Era sua juventude que ouvia rodar no vinil, não os arranjos do maestro.

Descemos a tempo de ver os gols do *Fantástico*.

Fui para a cama com a boca amarga do champanhe duvidoso.

Precisava ver Lídia. Encontrei o sono ainda ouvindo sua voz repetir a melhor confissão que ouvi na vida: "Também preciso".

Uma centena de vezes.

– Também preciso dormir, João. Dançamos demais...

O batuque tinha terminado. Só a bandeira ensaiava passos no topo do mastro.

Depois de deixar Quitéria na porta de sua casa, tomei o rumo da ladeira que me levaria ao fundo do armazém, onde ficava meu quarto. A festa ainda estava posta sobre as ruas, mas, pouco a pouco, as coisas adormeciam na medida em que se rarefaziam as pessoas.

Em determinado ponto do caminho diagnostiquei uma despropositada melancolia na alma, sem procedência reconhecível, como o primeiro espirro antes de a gripe se instalar. Para tentar dissipá-la, resolvi alongar o caminho dando a volta pelo largo, a casa do padre e a Igreja de São João. Parecia haver urgência na procura que fazia de algo, mesmo a mim, indecifrável, um obscuro amor desesperado por uma mulher indefinida que no entanto era Quitéria, no sentido de provocar, no feixe de sentimentos de minha intimidade, idêntico desejo e libido. Mas que não tinha nada a ver com Quitéria porque já era Lídia no reflexo do espelho iluminado por uma frincha de sol.

Acordei sobressaltado em ter sabido que Zita, sua mãe, passou a cobrar de Quitéria uma posição mais urgente quanto ao nosso futuro. Empregado no comércio de Serafim, sem um catre decente para dividir com ela, não via saída imediata para a obrigatória solteirice das nossas vidas.

A verdade é que, entre a Lídia que precisava me ver e as angústias de Quitéria, senti generoso alívio por amanhecer bem longe de São José dos Becos.

Faltavam onze dias para a viagem até Santa Rita. Havia tempo para convencer Lídia a viajar mesmo dispensada de cantar a música do Idiota.

Resolvi esperar dia nenhum:

– Se você não for eu também não vou! – mandei de cara, assim que reconheci como sua a voz sonolenta ao telefone.

– Ir para onde?

– Santa Rita.

– Eu vou, Antônio.

Nunca pensei que seria tão fácil convencê-la.

CAPÍTULO 9

Era longe: vinte e duas horas de viagem, mil e duzentos quilômetros. Saímos na quinta-feira cedo, um pouco antes das dez, para chegar às oito da manhã seguinte.

Estranhos ao Rio Grande só Paulo Emílio; Jair, do Espírito Santo; Ataulfo, de Belo Horizonte, e eu. Por questões de economia, montamos uma única banda para acompanhar as quatro canções. Com isso – e a boa ajuda de custo – evitamos o desconforto do alojamento. Ficaríamos no Hotel Régia, o melhor da cidade.

Para o trecho em que a viagem se tornasse pesadelo, o velho Rubão, amigo médico, nos forneceu a receita de Rohypnol, pesado tarja preta, indutor do sono.

Escolhemos, estrategicamente, as oito poltronas do fundo, fizemos uma vaquinha e, nas primeiras dez ou doze horas, até que caísse a noite, transformamos o ônibus num bar que anda.

Logo no primeiro sexto da viagem, o enorme sucesso do uísque fez do nosso estoque um imenso fracasso: as quatro garrafas de Teacher's, compradas para resistir aos oitocentos quilômetros até Chapecó, secaram antes de Registro, a menos de duzentos, ainda em São Paulo.

Na parada para o jantar, em Curitiba, reabastecemos.

Em União da Vitória, reabastecemos novamente. O conhaque tinha nome de santo e gosto de remédio, mas, na verdade, era um veneno dos diabos.

Na madrugada, Paulo Emílio e Jair apelaram para o Rohypnol. A mim, a mistura do álcool que trouxemos mais o que compramos pelo caminho bastou. Colei o rosto no vidro da janela, reparei nas nuvens carregadas, no perfil montanhoso da serra de Santa Catarina, no abismo que ladeava a estrada e apaguei.

Não visitei Quitéria. A chuva acuou as pessoas em casa. Era já o terceiro dia e o aquaduto, nos fundos do chafariz, estufado como um porco, ameaçava romper pelas encostas. A insistência do aguaceiro agravava o descuido da cidade, descascando a parede do casario e fazendo crescer o mato ao pé dos muros e nas fissuras das pedras do calçamento.

O leito das ruas, um mosaico de lajotas grandes e mal assentadas, dificultava o trânsito mesmo na seca. Com aquele dilúvio, nenhum veículo chegaria a canto algum sem grandes riscos. Com isso, o comércio, já escasso, amofinou.

Sem trabalho, namoro ou outra qualquer ocupação, faltou animação até para a criação de novos passos de dança, o divertimento que eu e Quitéria elegemos como nosso preferido naqueles tempos. Antes de dormir, pensava em quantos dias ainda passaria debruçado no balcão à espera da inexistente freguesia.

De repente, ouvi o estranho estrondo bem abaixo das minhas pernas, o tranco da brecada e um barulho intermitente de ferro batendo em ferro.

Necessitei de algum tempo para entender onde estava. Vi a linha contínua pintada no asfalto na hora mesma em que ouvi as pessoas começarem a gritar em desespero diante da proximidade do precipício e a visível dificuldade do motorista em controlar a direção e evitar o salto no vazio.

Ziguezagueamos no asfalto como um animal baleado durante longos segundos de angústia e pavor.

A falta de outro veículo naquele trecho e momento, mais a perícia do motorista, evitaram o pior.

Atordoado de sono e medo, só compreendi o acontecido depois de o ônibus ter sido dominado e estacionado enviesadamente no estreito acostamento: numa curva, no topo da serra, o pneu traseiro direito havia literalmente explodido e o aço esgarçado de sua estrutura interior batia assustadoramente, a cada giro da roda, na ferragem do para-lamas, logo abaixo do meu assento.

Foi sério. Por muito pouco não desabamos ribanceira abaixo.

Com o susto, enquanto o pobre motorista trocava sozinho o pneu estragado, refizemos o conceito sobre o conhaque vagabundo e a metade desprezada da garrafa acabou disputada a tapa.

Foi custoso dormir novamente, mesmo com o ruído da chuva caindo no mundo das minhas duas existências.

CAPÍTULO 10

O incidente atrasou em uma hora nossa chegada a Santa Rita. O sol nasceu no meio do campo de soja e ainda levou tempo até cruzarmos o portal da cidade.

O hotel era vizinho à estação rodoviária.

Os apartamentos eram duplos. Ficamos, Paulo Emílio e eu, no segundo andar, de frente para a rua.

Tudo o que queríamos era um banho. Perdi a vez no par ou ímpar. Cansado, para adormecer foi só o tempo de cerrar a cortina. Quando meu parceiro de quarto, toalha na cintura, veio me avisar que o chuveiro estava vago, só consegui tirar o tênis e seguir desacordado.

O telefone tocou ao meio-dia. Alguém da produção nos chamava para efetuar o pagamento das ajudas de custo – além dos polpudos prêmios, os maiores festivais também ofereciam uma quantia em dinheiro para auxiliar nas despesas.

Joguei uma água no corpo e desci.

Em frente ao elevador, no saguão do térreo, Marilda, uma recepcionista com a cara da Xuxa, fazia divulgação de uma nova marca de cerveja. Soubemos que seria servida de graça no hall do hotel durante os três dias do festival. Senti, de imediato, que aquilo não ia dar certo: já ao redor da moça havia dois chavequeiros, três bêbados e quatro bêbados-chavequeiros.

Na porta do teatro havia uma choupana de madeira patrocinada por uma indústria ervateira que servia chimarrão aos participantes. Foi a primeira vez que provei o mate. Adorei, sobretudo, o ritual. Tive a intuição de que o hábito seria irremediavelmente incluído em meu cotidiano. Imaginei sugar a bomba depois de Lídia para o resto dos meus dias. Seria uma forma de beijá-la por tabela.

Teria preferido não ter pensado nisso: quem me precedeu na roda foi Vítor Mateus, um gaúcho enorme, de gestual brusco e fala rústica. Um ótimo compositor de canções nativistas, mas péssimo modelo de pessoa para se imaginar beijando na boca, mesmo indiretamente.

Demoraria para receber a cuia de mate da mão de Lídia: uns atropelos de última hora a fariam chegar apenas no domingo. Me comoveu pensar nela viajando quinhentos quilômetros para estar comigo um único dia.

A roda de chimarrão me rendeu uma vaga na pelada do final da tarde. Jogo bruto. Quase arriscado para um violonista. Sete times na espera. Quase meia hora de um jogo para o outro. Quem ganhasse, ficava no campo. O perdedor voltava para o fim da fila. Músico ou não, ninguém aliviou. Saí ileso: no dedo e na artilharia. Perdemos de 2 a 0. Não havia mais tempo nem paciência para aguardar a próxima partida.

Fui a sétima canção da noite. Minha voz ficou um pouco baixa na hora da apresentação. A banda arrasou. Fui bem com o público. Gostaram, sobretudo, dos trechos mais campeiros, como em:

Isso já faz quantos anos?
Tanta gente eu nem mais vi
manos velhos, meus hermanos
em que mate amargo eu os perdi?

Ataulfo deu-se mal: o som terrível, a música dessintonizada com a plateia; não era a sua noite. Coisas de festival. De toda forma, o resultado só sairia na manhã de sábado. Se passasse, a final seria no domingo. Com Lídia ao meu lado tudo estaria ganho – mesmo que perdesse no voto do júri.

Na sexta-feira, sem função, passei a tarde no hall do hotel, provando a nova marca de cerveja. Éramos doze, os constantes. Permanecemos nos sofás da entrada do prédio cantando e ouvindo nossas canções inéditas. Virou festa. Mais de cem pessoas passaram para beber ao menos um copo. Naquela altura, Marilda já tinha virado Mari, já havíamos descido as taças de vidro dos quartos para não ter que beber no minúsculo e ridículo copo de plástico com a logomarca da cervejaria, e o estoque da caixa de isopor já havia sido renovado diversas vezes.

O Idiota chegou naquela manhã para defender sua música. Provou a cerveja, fez um gracejo para a Mari e saiu sem conversar com ninguém, o Idiota.

Ficamos até às sete. Naquela altura, Mari já tinha virado apenas Má.

À noite, embriagados, fomos assistir à última eliminatória do festival.

Paulo Emílio cantou uma canção campeira. Achei que foi bem. Jair um pouco menos.

No final, a organização ofereceu um churrasco num galpão do Parque de Exposições. Ficava num bosque. Enquanto as árvores acresciam rigor ao frio, o fogo de chão aplacava.

Na noite seguinte, todos cantaríamos nesse mesmo parque para os acampados: uma barraca atrás da outra, uma churrasqueira à frente de cada barraca.

Voltei de carona, na carroceria de uma caminhonete. Meu pesado casaco de lã pareceu um filó furado perante o vento.

Sábado cedo os jurados se reuniram e escolheram as doze finalistas. Eu e Paulo Emílio estávamos entre elas. O Idiota também. Ataulfo e Jair não. O mineiro comprou a passagem de volta para a mesma noite. Jair ficou para a festa.

No hall do hotel, Má, a Xuxinha, passou a oferecer uma única garrafa de cerveja por pessoa. "É ordem do chefe...", explicava constrangida. O fabricante não deu conta da nossa sede.

Depois do almoço fomos ao Parque de Exposições ver a festa das famílias acampadas. Muita gaita, violão, cantoria, chimarrão, beberança e, claro, churrasco – muito churrasco. A fumaça dos braseiros cobria toda a área das barracas.

Foi lá que o Paulo Emílio roubou a igreja – ou impediu que ela o roubasse – na maior cara dura.

A paróquia do Sagrado Coração de Jesus montou uma roleta no meio do parque. Você tinha uma em três chances de ganhar: apostava num clube e a agulha podia parar na casa do Grêmio, do Internacional ou na bola preta. Resolvemos assistir aos jogos e percebemos que, na primeira rodada, sempre o apostador ganhava. Incentivado pela banca, dobrava a aposta e, invariavelmente, ganhava de novo. Desafiado a redobrar o lance e tentar a sorte uma terceira vez, na absoluta totalidade das vezes perdia. Vimos isso repetir-se cinco vezes.

Não foi preciso muita investigação para descobrir haver no pé da roleta uma espécie de freio que fazia a roda parar de girar logo quando acionado.

Lá foi o Paulo Emílio:

– Aposto milão no Inter!

Girou a roleta e ganhou dois mil.

– Quer dobrar? – perguntou o banqueiro.

– Vai lá: quatro mil no Inter.

Novo giro e: Inter!

– Redobra, se for macho! – desafiaram-no.

– Não, obrigado. Oito mil tá bom pra mim.

– Como assim, tchê?

– Oito mil era o que eu precisava.

– Deixa de ser bunda-mole, bagual! Tu pode sair com dezesseis mil pilas na guaiaca!

– Não, não! Tá bem assim.

– Tu vai ter coragem de levar o dinheiro da piazada carente da paróquia?

– Pois é... Não sou criança, mas também sou carente.

Recolheu o dinheiro e saiu rindo direto para a barraca da cerveja.

No final da tarde, promoveram uma partida no mesmo gramado da quinta-feira: os músicos gaúchos contra a rapa. Pelo nosso lado, três músicos da banda sabiam jogar; o outro deu conta da zaga – batia com convicção. Jair corria mais que a bola. O futebol não foi generoso com Paulo Emílio, nem um pouco. Quem comeu a bola foi o Caldeira, gente boa toda vida, não era músico mas talvez fosse o mais musical. Jogava muito. No primeiro tempo, atuou pelo time da casa – era das Missões – e fez 1 a 0. No segundo, não sendo músico, veio para o nosso lado e empatou em 1 a 1.

Quando voltávamos, foi triste ver o Ataulfo acenar da janela do ônibus. Perder ou ganhar é do jogo. Deixar de classificar é como ser obrigado a abandonar a festa antes de cortar o bolo.

À noite o show no parque foi lindo. Lotado. Primeiro os doze finalistas: cantamos para mais de duas mil pessoas. Em seguida, Renato Borghetti e Luiz Carlos Borges (*) demoliram as acordeonas.

Fechamos a noite com um puchero servido no mesmo galpão da véspera. Ótimo o vinho. Grande a festa.

Peleávamos por um Ford Pampa zerinho, o robusto prêmio do primeiro lugar. Mas, na realidade, com mesquinhas exceções, fazíamos só aquilo de que mais gostávamos: divertir nossas vidas, mostrar nossas canções e encontrar as pessoas.

Fui dormir sonhando com a chegada de Lídia.

De Quitéria nem soube. Deixei de sonhar em sono.

(*) Renato Borghetti (Borghettinho): um dos maiores e mais conhecidos artistas gaúchos. Acordeonista, compositor, folclorista, artista plástico e ensaísta gaúcho. Seu instrumento é a gaita ponto. Luiz Carlos Borges: cantor, compositor e acordeonista, é também um dos mais destacados artistas gaúchos, expoente da música Nativista (movimento que revolucionou a música tradicional do Rio Grande do Sul na década de 1970), criou o Festival Musicanto Sul-Americano de Nativismo em Santa Rosa (RS).

CAPÍTULO 11

Passei a tarde na calçada do hotel, conversando com toda a gente, mas, em verdade, com os dois olhos no movimento dos ônibus que chegavam na rodoviária. Venha, Lídia, venha!

Era tanta a saudade, a ansiedade, a urgência dela que o pensamento machucava. Me fazia bem estar apaixonado dessa forma: acontecesse ou não o que houvesse para acontecer, acordar tinha outro sentido. Mas também era muito sofrimento. Algumas vezes tinha dó de mim. Como no início daquela tarde, hora do sol mais a pino, as pessoas fazendo a sesta e eu, na varanda do apartamento, ônibus após ônibus, assistindo, quase uma dezena de vezes, encher e esvaziar de gente a plataforma.

Vontade de alugar um carro de som cuja potência fosse capaz de alcançar o fim do mundo e cantar:

Venha agressiva
Venha arredia
Venha andando de patins
Venha como diva
Venha de vadia
Venha de Diadorim

Venha de vestido leve
Venha breve
leviana, venha sim!
Venha de bandana
Venha dar a senha
Venha desdenhar mas venha

Venha meio triste
Venha atrás de um trago
Venha gotejando luz
Venha Agatha Christie
Venha Saramago
Venha de Chicago Bulls
Venha de vestido longo
Venha logo
Venha lá do Lago Sul
Venha de Gagarin
me mostrar os ares
lá do céu a Terra é sempre azul

Venha garantida
Venha caprichosa
Venha verde e rosa ou beija-flor

Venha precavida
Venha perdulária
Venha perdurar o quanto for

Venha incendiária
Venha ensandecida
Pega a vida e venha, meu amor
*(*2)*

Tive receio de ter havido um acidente.

Vieram chamar para o ensaio de som.

No Centro Cívico, quase perguntei ao Idiota se tinha notícia dela. O orgulho, no entanto, gritou que não fizesse isso.

Aguardei minha vez sentado na boca de cena, de frente para a plateia, para ter plena visão de quem chegasse.

Um gaúcho de bota, pilcha e poncho, creio que me fez um elogio:

– Tu nem parece paulista!

– Não?

– Nada! Tua música é boa demais! Chega a dar de relho nesses gaudério tudo!

– De toda forma, obrigado – só me restou agradecer o elogio, ignorando o preconceito contra minha terra.

– É um prazer. Sou Amâncio Vergara. Qual o teu nome mesmo? – perguntou.

– Antônio Terra.

– Tá explicado, tchê! Deve ser descendente do Capitão Rodrigo! (*) – E riu como riria o próprio personagem.

Terminado o ensaio, voltei para o quarto de onde vi a tarde se pôr sem Lídia, da mesma varanda fervente de sol.

Às oito e meia, vesti a bombacha creme que comprei na Casa do Gaúcho, camisa branca, alpargata de couro capincho com sola de corda, uma boina de veludo, e fui para o teatro.

Guardava a esperança de Lídia ter descido em um momento de distração ou chegado de carro... ou numa *van* que traria os músicos do show... enfim, horas após o último minuto, ainda não havia desistido de sua presença.

Invadi o *foyer* abarrotado, mal respondendo ao cumprimento das pessoas. Olhava por sobre seus ombros, por entre as paredes, além e acima da matéria, procurando o que já sabia não existir, como um passageiro clandestino procura nos bolsos o

(*) Capitão Rodrigo Cambará, marido de Bibiana Terra (a neta de Ana Terra), personagens de O Continente, da trilogia O Tempo e o Vento, de Erico Veríssimo.

bilhete que sabe não ter disponível para apresentar ao cobrador.

Na plateia, chequei cadeira por cadeira, mil vezes, como se em todas elas houvesse um impostor no lugar que seria dela.

Repeti a busca no mezanino, na sala da produção, no camarim dos músicos, na calçada defronte, no fundo do palco...

Quando desisti de Lídia para voltar ao festival, já a terceira música tinha terminado e a equipe de produção me procurava em desespero. Seria o quinto a me apresentar.

Quando cheguei à sala dos músicos, Caldeira me esperava sentado num tamborete:

– A Lídia me pediu que te entregasse essa carta quando fosse a hora da tua apresentação.

Quase não havia tempo para a leitura. Minha música estava sendo anunciada. Assim mesmo, sorvi palavra por palavra, embora antes até de rasgar a ponta do envelope já tivesse adivinhado o conteúdo: outra vez uma carta viera em seu lugar.

Enquanto os músicos se preparavam, respirei o mais fundo que consegui – as moléculas de ar como paralepípedos.

Tinha dois caminhos: correr dali com minha tristeza, minha frustração e meu fracasso ou entrar naquele palco e cantar o mais que pudesse.

Escolhi o segundo.

Nem conferi a afinação: foi o tempo de retirar o violão do estojo, ajustar a correia nos ombros, plugar o cabo do instrumento e soltar a voz como quem se agarra à tábua que o salvará do próprio naufrágio.

CAPÍTULO 12

Por três vezes me aplaudiram durante a música.

Sem mentirosa modéstia, foi consagrador.

Na coxia, Paulo Emílio, Jair, Vítor Mateus, Caldeira... Tinha um caminhão de gente para me abraçar.

Veio até o gaúcho da tarde, Amâncio Vergara:

– Bueno, paulista!! Provou que é um Cambará!

– Terra! Antônio Terra!

– Tudo bala da mesma guaiaca! – E riu como fez na tarde. – Vem! Te pago uma caña!

Passei antes na sala dos músicos para guardar o instrumento. Ao abrir o estojo, encontrei o papel dobrado, ao lado do envelope. Guardei a carta e fui ser feliz.

Amâncio era bom de copo. Foram três cachaças viradas: um brinde e vira. Outro brinde e vira. Um terceiro brinde e vira.

– Agora vou entrar pra ver se tem cantador da tua altura!

Teve pelo menos um: Vítor Mateus – de gaita ponto, violão e bumbo leguero – também não deixou pedra sobre pedra. Foi aplaudido de pé.

Terminadas as doze músicas, não acontecendo as incoerências de todo festival, Vítor e eu éramos pule de dez.

O Ford Pampa estava no saguão de entrada, exposto à cobiça.

O público bebia e fumava em torno dele, enquanto o júri deliberava.

Na falta de assentos, algumas pessoas aproveitavam o carro como apoio de perna ou usavam o para-lamas como descanso de bunda.

Amâncio passou e, me vendo por perto, mexeu com um dos folgados:

– Tira o pé do carro do paulista, guri! – E de novo tomou emprestado o riso do Capitão Rodrigo.

Com quarenta minutos, saiu o resultado.

Frio na barriga, expectativa, ansiedade, medo, euforia; tudo chega nessa hora. Por mais que se tente manter a emoção sob controle. É como montar o touro, vencer o páreo, receber a bandeirada ou fazer o gol da vitória.

Começaram premiando a canção mais popular: deu Vítor Mateus.

Depois vieram outros prêmios paralelos, entre os quais o de melhor intérprete masculino – que ficou com Vítor Mateus, de novo.

Foi quando me chamaram para o fundo do palco, sinal de que havia ganhado um dos três primeiros lugares.

O apresentador fez suspense para anunciar o terceiro.

Venceu o Idiota.

Enquanto ele recebia o troféu com o cheque, Vítor Mateus foi posto ao meu lado: um de nós tinha levado o carro.

Vi nas suas mãos os dois troféus anteriores e raciocinei ser difícil os jurados cobrirem de prêmios o grande vencedor.

Senti que a vitória seria minha.

– Segundo lugar: de São Paulo, "Memória", autor e intérprete, Antônio Terra.

Tinha me enganado.

Chamado ao palco, repeti a canção:

MEMÓRIA

Já queimei muito dinheiro
no palheiro da paixão
versador e guitarreiro
já cantei muita desilusão

Tanto amigo pela vida
nas rodas de violão
Pra contar as despedidas
é preciso muitas mãos

Isso já faz quantos anos?
Tanta gente eu nem mais vi
manos velhos, meus hermanos
em que mate amargo eu os perdi?

Tempo é capataz do agora
Guarda a vida que se foi
nas campinas da memória
como se as pessoas fossem bois

Dos amigos que se foram
dos amores que perdi
quantos vão ao matadouro?
Quais não vão se permitir
e apesar de tão ausentes

saberão reconduzir
a um futuro do presente
o passado que perdi?
*(*3)*

Comemorei bastante.

Primeiro por considerar que não perdi o primeiro lugar, ganhei o segundo.

Depois porque levei uma boa grana.

Terceiro porque o resultado foi coerente.

Também seria se eu ganhasse. Sorte maior, a dele.

Saímos abraçados para festar.

Já passava das quatro quando encontrei Marilda, a recepcionista, dançando numa boate quase vazia.

Quando me viu, deixou a pista e veio até o balcão dizer que adorou meu som.

Sugeri um brinde, ela me beijou a boca.

Dançamos colados, seus dedos entrelaçando a penugem da minha nuca.

Quase no final da noite, tocou um samba. No meio da música, paramos juntos e rimos por motivos separados: ela do meu desengonço, eu no baile que lhe daria se fosse João de Rio das Mortes.

No fim do samba, acenderam a luz de serviço da casa, nos expulsando.

Perto da porta, nos pegamos de jeito.

Chamei-a para o hotel, ela recusou. Tinha medo de ser reconhecida pelos funcionários.

Debaixo de uma figueira, nos pegamos de novo.

Garanti que a turma da noite era totalmente outra. Aliás, nem turma mas um porteiro apenas.

Ela manteve a recusa.

Outro pega, agora na praça.

Mais um convite.

Outra recusa.

Então conversamos sobre estrelas.

Apontei o dedo para Vênus, ela gritou que não fizesse aquilo:

– Dá verruga!

– Dá nada...

– Já deu. Me deixa ver.

Abraçou minha mão e roçou meu dedo, como Lídia naquela noite.

Gesto errado.

Uma nuvem cobriu Vênus.

Pedi perdão e a levei para casa.

No hotel, Paulo Emílio dormia.

Abri o estojo do violão, tirei a carta e reli na varanda.

A primeira carta de Lídia

Antônio,

Se o Caldeira fez como lhe pedi, ao receber esta carta tu deves estar pronto para subir no palco. O teatro deve estar cheio, a gauchada toda pilchada e, se te conheço um pouco, tu também vais estar de alpargata e bombacha, presepeiro como és... (brincadeirinha...).

Não sei se tenho o direito de te pedir que me perdoes por esta falta. Creio que um dia, não sei quando, tu saberás os motivos e hás de me entender. Quem sabe me perdoar.

Neste momento, quando te escrevo, é madrugada de quarta-feira, o céu não tem estrelas e estou só, muito só (como nunca estive na vida), um tanto confusa, com medo e somente a lembrança de ti me faz sentir um pouco acompanhada.

Terminei de assistir a um filme na TV onde duas pessoas se amam profundamente, mas se perdem pela vida toda para só se encontrarem quando tudo para eles ficou tarde. Piorou minha angústia. Isso é tudo o que não quero pra mim. Pelo contrário, quero amar o amor todo desde agora.

Mesmo melancólica, sei que farei o certo, o necessário e acredito em mim, no futuro e, nele, quero muito acreditar em nós.

Se não posso te pedir que me perdoes, peço, por favor, que não deixes de acreditar que tudo dentro de mim, todo o meu corpo queria muito estar contigo nessa hora. Tanto que se olhares bem no fundo de nós dois, com os olhos acima

do tempo e do espaço, verás que estou aí ao teu lado, que saí contigo do hotel, que percorremos juntos o trajeto até o Centro Cívico, de mãos dadas (como naquela noite em Aruanã em que usei como desculpa tua unha quebrada para ter tua mão entre meus dedos), que aguardei ao teu lado a hora de te chamarem para cantar, que contornamos o prédio por fora até o palco, que te ajudei a arrumar a gola e ajeitar o cabelo como sempre fazes, que te esperei afinar mais uma vez teu violão e agora te darei um beijo, te desejarei sorte e aguardarei aflita tua volta.
Faz frio em Porto Alegre. Creio que em Santa Rita a temperatura esteja igual. Queria que esta carta, de alguma forma, te aquecesse como a tua lembrança me aqueceu ao escrevê--la.

Quero muito te ver em breve.

Espero do fundo do coração que também venhas a querer.

Neste momento não posso enxergar claramente meu futuro, mas espero profundamente que estejas nele.

Como já disse, não sei se tenho o direito, mas peço assim mesmo que me perdoes.

Um beijo,
Lídia.

CAPÍTULO 13

Na volta, me vali do Rohypnol desde o começo.

Marretada forte.

Apaguei os dois: Antônio Terra e João de Rio das Mortes.

Já tinha ficado sem Lídia, também ficou meu sono sem Quitéria.

Cheguei na terça-feira de manhã e havia um telefonema do Franz me convidando para escrever o primeiro *jingle* da minha vida.

– Te mando um fax com o *briefing*. Tem dois dias pra fazer.

Não sabia nem o que era *briefing*, mas topei. Sempre ouvi que fazer *jingle*, embora chato, era uma baba e dava a maior grana.

O cliente era uma empresa de cosméticos.

Comecei a compor à meia-noite, quando a casa silenciou.

Era para o rádio.

Não achei nem um pouco chato: me divertiu ajustar a criação para caber nos rigorosos e absolutos trinta segundos.

Terminei antes da uma.

Achei mais baba do que diziam. Tanto que fiquei inseguro: será que estava mesmo bom?

Demorei outros cinquenta minutos para tentar melhorá-lo e novos quarenta até me decidir em voltar para a forma do princípio. Era a melhor.

Já era perto de três e meia quando me deitei, ansioso.

Antes de adormecer, abri a gaveta do criado-mudo e, pela milésima vez, reli a carta.

Com o presente em suspensão, como dimensionar a frase "quero amar o amor todo desde agora"? Dormi me perguntando.

Foi nessa noite que Benedito me chamou em sua oficina para ensinar a arte de construir, encordoar e pintar tambores. O velho Dito, em São José dos Becos, era o rei da matéria. Seus instrumentos tinham a alma ancestral dos nossos antepassados, sem o menor descuido com resistência e beleza.

Aos poucos fui descobrindo, no ofício de fabricar, o mesmo prazeroso gosto que tinha para executar o instrumento.

Passaria aquela noite, como tantas outras, ocupado em escolher, arredondar e furar a madeira para depois passar a corda, amarrar e, afinal, criar motivos e cores que personalizassem as nossas criações.

Ouvir o som do primeiro toque no primeiro tambor que construí foi como encontrar um batuque de séculos nos poucos anos de mim mesmo.

Acordei às nove, ainda sonado, um pé em São Paulo, o outro em São José, esfregando os dedos no lençol de Antônio para limpar a tinta dos dedos de João.

Antes mesmo de me sentar para o café, liguei para avisar o Franz que o *jingle* estava pronto.

– Vem pro estúdio. Onze horas, pode ser?

No caminho, uma canção do rádio me lembrou a carta. Era quase verão, mas, com a solidão gritando nas frinchas de todas as minhas janelas, "...que esta carta, de alguma forma, te aquecesse como a tua lembrança me aqueceu ao escrevê-la...", era muito pouco para provocar meu degelo.

Franz aprovou o *jingle* sem a mínima restrição:

– Só uma coisa: a próxima vez, demora um pouco mais pra dizer que está pronto.

– Como assim?

– Valoriza o produto.

Tomei como lição para o resto da carreira.

Achei que estava resolvido. Nada! Franz era o cara do áudio. Mas tinha o diretor, o dono da agência...

Moral da história: a melhor parte do *jingle* foi cortada.

Demorei cinco dias para piorá-lo o bastante para agradar ao dono da conta da empresa de cosméticos.

O importante: a grana rolou.

O custo disso: aguentar o dono da grana achar que conhece tudo de música.

Por fim, aprendi, logo no primeiro trabalho, a mecânica do mercado publicitário: o fato de a melhor parte do *jingle* ter sido suprimida importou menos que o montante da grana.

Lídia, por sua vez, havia se tornado um *jingle*: amor do qual a dona da conta resolveu mudar a melhor parte. Só que, ao contrário da publicidade, doía como se me tivessem cortado não um trecho, mas a capacidade de compor.

"...acredito em mim, no futuro e, nele, quero muito acreditar em nós", dizia a carta. Só não ensinava como crer nas tais palavras.

Na semana seguinte, Franz ligou às dez da noite pedindo outra peça para uma conhecida marca de sabonete.

Comecei a compor às onze. Terminei às onze e meia.

Entreguei-a seis dias depois, no último momento possível.

Cortaram o trecho mais bonito.

Pagaram muito bem.

Fiquei feliz da conta!

Ainda não sabia o quanto minha relação com a música deixaria de ser a mesma depois desse dia. Outros conseguem manter separadas as duas práticas: o compositor de canções e o criador de peças publicitárias. Eu não consegui.

A questão não foi o quanto fazer música para vender mercadoria truncou minha obra, mas o quanto me deixei truncar no exercício diário dessa prática. O quanto deixei não doer em mim o veto à melhor parte das minhas músicas por um cara que, incapaz de compor, se firmou no mercado como sendo gênio em executar a tarefa de alterar a obra alheia a fim de torná-la eficiente.

O fato é que os ossos do ofício me ensinaram a manter, para com as minhas criações, um distanciamento afetivo semelhante ao médico quando estabelece limites sentimentais em relação ao paciente terminal. Não sofre e nem se afeiçoa.

Acredito que a Grande Música foi e sempre será feita por amadores. Com a publicidade me tornei profissional.

Ocupado com meu novo trabalho, pouco parei em casa.

Lídia me ligou quatro vezes, em dias seguidos.

Deve ter pensado que me recusava em atendê-la.

Não era verdade. Estava, de fato, ausente de casa.

Várias noites pensei em retornar a ligação, mas desistia.

Então apagava as luzes e, com tudo às escuras, tentava divisar verdade em frases como "não posso enxergar claramente o futuro, mas espero profundamente que estejas nele".

Com o acaso conspirando, mantinha o jogo duro e o telefone no gancho.

Me cobria até o pescoço e assistia suas palavras ecoarem pelo quarto, em sobrevoo: "somente a lembrança de ti me faz sentir um pouco acompanhada". Minha solidão, porém, fazia com que tudo soasse solto e desconexo.

Uma tarde, afinal, enquanto tentava musicalmente fazer passar por elegante um magazine bastante popular, fui à cozinha buscar um copo d'água e o telefone chamou.

Foi o tempo de reconhecer minha voz para a pergunta:

– Você ainda não me perdoou, né, Antônio?

CAPÍTULO 14

Claro que perdoei.

Quando tinha o comando do pensamento – conduzindo racionalmente o caminho das ideias, com pleno domínio da palavra pensada – ainda me recusava a admitir.

No entanto, ao me distrair e o coração voar, me pegava colando todos os desejos, costurando todas as ternuras, pregando de volta todos os nossos futuros.

Desde o primeiro dia, sabia que Lídia era dona de todos os meus perdões.

Com um travo de tristeza respondi:

– Não há o que perdoar.

– "Por isso mesmo é que há de haver mais compaixão..." – ela invocou Gilberto Gil.(*)

Fiz com que percebesse que eu sorria do outro lado da linha.

Ficou uma pausa de quarenta compassos.

– Soube que tu arrasou no festival! – tentou quebrar o gelo.

– Foi bonito.

– Vítor Mateus virou teu fã! Disse pra mim que tu era o cara.

– Eu também adorei o Vítor. O santo da gente bateu certinho.

– Ele é um guri tri-bom.

(*) "...Não há o que perdoar/ por isso mesmo é que há de haver mais compaixão..." (trecho da letra de "Drão", música de Gilberto Gil).

– Tri mesmo: de música, de pessoa e de copo – ri bem de leve.

Lídia aproveitou a baixa da guarda e riu um bocado. Muito mais do que a piada merecia.

– Qual é o próximo festival?

– Demora. Eu diria que a temporada de caça fechou o ano.

– Pois é...

Suas reticências duraram segundos de tempo secular porque, nelas, teriam que caber todas as perguntas que ainda não sabíamos como fazer para chegar à única resposta que ambos procurávamos.

– Quando é que nos vemos?

Feminina, Lídia conseguiu resumir todas as perguntas em uma única.

– Quando você vier a São Paulo... quando eu for a Porto Alegre... no próximo festival... Sei lá.

Masculino, consegui transformar em muitas a única resposta, não sendo nenhuma a que desejava.

– No tempo certo a gente descobre, então.

Deixou um beijo e desligou.

Quis pedir que esperasse, que viesse, que me amasse; dizer que me pedisse o que quisesse; que só dissesse que queria que eu fosse ou que soubesse que bastava querer, não necessitando que mais nada dissesse; quis tanta coisa, menos que desligasse como deixei que fizesse.

Embotado de mágoa, fiz a ligação se transformar num indesejado xadrez que necessitava ser jogado com falseio e dissimulação.

Já no minuto seguinte percebi: fosse mesmo xadrez, num único lance Lídia havia tirado todas as minhas vantagens.

Por ter perdido a hora de propor a trégua, o desejado empate, fiquei como dono do último lance num jogo em que, havendo vencedor, nosso amor é que sairia perdendo.

Sem saber que pedra entregar a ela para a partida voltar ao lance anterior, a ampulheta escoou sem o movimento de um único dos peões que haviam me restado.

Também não consegui fazer outra coisa que prestasse. Teria falido uma fábrica de palha de aço e inelegido dois deputados se os três dependessem de meu *jingle* para sua sobrevivência comercial ou política.

Compor canções também não consegui.

Dormir, só depois de reler várias vezes sua carta.

Engolir me era custoso: a carne do picadinho de filé virava nacos de paralelepípedo.

Briguei na pelada.

Rompi com a turma do boteco.

Me desfiliei do partido.

Deixei de ir ao estádio.

Quebrei o segredo que minha irmã havia me confiado.

Veio o tempo do Natal e as mensagens na TV me pareciam mais piegas que o costumeiro. Com exceção das que eram cínicas.

Quebrei a boate.

Cantei a amiga da minha mãe.

Amanheci na calçada.

Mijei no chafariz do túnel da Nove de Julho.

Bati o carro.

Resolvi ligar na virada do ano.

CAPÍTULO 15

– Feliz Ano Novo!

– Obrigada. Quem é?

– Eu.

– Eu, quem?

– Eu, o Antônio.

– Antônio?

– É... – disse quase não emitindo som algum, desnorteado com sua frieza.

– Com quem você quer falar?

– Lídia? – perguntei com o fio que me restou de voz.

– Não é a Lídia. – Ela riu. – Eu sou a Miriam, irmã dela. A Lídia foi com uma turma pra Torres.

O primeiro minuto foi um renascimento. Morri com a possibilidade de tamanho desprezo e voltei à vida com a descoberta de que fora um erro de pessoa.

Em seguida chegou o ciúme.

Depois a raiva comigo mesmo por aquele dia, aquela resposta errada na hora errada, meu orgulho besta.

Quem poderia ser essa turma? Faria o Idiota parte dela? Se fizesse, seria eu o maior dos idiotas.

Lídia não poderia ter viajado, pensei com certa mágoa.

Achei falso o uísque do *réveillon*. Achei pouco o gelo. Fria a comida. Dos três só recusei a comida.

Achei uma merda o repertório musical da festa. Ridícula a tentativa da luz estroboscópica. Muito feio o vestido curto da amiga da minha mãe. Melhor o uísque a partir da abertura da segunda garrafa.

Achei brega a decoração. Murcho o amendoim. Interessante o bronzeado da perna sob o vestido curto da amiga da minha mãe. Melhor ainda o uísque da segunda garrafa.

Achei bom o damasco. Ótimo o Grant's aberto só para os remanescentes. Ousado o decote no topo do vestido curto acima da perna bronzeada da amiga da minha mãe.

Procurei uma água com gás, só achei uma última garrafa de Teacher's.

Desisti da água e investi na amiga da minha mãe.

Deu certo a investida.

Desisti de tudo o mais, inclusive o Teacher's.

Fomos para o motel no carro dela.

No caminho lembrei que nunca perguntei seu nome.

– Alzira. Mas me chama de Zita.

Zita? O nome da mãe de Quitéria!

Lembro que numa curva bati levemente a cabeça no vidro da janela, que passamos por um bar para comprar cigarros, que na frente do Hospital São Luiz pensei na merda que seria romper o ano numa cama de hospital... Daí pra frente, lembro tão vagamente das coisas que juntando os *flashes* não monto uma cena do ocorrido.

No primeiro de janeiro houve o almoço na casa do tio Juvêncio.

Cheguei no meio da tarde com um arranhado no braço e um hematoma no pescoço.

Mamãe parecia com uma espécie de meu sogro, mal-humorada.

Papai, na frente dela, mantinha o ar de censura, quase como um cunhado. Quando me encontrou na bomba do chope virou meu irmão mais novo, querendo minúcias que mesmo eu desconhecia sobre o chupão no pescoço.

Anita foi a única a executar o papel certo: minha irmãzinha às cinco da tarde me pediu uma carona até a casa do namorado.

Me agarrei na desculpa de levá-la como um afogado abraça a prancha do surfista para escapar da correnteza e saímos rapidinho daquele mar em fúria familiar.

Na semana seguinte, Zita apareceu quatro vezes em casa, simulando súbito e demasiado interesse por minha mãe. Numa delas eu não estava. Nas outras três desci clandestino pela escada de serviço logo que Nóbrega, o porteiro, a anunciava.

Anita me contou que mamãe a tratava como a uma ex-nora indesejada.

A mim, voltou a tratar como mãe. Na última dessas vezes, depois de atender ao interfone, gritou da cozinha, galhofeira:

– Corre que a Tia Zita chegou!

O hematoma no pescoço me deixou depois de oito dias. Zita demorou um pouco mais.

CAPÍTULO 16

Uma manhã, acordei e me dei conta: ciúme de quê? Mágoa de quê? Por que Lídia não poderia passar o final de ano numa praia com a turma dela? No que existíamos senão na angústia de um amante solitário e covarde como eu? Inconsistíamos. Éramos apenas um beijo roubado numa varanda, uma fuga; uma conversa amorosa no bar de uma praça, outra fuga; um telefonema, uma promessa de encontro quebrada; um segundo telefonema carinhoso... Mais nada. O certo é que nós não existia. Era no singular a correta conjugação dos nossos verbos.

Para medir a dimensão do nosso amor e retomar minha vida de algum modo (pleno ao lado de Lídia ou sem ela ao largo de tudo) me decidi por encontrá-la.

Pedi guarida ao Vítor Mateus, peguei a grana do primeiro *jingle*, juntei umas roupas na mala e fui para Porto Alegre. Havia muita coisa para dizer a Lídia sem as entrelinhas das cartas e a invisibilidade que os olhos têm ao telefone.

Dezenove horas depois lia o nome na placa do Largo, em frente à estação rodoviária, e pensava em quem teria sido Vespasiano Julio Veppo. (*)

Vítor Mateus me recebeu na porta do apartamento com cara de sono, camiseta regata, bombacha, alpargata e, sobretudo, ruidosa simpatia.

Não disse a ele por que vinha e sua discrição fez com que se desinteressasse de perguntar.

Passou um café e me fez companhia numa boquinha de biscoito, manteiga, queijo e presunto, antes de voltar ao quarto para completar o descanso interrompido.

Esticado na cama, contemplei as antigas armas de fogo, o brasão e a adaga pendurados na parede. Pensei nas guerras de fronteira e no justificado orgulho do Rio Grande por sua própria história. Depois, inspirado pelo ar heroico que respirava, olhei o presente e tive orgulho de mim mesmo. Pensar muito mais que o devido antes de fazer as coisas era minha marca. Foi uma batalha interior romper com ela e agora estar perto de estender a mão e tomar a bandeira do grande amor da minha vida.

Cada um com sua guerra.

Adormeci a tempo de sentir a rede ser bruscamente agitada por um aflito Serafim:

– Corre que a Zita tá vindo aí!

Pulei a janela a tempo de ouvi-la perguntar por mim.

Todo o acontecido em dois anos de namoro não chegou a incomodar a mãe de Quitéria como a dança apertada e o beijo ligeiramente excessivo, no Dia de Reis, trocado em hora de cidade tão completamente vazia que já nem ninguém havia, à exceção do mendigo Zé Verruga – tão célebre na sua desimportância que já havia deixado de ter presença: fazia parte da paisagem.

Não queria perder Quitéria, mas como me casar sem ainda possuir nem um catre suficientemente ancho para caber os dois e mais um par de travesseiros?

Pedi aos santos da Igreja do Rosário que dessem um jeito, se não na minha situação financeira – de modo que pudesse me casar com Quitéria –, ao menos na impaciência de Zita – para que pudéssemos esperar o tempo necessário até que eles, os santos, dessem um jeito de dar um jeito na minha situação financeira.

Dias depois, por celeste atendimento ou laica coincidência, Serafim me chamou à varanda da casa para brindar com cachaça o aumento descomunal da freguesia. O jeito que deram os santos para me conceder expressivo aumento de salário passou pelo crescimento comercial dele. Sujeito de sorte, o Serafim: pegou carona na minha reza para subir na vida.

Interrompeu o brinde a voz insolente de um viajante com sotaque estranho que negava compreensão à minha recusa em reabrir o armazém naquelas horas:

– Se não levantar, te tiro no relho!

Vítor Mateus, já com pilcha de festa, invadiu meu sonho e meu quarto, chamando para a esbórnia.

Eram duas da tarde. Parecia suar fagulhas. Feita para suportar o inverno dos pampas, tudo na mobília do apartamento retinha calor: carpetes altos, ventilação indireta, cortina de forro grosso. Lá fora fazia trinta graus. No quarto batia em quarenta.

Fiz assim: ducha fria, roupa leve e rua.

Exigi começar por um churrasco. Vítor escolheu a Santo Antônio, casa com mais de quarenta anos de tradição. Antes, contudo, conheci os melhores botecos de esquina ao longo do caminho. Parei de contar no décimo segundo. Entre o terceiro e o nono tivemos a companhia de Radamés, grande compositor e gaiteiro de Uruguaiana, terra do mais tradicional festival de música nativa do Rio Grande. Fanfarrão, Radamés foi pouco páreo para a nossa sede.

Chegamos ao restaurante irrazoavelmente embriagados. O álcool me fez perder a trava com relação a perguntar por Lídia. Contei a ele por que viera. Mastigando o primeiro naco de linguiça campeira, Vítor me destruiu:

– Ih, paulista, tu tá mais atrasado que sono de china. A Lídia foi pro Rio de Janeiro na semana passada, morar uns tempos com uma prima.

(*) Vespasiano Julio Veppo: nome do Largo em frente à estação rodoviária de Porto Alegre. O homenageado foi o empresário que centralizou o serviço de saída e chegada de passageiros, transporte de encomendas e de emissão de passagens, projeto que resultou na primeira estação rodoviária do Brasil, em Vacaria (RS), em abril de 1939.

CAPÍTULO 17

Ficamos, eu e meu amor, sozinhos de Lídia outra vez.

Dessa feita, ninguém deu causa: minha surpresa se estragou sozinha.

Era muita falta de sorte.

Me emburaquei na cerveja.

Quando bebo com a intenção de me embriagar, não toco em comida. Foi como fiz.

Lá pelas tantas, Vítor Mateus tentou fazer com que eu engolisse um pastel de carne. Já havia me negado a prová-lo por três ou quatro vezes. Irritado, lancei-o no ar. O salgado atravessou o salão da churrascaria como um bumerangue e fuzilou o peito de um gaúcho grande, gordo e atravessado de facões dos dois lados da guaiaca.

Como estávamos três mesas à sua frente, o homem acompanhou todo o sobrevoo, sabendo exatamente quem o havia feito decolar.

O bagual se levantou, derrubando a cadeira, em trote reto até nós dois. Já chegou me erguendo pela gola da camisa. Achei que fosse me lançar como um pastel de carne. Penso que só não o fez porque Vítor Mateus colocou seu braço entre o peito do gaúcho e meu pescoço. O paisano me atirou num canto, como se fosse um bagaço de laranja, para segurar o braço do meu companheiro com uma das mãos e preparar a outra para o soco, quando às duas se sobrepôs a mão da Providência:

– Mas, bah, tchê! Tu não é o Vítor Mateus? – perguntou surpreso.

– De pilcha e boina! Só não trouxe a gaita.

– Pois me dá cá um abraço! Sou teu fã barbaridade! – apertaram-se com tapas de quebrar costela. – E o bostinha do pastel, também canta?

– Canta e briga muito. Só não reagiu porque teve dó de ti – e riram a rodo.

– Pois faço questã de pagar duas cañas: a tua pelo que canta e a dele pelo que briga!

Minha passagem de volta fora comprada, ainda em São Paulo, para o sábado. Portanto, mesmo sem Lídia, teria forçosamente dois dias para ficar na cidade. Vítor Mateus também não teria atividade antes do show numa feira agropecuária no mesmo dia e hora da minha partida. Moral da história: resolvemos dedicar a quinta e a sexta-feira para a sacanagem morna, a cabeça fria e a cerveja gelada.

Sacanagem morna traduzia-se por sexo sem compromisso nem libertinagem: Vítor estava saindo com uma guria cuja irmã era muito doida e muito dada – tinha fama de ninfomaníaca.

O nome da menina era Duda. Duda doida e dada, a mulher trocadilho.

Na quinta-feira, Radamés inventou um churrasco na casa do avô, em Nova Ipanema, e chamou o pessoal da música. Dormiríamos por lá mesmo. Vítor foi buscar as meninas – Biba e Duda, a irmã doida. Fui no outro carro, a Belina do anfitrião. No primeiro quarteirão, paramos para abastecer carro e passageiros.

Ainda não eram dez horas quando, no próprio carro, Radamés abriu a primeira das doze latinhas. Acompanhei-o por educação, certo de que o líquido desceria rasgando. Engano meu: parecia veludo.

Duda era tão doida e tão dada que, mesmo só e com dó de mim, não deu pra encarar de pronto.

O almoço teve uma paleta de cordeiro inesquecível.

A música, igual qualidade. Regina Carvalho, cantora maravilhosa, me apresentou canções de uma nova geração de compositores gaúchos muito impressionantes. Aquele era um tempo anterior à Internet. Só se sabia do que tocava no rádio ou na TV e a diversidade musical já não interessava ao mercado. Por conta disso, ficava a impressão de a música brasileira passar por uma crise de criatividade. Encontros como aquele reafirmavam em todos nós a certeza de que isso não era verdade.

Além dos músicos, veio o Caldeira, ótima companhia, sempre.

Às quatro da tarde, debaixo de um calor de "cimentar bosta de vaca", como observou Radamés, fomos tomar banho de rio.

Cheguei com um caminhão de cerveja na bexiga e resolvi usar o Guaíba. Caminhei quase duzentos metros e a água ainda batia no joelho. Caminharia, bêbado, outros duzentos não fosse o Vítor Mateus berrar da areia para o bairro ouvir:

– Abaixa e mija, paulista! Senão tu atravessa o Rio Grande com essa água batendo na canela!

O declive do rio era tão suave que, de fato, atravessaria, senão o estado, um bom pedaço de chão até a água cobrir minha cintura, como seria o necessário.

Na volta, paramos numa churrascaria da estrada para comprar picolés e outras glicoses. Os donos da casa descobriram Vítor Mateus e tanto insistiram que fizeram-no buscar a gaita no carro e dar uma canja. Acabou que subimos todos no palco.

Ao sair para fumar um cigarro, Duda me deu sonora surra de beijos.

Na camionete do Vítor, repetiu a surra – agora de tudo. Muito doida, ela.

Voltei com atestado do malfeito pregado na testa.

Caldeira resumiu o que todos perceberam:

– Mas que cara de cachorro engatado, tchê!

Já que estava só, que a merda estava feita e que todo mundo sabia, resolvi relaxar e me casar na festa.

Duda foi a primeira pessoa a dizer que eu roncava.

Antes, houve réplica e tréplica da surra que ela me deu no carro.

Na manhã seguinte, deixou um beijo na minha boca, desejou sorte e voltou para Porto Alegre com a Regina.

Almoçamos num bar à beira do Guaíba.

Juramos não beber.

Assentimos em pedir uma única garrafa de cerveja para que dela nos despedíssemos antes que os fígados se despedaçassem.

Encontramos seu Fonseca, pai do percussionista do Vítor, e acabamos nos demorando mais que o previsto. Fechamos em quatro engradados bem gelados. Mesmo a mim – que sempre fui péssimo em matemática – o cálculo impressiona: 4 × 12 garrafas × 600 ml totaliza 28.800 ml ou quase 29 litros de cerveja. Dividido por 5, resulta em quase 6 litros por pessoa.

No meio da tarde, seu Fonseca deu-se conta de uma égua tordilha, muito velha, no terreno em frente e desacreditou:

– Cigana?

Ao ouvir seu nome, a égua ergueu as orelhas e se transtornou. Amarrada, relinchou e bateu pata no terreno, só sossegando quando o velho chegou para abraçá-la.

Foi bonito ver saudade tão idêntica na distinta natureza deles dois.

Mais um pouco e chegou o proprietário, ressabiado.

Explicaram que a égua pertencera à família Fonseca, tendo sido montaria do velho durante muitos anos.

A corda foi solta, seu Fonseca montou o animal em pelo e foram os dois dar uma volta em ambos os passados.

Fiquei sabendo depois que o velho, aos setenta e dois anos, vivia sua primeira depressão: pela morte do pai, no mês anterior, aos noventa. História linda: dez anos antes – um com sessenta e dois, o outro com oitenta anos – haviam cruzado, no lombo de suas montarias, a Cordilheira dos Andes.

Só retornei a Porto Alegre no sábado cedo, o dia da partida.

Estive perto de perder a viagem e, naquela situação, perder a viagem seria quase o mesmo que ganhar uma hepatite alcoólica.

Cheguei à estação rodoviária um minuto antes de o ônibus partir.

Pela janela, vi a cidade de Lídia se perder na distância, como eu vinha me perdendo dela.

CAPÍTULO 18

Na estrada da volta, debilitado pela escassez de sono e pelo excesso de todo o resto, senti, pela primeira vez, profundo cansaço por insistir num amor cercado de tanta desajuda da sorte.

Exaurido de força e vontade, assisti ao sol nascer e pensei ter me decidido por desistir de Lídia.

O domingo permaneci todo em casa com o propósito de demover minha mãe da ideia de ignorar minha existência, ainda por conta de minha partida desavisada:

– Agora vai ser assim. Quem gosta de mim sou eu, meu filho! – mentia na afirmação, mas a mágoa era verdadeira.

Não deixou de fazer a galinha ao molho pardo, minha preferida.

No final da tarde, escutei com papai a irradiação do jogo. Ele, como de costume, os olhos no jornal e os ouvidos na transmissão.

Quando, após tomar o primeiro gol, viramos para 2 a 1, tive certeza que Lídia ligaria, mas o troncho *déjà-vu* morreu ali: em duas bolas paradas os caras fizeram 3 a 2 e o telefone, mudo, permaneceu no 0 a 0.

Me deitei cedo como nunca, sem a menor vontade de vencer o cansaço para o que quer que fosse.

No primeiro sono, me descobri casado com Quitéria. O fato deve ter acontecido numa das noites em Porto Alegre. Me casei de papel e bênção, só que, indo para a cama invariavelmente bêbado, se sonhei, jamais lembrei de coisa alguma.

Voltando ao casamento, o sucedido foi ter a freguesia crescido de tal maneira que Serafim enricou de vez. Seu patrimônio triplicou. Com isso, montou fábrica de cal e deixou o armarinho sob minha inteira guarda. O acúmulo de responsabilidade resultou em considerável – embora desproporcional – crescimento das minhas remunerações: cem por cento do trabalho para um aumento salarial de cinquenta por cento.

Como tivesse comprado casa grande no Largo central, meu patrão alugou – por metade do meu novo salário – o antigo imóvel – onde eu morava nos fundos, de graça – para que pudéssemos nos casar, Quitéria e eu.

Quanto mais rico Serafim se tornava, mais aprendia a lógica dos ricos e mais rico ficava.

Maior que sua esperteza só o alívio de Zita em ver a filha casada quando quase passava da idade de o fazer.

Maior que seu alívio só a felicidade de Quitéria em dividir vida comigo.

No fim das contas, para melhorar só um tiquinho a vida deste negro, os santos da Igreja do Rosário acertaram a vida dos brancos todos. Bando de vendidos!

Naquela manhã me despertou a firme disposição de acompanhar alguns amigos que assistiriam ao desfile das escolas de samba no Rio de Janeiro.

Faltava uma semana para o carnaval e a grana do meu segundo *jingle* acabara de ser paga.

Hotel não seria problema e nem despesa: tinha o apartamento da tia Rosina – com pensão completa, quarto individual com ventilador de teto e o carinho do lado carioca da família Terra.

Fomos em nove amigos e dois fuscas, num aperto que sobrelevou os quarenta graus que fazia na estrada.

Nada que não pudesse ficar pior: perto de Resende, um acidente interrompeu completamente o trânsito.

Nove horas e trinta minutos após a saída de São Paulo, estávamos na avenida Brasil. Era sexta-feira, o céu estava lindo, não havia tristeza, inflação, pobreza, corrupção endêmica, excesso tributário, arrocho salarial, nada: era carnaval!

Claro que lembrei de Lídia, que a vi várias vezes em muitos carros alegóricos – no olho da Rainha do Egito, no formato da perna da índia do boi-bumbá, no jeito da menina-lua, nos cabelos da vitória-régia –, mas, em meio à festa, a devastadora saudade se desacompanhou da melancolia.

No nosso grupo havia duas mulheres: Cláudia e Márcia. Entre nós, apenas sincera amizade e desinteresse amoroso. Tínhamos a certeza de que, se o mundo acabasse restando apenas um de nós oito e só uma delas duas, a humanidade se extinguiria por ausência de sexo.

De toda forma, ali estava o carnaval para pôr em xeque tamanha sinceridade de desinteresses.

Claudinha era um pouco sem sentido de espaço e oportunidade. Em plena primeira noite veio me dar a notícia da morte de uma de nossas colegas de faculdade. Pensei nas coisas horríveis que ela poderia me contar no meio de uma transa e descobri que nossa amizade seguiria desinteressada mesmo depois de duzentos carnavais.

Na primeira noite abracei muita gente, conversei com todo mundo, organizei um trenzinho que percorreu o setor de ponta a ponta várias vezes, brindei vários copos, conversei com pessoas variadas e firmei diversas amizades eternas que terminaram junto com o desfile. Ou seja: fiquei só.

No segundo desfile, cheguei com um pouco de azia e a energia entranhada no cimento me curou – mesmo batendo pesado no uísque.

A partir desse fato, passei a crer que os lugares absorvem e armazenam o espírito dos acontecimentos. Não me refiro à visão kardecista das coisas, ao espírito dos desencarnados, mas à permanência da energia sobreviva das emoções ali acontecidas. Dois lugares, para mim, são especialmente assim: o sambódromo e o estádio do Pacaembu. Mesmo em dia de desuso pulsa, no silêncio das moléculas do concreto, a emoção frenética da multidão que os ocupou. Embora ao avesso, nos cemitérios acontece a mesma coisa: mesmo em dia deserto, é possível sentir o murmúrio da tristeza de passadas pessoas – como o cheiro do suor no tecido da camisa usada.

Pensar em cemitério no meio do carnaval deve ter sido influência da Claudinha.

Márcia também tinha sua parcela de *deficit* no senso de espaço e oportunidade, mas em sentido inverso: certa vez, no velório do pai de um amigo, na hora das orações, ela me contou a história do cadáver do seu tio que, ao ser vestido por ela e a prima, soltava gases horríveis. Rimos a ponto de quase a viúva nos expulsar da cerimônia.

Terminamos a última noite dormindo, os dez, na areia de Copacabana, depois de tomar o café numa padaria da Barata Ribeiro.

Mesmo no carnaval, a amizade se consagrou: ninguém comeu ninguém.

CAPÍTULO 19

– Posso falar numa boa?

– Claro, pai.

O velho matou a bola sete no meio, voltou com ela, encaçapou a seis e fechou o jogo derrubando de novo a sete, agora no fundo, antes de guardar o taco e retomar a conversa:

– Acho que você tá bebendo demais.

– Ih... lá vem você de novo...

– Quanto tempo não te chamo a atenção com isso? Mas agora você tá passando da conta.

– É porque esse ano ganhei uma graninha com *jingle* e festival. Como sempre fui durango, dei uma extrapolada.

– Pode ser. Mas essa Lídia tem muito a ver, também.

– Nem a pau! Já desisti dela. Não quero mais.

– Quer um conselho?

– Não precisa. Eu vou parar de beber!

– Isso também. Mas o conselho é outro: tá apaixonado, corre atrás. Se o trem passar, pode dar tchau que ele não volta. Eu sei bem do que tô falando.

– Me dá um cigarro? – foi a forma que escolhi para cortar a conversa.

Cobrimos a mesa com a capa de courvin, encerrando a sinuca.

Como de hábito, buscamos o refúgio do nosso banco predileto, no fundo do terraço, para misturar tabagismo com contemplação e fingir olhar os prédios de São Paulo. Como da outra vez, ele noutro tempo e eu noutra geografia.

No elevador, enquanto descíamos para casa, papai deu um jeito de retomar, uma última vez, o assunto da bebida, embora de forma indireta e carinhosa:

– Se cuida.

– Já decidi que desisti dela – tangenciei.

– Se duvidar da desistência, corre atrás. Mas sóbrio – concluiu arrematando os dois assuntos.

Naquela semana o Franz ligou pedindo um *jingle* para a campanha da Germânia, uma conhecida marca de caminhões.

Caprichei na guarânia:

Lá vou eu no meu Germânia
fazendo com minhas mãos
a reta do meu destino
e as curvas do estradão
no chão rasteiro da savana
no chão molhado do varjão
nos temporais de Aquidauana
na poeira do sertão
Lá vou eu no meu Germânia
cruzando na contramão
com o cheiro bom do mel da cana
e muita fruta da estação
com o vento que balança a paina

das nuvens brancas do algodão
com o verde-louro das bananas
muita serra e cerração
E lá vou eu com meu Germânia (*)

Acertei na mosca.

Em quinze dias o trabalho estava aprovado: 3 a 0 – meu placar como jinglista era bem mais folgado que o desempenho nos festivais.

Falando em festivais, classifiquei a música que ganhou São Joaquim do Rio Turvo agora no Festival de Boa Nova, Minas Gerais.

Briga boa! A gangue estaria toda lá: Paulo Emílio, Rubinato e mais o Diésis, de São Paulo; Jair, do Espírito Santo; o Evaldo, do Ceará; o Waldemar, de Belém; o Luperce, de Pernambuco; o Catulo do Maranhão... Do Sul veio só a Regina Carvalho, cantando uma música do Radamés. Fora a mineirada toda, jogando em casa: Ataulfo e Joubert já tinham ganhado duas vezes e, de novo, eram os grandes favoritos.

O Idiota não apareceu: não fiquei sabendo se deixou de se inscrever ou se levou pau na prévia – os festivais recebiam, muitas vezes, centenas de canções que, após análise das fitas por uma comissão prévia, eram reduzidas a, no máximo, trinta e seis classificadas para as apresentações ao vivo.

Vítor Mateus só competia no Rio Grande:

– Essa paulistada de merda odeia música gaudéria – chamava de paulista todo mundo que vivia acima de Santa Catarina.

O prêmio era grande.

A festa haveria de ser maior ainda: a cidade ficava à beira da represa.

A viagem, proporcional ao prêmio: grande e difícil.

Na hora do embarque, encontramos mais duas companheiras: a dupla carioca Victória e Adileia. Trabalho lindo! O vocal e seus tambores. Não traziam violão ou qualquer outro instrumento de harmonia. Mas como traziam tambores! Uns doze. Seis para cada uma. O pior acontecia quando não havia ninguém da produção nos esperando. Para ajudar, dividíamos os tambores entre nós. Ninguém saía sem carregar algum. A maioria pesava um bocado – tinham as ferragens, o corpo de madeira e mais o couro. A eles se somava o nosso instrumento e mais a mala. Era pesado. Sempre que encontro, sobretudo nas praias do litoral Norte de São Paulo, os camelôs carregando nas suas carroças aquela quantidade enorme de mercadoria para oferecer aos banhistas – bola, boia, raquete de frescobol, vestido, canga, bronzeador, prancha e mais um tanto de coisas –, me lembro dos tambores de Victória e Adileia.

(*) O jingle "Germânia 1", apresentado nesse capítulo, pode ser ouvido em www.celsoviafora.com.br

CAPÍTULO 20

Fernão Dias. Estrada difícil! Não preguei o olho.

O hotel tinha de bom o fato de ser limpo. E só.

Me puseram com Rubinato num quarto sem banheiro – o coletivo ficava no outro lado do corredor – cujo tamanho não comportava duas camas. Para que isso fosse possível, o leito da direita, além de mais estreito, terminava debaixo da pia e impedia a abertura completa da porta. Para entrar ou sair do aposento era necessário subir na beira da cama e invariavelmente raspar a bunda na louça do lavatório – cuja torneira, com a bucha meio estragada, pingava num compasso 6/8 meio fora do andamento.

Resolvemos no par ou ímpar quem ficaria com a cama decente. Cinco é ímpar. Só Rubinato pôde esticar o corpo na cama antes da passagem de som. A mim restava escolher entre esticar o corpo e os pés saírem da cama ou permanecer na cama com os joelhos dobrados. Preferi a segunda hipótese com medo de levantar a perna durante o sono e acabar topando no cano sob a pia.

Tinha me decidido por desistir de Lídia, mas me peguei perguntando se o Rio ficava longe dali. Ficava. Quase quinhentos quilômetros. Impossível que viesse.

À noite, sabendo ser um dos pré-favoritos, cheguei com excessiva confiança para cantar. O festival se dava no salão do clube. Havia perto de setecentas pessoas onde caberiam seiscentas. Na parede à direita do palco havia um imenso espelho. O público era majoritariamente jovem. E louco: acampados à beira da represa, já chegavam entupidos de cachaça, maconha e tudo o mais. Com o correr da festa, davam jeito de acrescentar mais cachaça, maconha e tudo o mais onde mais nada cabia.

Me deixaram para o fim. Penúltima música. Havia uma atmosfera desvairada no ambiente. Garrafas de cerveja vez em quando voavam sobre a cabeça das pessoas. Por absoluta felicidade ninguém havia sido atingido gravemente, mas, a cada casco espatifado no chão, pesava no ar a dúvida sobre se haveria algum ferido.

Nenhuma garrafa, contudo, foi atirada em direção ao palco – como se se houvesse estabelecido um pacto de limite pelo qual os atores do espetáculo devessem ser preservados. Isso fora possível porque, apesar de descontrolada, toda sandice era de alegria. Não se via uma briga feia na plateia e um ou outro pequeno tumulto recebia uma espécie de intervenção coletiva que produzia o imediato fim da desavença.

Durante a minha música não foi diferente.

Lá embaixo, porém, o delírio intensificou-se até acontecer o previsível desastre: um garoto completamente alucinado deu absurda cabeçada no espelho. A violência foi tanta que a lâmina envidraçada se partiu em milhares de fragmentos, cobrindo de cacos não apenas o agressor como todas as pessoas próximas.

Apesar do susto, do corre-corre e da dimensão do acontecido, ninguém se feriu gravemente: o garoto fez um corte relativamente grande mas pouco incisivo na testa, outros tiveram talhos na pele, porém, diante das proporções, nada ocorreu de mais sério.

No fim das contas, sobrou só para mim: sem entender o que se passava, vacilei entre continuar cantando ou interromper a música. Fiquei com a segunda opção. Permaneci no palco, mudo, sem reação, à espera de notícias. Foi necessário perto de cinco minutos para que tudo fosse esclarecido, os ânimos acalmados e um pouco da normalidade retomada.

Nesse momento, o apresentador assumiu o microfone para anunciar a última música. A minha ficou pela metade.

Me senti prejudicado.

O resultado das doze classificadas para a final só sairia no dia seguinte, ao término da apresentação de todas as concorrentes.

A Comissão Organizadora, solidária à minha reclamação, reuniu-se com os jurados para decidir sobre minha reapresentação no dia seguinte.

Alguns concorrentes ficaram contrariados. Não os culpo. Na verdade minha chance de ser julgado em pé de igualdade com as demais tinha se tornado impossível: ou eu seria prejudicado, cantando meia música; ou beneficiado, me apresentando uma vez e meia.

A reunião foi demorada. No final, me avisaram que tivera o pedido aprovado. Eu abriria a noite seguinte.

Soube, depois, ter havido contrariedade também no júri.

A partir do fato, concorrentes e jurados se dividiram em dois grupos: a favor e contra Antônio Terra.

Ganha festival, na imensa maioria das vezes, não a canção que tenha os fãs mais ardorosos, mas aquela capaz de alcançar o consenso. Nessas circunstâncias, sabia não ter a mais mínima chance de vencer.

Quem arrasou foi o Paulo Emílio. Seu refrão, aprendido na hora pela plateia, virou febre na cidade. Nada parecia tirar a sua vitória – nem que o espelho fosse reposto e novamente arrebentado durante sua apresentação.

Rubinato e Waldemar também foram muito bem.

Todos eles favoráveis à minha reivindicação – e mais o Jair, o Evaldo, a Regina, o Diesis, o Catulo, o Ataulfo, o Joubert – uma pá de gente. O povo da Música estava comigo. Ficaram contra aqueles que vinham pelo jogo e viviam das vitórias em festival.

Sem mais o que fazer, fomos para a balada.

Adorei o modo como uma mineirinha verbalizou sua simpatia tanto pela música do Paulo Emílio quanto pela minha:

– Eu adorei a música suas!

Não era bonitinha sua sintaxe?

Como tinha me decidido por desistir de Lídia, resolvi começar por ela, a Mara. A seu pedido, dei um jeito de sair da balada sem sermos visto. No seu carro, resolvi perguntar:

– Você é casada?

– Eu não! Tá louco!

Rodamos uns quarteirões até eu voltar à questão:

– Teu namorado é daqui de Boa Nova?

– Tenho namorado, não!

– E por que essa preocupação em não ser vista saindo comigo?

– Ué: amanhã cê vai embora e eu fico.

Nisso já estávamos numa área pouco movimentada da cidade. Parou o carro, saltou sobre mim e me beijou muito. E bem! Embora não muito carnudo, seu lábio era “bão demais da conta” – como elogiei, incorporando à cantada o sotaque da terra.

De repente, ligou o carro e me trouxe para o hotel.

Pensei que fosse descer, mas não:

– Amanhã eu pego ocê de jeito!

E arrancou me deixando no meio da rua, com uma cara de ué que não devia ter tamanho.

Por que não hoje? Muito maluquinha a Mara.

CAPÍTULO 21

– Um dia o senhor me ensina a pintar tambor? – pediu o garoto enquanto fechávamos o estabelecimento.

Tonho tinha muito mais esperteza do que era suposto caber nos seus quinze anos. Atendia o público com apreciada atenção e esbanjava sabedoria no encontrar o procurado pelo freguês. Tinha raciocínio rápido e intuição para apresentar o produto certo, na cor e preço desejados. Iria longe nas lidas do comércio.

Foi, a meu pedido (quase rogo), trazido por Serafim da irmandade das freiras (em troca de comida, abrigo e duas mudas de roupa) para me ajudar com a freguesia depois que a gravidez de Quitéria passou a apresentar risco e necessitar de rigoroso cuidado e absoluto repouso. Sem minha mulher, passei maus bocados para dar cabo de tudo sozinho. A atitude do dono do negócio misturou generosidade para comigo e zelo para com o declínio que o movimento vinha apresentando em razão do mau atendimento.

– É já! – respondi ao garoto levando-o ao cômodo que um dia me serviu como quarto de dormir, no fundo da casa, agora transformado em oficina de tambores, um misto de bico e divertimento de onde Dito e eu retirávamos um dinheiro extra bem miúdo e um prazer desmedido.

Dois instrumentos estavam prontos, na madeira crua, faltando apenas o acabamento. Enquanto pintava um deles, fiz Tonho repetir, no outro, tudo o que me via fazer. Dessa forma, demonstrando engenho e aptidão, o menino conseguiu produzir um lindo tambor de congado – verde, vermelho e amarelo, com triângulos geométricos sobrepostos. Iria longe também no ofício de produzir tambores.

A cada dia e habilidade demonstrada mais me afeiçoava ao ajudante. Me comovia sobretudo seu interesse e alegria. Aprendiz de tudo, vivia na iminência de um sorriso largo.

Prometi estrear seu tambor na próxima festa de São Benedito e entramos para dormir – foi ideia de Quitéria, desde quando o escolheu como aprendiz, no orfanato, hospedá-lo no interior da casa de três quartos, ocupando o mais ao fundo dos dois cômodos ociosos, já que o mais próximo do nosso estava reservado para o bebê.

– A bênção, seu João.

– Deus te abençoe, meu filho.

De fato, dia a dia aproximávamo-nos mais e mais de nos parecer com pai e filho.

Era noite profunda em São José dos Becos quando o sol do meio-dia entrou pela ripa quebrada da veneziana do hotel em Boa Nova.

A primeira coisa que pensei ao acordar foi no fato de nunca ter transado com Quitéria nos meus sonhos. Casamos e nada: nem uma trepadinha de que me lembrasse. Fora o estranho daquela gravidez: poucos dias sem sonhar com São José dos Becos e, de retorno, Quitéria me aparece prenhe. Ou nos amamos muito durante a ausência desse que, em tese, seria eu mesmo ou esse, em tese, eu mesmo, seria um belo de um corno.

Pelo menos, Antônio andava mais desperto que nunca e, em matéria de pegação, vivia o melhor de todos os meus dias: primeiro foi Zita, a tia; depois Duda, a doida, e agora Mara, mineirinha maluquinha. A maré andava tão boa que me sentia capaz de fisgar, com isca única, um cardume todo.

Menos a quem buscava.

Quinhentos quilômetros nem é tanta coisa, havendo vontade e desejo. Aliás, descobri nem ser quinhentos mas apenas quatrocentos e cinquenta e oito quilômetros a distância do Rio a Boa Nova.

Fomos almoçar um peixe à beira da represa. Mara nem deu as caras. Depois da comida, dormi quase a tarde toda. Não me deixaram passar o som para não atrasar os demais. Achei desnecessário e imprudente reivindicar o contrário.

Durante o banho pensei no que fazer para diminuir a antipatia dos que se aborreceram com a chance extra que me foi dada.

Uma hora antes do horário previsto para começar o festival já estava no camarim, conforme o solicitado pela produção.

O público me pareceu tomado por uma agitação diferente da véspera, embora igualmente louco.

A energia era outra. Não sabia exatamente para que direção, mas sentia o ambiente alterado. Havia o cheiro da pólvora sem o conhecimento da mira para onde a arma estava apontada.

Só fui descobrir quando o apresentador anunciou meu nome: o alvo era eu. Metade das pessoas me vaiou ensurdecedoramente, promovendo a imediata reação da outra metade – que me aplaudiu. O primeiro grupo chegou inclusive a ensaiar um coro de "marmelada".

Por alguns minutos a coisa ficou bastante feia, com os dois grupos ameaçando encrudescer o tumulto.

Vi, no canto reservado aos músicos, que até eles se desentendiam: Waldemar e Rubinato discutiam asperamente com um colega da turma do contra.

Esperei até que a perturbação se arrefecesse para iniciar minha tentativa de diálogo com a plateia. Expliquei não querer me valer de privilégio algum, em relação aos demais concorrentes, mas apenas idênticas chances. A oportunidade de ser, como eles, apenas um sabiá à procura de sua palmeira. E emendei na trovinha que criei durante o banho:

Porque no fundo a gente é tudo isso
essa mistura de paixão e sacrifício
de feijão preto e carne seca com chouriço
sangue, coalhada, paella, carniça
mistura doida que vai dar na mesma pizza,
a receita do trabalho-amor,
o pão caseiro
de nome compositor
e sobrenome brasileiro.

No final, sem aguardar reação ao meu discurso, retomei minha apresentação do ponto exato em que fui interrompido na véspera. Não repeti um verso sequer e nem deixei, somados os dois dias, de cantar uma palavra da canção.

Foi bonito ter vivido aquilo: ver o aplauso dominar completamente o salão pouco antes do meu último acorde, encerrando qualquer manifestação de contrariedade.

Independentemente da vontade do júri, tinha saído vivo do meu primeiro confronto mais sério com uma plateia.

Vários músicos me abraçaram ainda na coxia. Inclusive aquele que discutia com Waldemar e Rubinato.

Victória veio me trazer uma pedra de cristal:

– Você é um guerreiro. Sempre que a coisa apertar, segura essa pedra na sua mão.

Regina Carvalho me deu um abraço forte:

– Tu é macho pra caramba, paulista!

Quando passava por trás da pilastra que separava o lugar reservado aos músicos do restante da plateia, recebi um beijo rápido, secreto e profundo:

– Hoje ocê não escapa!

E sumiu, a Mara.

O anúncio das doze classificadas para a final já estava na metade: tinham passado o Paulo Emílio, o Rubinato e o Waldemar, como todos esperavam, mais o Ataulfo, o Joubert e um menino de Boa Nova.

Restavam seis vagas para dezoito candidatos.

A sétima classificada foi a Regina.

A oitava, Victória e Adileia. Lembrei do cristal e o apertei na palma da mão, dentro do meu bolso.

A nona, um carinha da turma do contra.

A décima, o Jair.

Décima primeira, outro do contra.

E, por fim, só na décima segunda música, anunciaram meu nome. Cheguei a temer por uma qualquer manifestação de desaprovação da plateia, mas, em vez da meia-vaia, recebi o inteiro aplauso de Boa Nova.

Saímos do clube cantando o refrão do Paulo Emílio junto com grande parte do público que, já de véspera, declarava sua preferência para o primeiro prêmio.

Na balada, Mara me aguardava vestida para matar: tinha trocado o jeans que usara no festival por um vestido negro, generosamente curto e razoavelmente decotado. Ao só entremostrar os seios, provocava velada cobiça e unânime curiosidade.

Dançou de forma discreta e recatada com metade dos rapazes de Boa Nova.

Durante todo o tempo, fez parecer não querer mais nada comigo, fingindo nem me ver.

Perto das duas e meia, iniciou suas despedidas.

Me deixou para o fim.

Rápida como seus beijos, me cochichou quase no interior do lóbulo da orelha:

– Tô esperando ocê no carro. Na rua de baixo.

Obedeci.

Só na porta de sua casa entendi por que o desperdício da noite anterior:

– Hoje o pai foi com a mãe num casamento em Três Pilares. Vão dormir por lá. Vem, entra!

O vestido caiu na sala e o escondido do corpo de Mara fez jus a todo o já exibido ou entrevisto.

Por duas vezes cumprimos todas as preliminares possíveis e imaginadas, mas, na linha de chegada, nus e embolados no tapete, ouvi, surpreso, sua convicta recusa.

– Ô, louco, sô! Tá achando que eu sou galinha?

Não teve conversa: manter trancado seu último e derradeiro cadeado era a forma de imacular, segundo seu pensamento obtuso, a integridade de sua pureza e castidade.

Vai entender a Mara, mineira maluquinha.

CAPÍTULO 22

No domingo, a ordem das canções foi sorteada uma hora antes do início da finalíssima. Fiquei sendo a sétima. Bem no meio, tradicionalmente um ótimo lugar.

Paulo Emílio e seu imenso favoritismo seria o nono. Waldemar o oitavo e Rubinato o décimo – a trinca era tida como barbada no páreo de apostas para as três primeiras colocações, as únicas com prêmio financeiramente mais expressivo.

Para a tranquilidade de todos, o público reagiu com uma alegria menos alcoolizada.

O som teve falhas, como de costume. Os mais prejudicados foram Ataulfo e a dupla Victória e Adileia – seus doze tambores viraram uma maçaroca aguda e incompreensível na mão do técnico de som.

Fui feliz não apenas porque, sozinho com meu violão, o ajuste sonoro fora bastante facilitado, mas, sobretudo, porque o episódio da reapresentação da canção ficara quase esquecido – à exceção de uma ou outra manifestação contrária dos radicais ou mal-intencionados.

Waldemar, logo depois de mim, arrebentou com seu carimbó de letra sofisticada.

Nada, porém, diante do que fez o Paulo Emílio, não deixando tijolo sobre tijolo do prédio, taco sobre taco do salão: quebrou tudo e mais um tanto.

Depois dele a vida dos demais concorrentes ficou difícil.

Terminadas as apresentações, avaliei que concorreria a um prêmio secundário, suficiente para pagar as contas da viagem e as pingas da balada.

Não foi assim: Joubert ganhou o prêmio de melhor arranjo; Ataulfo, de melhor letra e a Regina Carvalho, de melhor intérprete.

Decididos os prêmios menores, me preparei para sair na mais completa seca. O anúncio do terceiro lugar, entretanto, traria as duas grandes surpresas da noite: o escolhido ter sido eu e o público ter aprovado a escolha, soterrando mesmo a pequena vaia dos renitentes. Me sai melhor que a encomenda.

O Pará foi vice-campeão, com o Waldemar, e, claro, Paulo Emílio venceu pelo bem da nação e a integridade física dos jurados.

Rubinato foi o grande injustiçado. Creio que perdeu na reta final por ter vindo imediatamente após o delírio que foi Paulo Emílio.

Na mesa da balada, contudo, reclamou com bom humor:

– Sacanagem o cara apelar pra trovinha. "A gente é tudo sabiá sem palmeira" e o caralho... Tomou meu terceiro lugar na mão grande...

Fechamos a tampa da festa já com sol rasgado.

Mara sumiu e confesso ter me sentido aliviado. Ao me decidir por desistir de Lídia, transar com outras mulheres era conveniente para me ocupar enquanto reaprendia a me desacostumar com a possibilidade de vir a tê-la para mim.

O problema era que, na manhã seguinte, acordava com uma indesejada cratera na superfície da minha fingida felicidade, com a agravante de ser acometido por uma absurda culpa pela infidelidade a uma mulher que nunca tive. Aquilo era muita loucura. Ou muito amor – o que, por nunca ter amado, não sabia como distinguir. Demoraria muitos anos até descobrir que não havia distinção entre as duas coisas.

Já na cama, enquanto Rubinato dormia o sono dos injustiçados, pensei na inteira falta de sentido que havia em tudo aquilo e entendi ser necessário aceitar o óbvio: de concreto, em minha decisão por desistir de Lídia, ou nada estava decidido ou, decidido estando, jamais conseguiria pôr em prática minha desistência. Ou seja, de concreto, o concreto era gesso: bastava apoiar um passo, tentando caminhar sobre ele, para o chão desabar.

No entanto, mesmo que desistisse da desistência, como já havia feito sem ainda o perceber, como fazer para encontrá-la tendo todo o Rio de Janeiro no meu campo de procura?

A única pessoa que me vinha à cabeça era Vítor Mateus. Tinha certeza que, informado de alguma coisa, ele jamais me deixaria às cegas e tomei a decisão de lhe telefonar. Começaria por Porto Alegre a minha busca carioca.

Ao adormecer, meu compasso era o 6/8 do seu bumbo leguero: tum-tum-cá-túuum-ta / tum-ca-túuum-ta / tum-ca-túuum-ta...

Ao acordar no comecinho da noite, tocava em 2/4 na festa de São Benedito: cu-run-cu-tum-ca-ra-ca-tá / cu-run-cu-tum-ca-ra-ca-tá / cu-run-cun-tum-tum-tum-tum...

Usava o tambor pintado por Tonho que assistia orgulhoso do outro lado da calçada. Tinha ritmo o passo do menino esperto. Iria longe, também, no ofício de dançador.

Enquanto o via balançando o corpo com domínio e ternura transcendentais, pensei no menino órfão de pai e mãe (Tonho os perdeu quando o carro de boi, com os três mais a mudança, despencou ribanceira da Serra de São José abaixo, só sobrevivendo ele), crescido sob os rigores da irmandade até ser trazido – tristonho e amedrontado – por Quitéria para o auxílio de minhas tarefas na loja. Pensando em tudo isso, concluí ter descoberto a quem louvávamos na reza de nossa cantoria: estava escondido no brilho e na alegria existentes nos olhos de Tonho, mesmo havendo tanta tristeza e sofrimento na escuridão de seu passado. Era Deus, o candeeiro aceso dentro dele.

Havia ainda pouca madrugada quando o rezador parou a cantoria. O batuque ainda seguiu mais um cadinho para cessar depois.

Sem Quitéria, de resguardo para não perder a criança, deixei de dançar. Sem dançar não me importei com o final precoce da festa.

Tendo Tonho voltado para casa a fim de fazer companhia a Quitéria, resolvi caminhar pelos becos tragando o ar da noite como à fumaça de um especial cigarro.

Em frente à Igreja do Rosário encontrei um negro muito velho, de cuja origem não tinha a mais vaga lembrança, que cantava assim, em louvor a São Benedito:

É dia de São Benedito
a praça põe roupa de cor
e o rezador canta bonito
no compasso do tocador

A lua acende o infinito
feito o canhão de um refletor
No dia de São Benedito
reza um batuque de tambor

Toda criança guarda dentro de si
um candeeiro
só não deixar seu coração se ferir
e ele apagar

Sou batuqueiro
não sei rezar
mas quando toco meu pandeiro
sinto Deus me tocar

Sou batuqueiro
Não sei rezar
mas quando toco tambor
sinto que Deus me tocou
*(*4)*

Me impressionou sobretudo o verso da criança pela parecença com aquilo que compreendi assistindo à alegria brilhar nos olhos de Tonho.

No final da canção foi cada qual para o seu lado.

Cheguei ao quarto com pés de veludo para não acordar Quitéria.

Já deitado, olhando o desenho com que uma nesga de lua riscou o teto, estranhei cantar, de cabeça, a canção inteira, como se já a conhecesse de um outro destino.

Compreendi que guardaria a música para todo o sempre na memória. E adormeci.

CAPÍTULO 23

– Gaudério?

– Fala, paulista! Ia mesmo ligar pra ti. Soube que te saíste bem barbaridade dum entrevero com o povo de Boa Nova!

– É. Foi mais ou menos isso.

– Mais ou menos? Regina me contou que teve vaia braba e tudo o mais...

– Foi um pouco barra pesada.

– Me contou também que, no fim, tu engoliu um prato de "Rubinato à passarinho"...

– Como assim?

– Sabiá sem palmeira, era o passarinho – e riu do modo de sempre.

– Mentira da Regina! – ri do jeito dele.

– E qual o próximo festival?

– Ouro Belo, em Minas. Mas acho que não vou. Tô sem tesão pra fazer nada.

– E por que não vai, guri? Tu é o maior papa prêmio da atualidade!

– Vítor, apesar do pouco tempo que a gente se conhece, eu tenho uma puta confiança no seu taco. Por isso vou lhe contar uma coisa, um segredo meu...

– Tu é viado! – mangou.

– Falando sério: eu nunca amei ninguém como tô amando a Lídia. Tentei cair fora, esquecer que ela existia. Parti pra captura: comi uma amiga da minha mãe, comi a sua cunhada doida, dei um pega numa mineirinha em Boa Nova... Mas não tem jeito, cara: quanto mais eu corro, mais sinto falta dela. Sem ela, tudo ficou meio que sem graça...

– Bah! Não sabia que era tão sério.

– É sério. Por isso queria pedir uma coisa pra você: por favor, me arruma o endereço da Lídia no Rio.

Vítor Mateus levou um tempo, em silêncio. Achei que media qual rumo dar à conversa.

– Vai pra Ouro Belo, tchê, dá um tempo...

– Me arruma o endereço, Vítor.

– Vou tentar. Quando é Ouro Belo?

– Canto no dia 20.

Outro silêncio.

– Ela viajou depois de brigar com o Carlos – Vítor me pareceu disposto a abrir sua caixa de segredos.

– Carlos?

– É, tchê: o Idiota. Lito Barbalho vem de Carlito, seu apelido de criança.

– Nem sabia que aquilo tinha nome de gente. Brigaram por quê?

– Brigaram porque brigaram – fechou a caixa outra vez.

– É sua amiga, porra, você deve saber.

– Ninguém sabe direito – senti que se fechava à chave.

– Me arruma o endereço, Vítor.

– Vou tentar.

– Por favor!

– A irmã dela volta de viagem no dia 26...

– Me arruma o endereço.

– Me liga na volta de Ouro Belo.

No final da ligação, ficou um começo de mágoa com o Vítor. Achei que seria maior o seu envolvimento. Tinha superestimado nossa amizade. Ou, talvez, subavaliado sua amizade com Lídia. De toda forma, restou uma esperança. Agora era questão de arrumar motivo para acordar enquanto não chegasse o dia 26.

Um princípio de depressão prolongou minhas noites de sono. Tinha o costume de me levantar às dez ou onze horas. Passei para depois das duas. Com isso, São José dos Becos voltou a ser sonhada com espantosa frequência e intensidade. Já nem estranhava aquela sandice toda: ter uma outra existência. Uma cidade, com sua gente, me aparecendo sempre daquela forma: um fantasma sonâmbulo de um tempo que não vivi – sobretudo nas ausências de Lídia.

Fora o afeto crescente que, noite a noite, passava a ter pelas pessoas. Como por Tonho. Ansiava por seu crescimento e me era prazeroso vê-lo, mais que só pintar, também aprender a fabricar tambores.

Aos outros também me alegrava querer bem.

Dito, mais que ensinar, também aprendia a afeiçoar-se de Tonho.

Zita, mais que sogra, passava a ser a avó de meu futuro filho, com isso me tratando, mais que genro, como pai de seu futuro neto.

Quitéria, mais que apenas minha mulher, passava a ser apenas futura mãe. Me relegando à condição de apenas futuro pai – o que excluía o sexo que suponho ter havido entre nós um dia, ainda que não guardasse na lembrança nem o gosto.

Serafim, com o tempo, mais que apenas meu patrão, não era outra coisa senão apenas meu patrão. Ainda porque, como nunca houve São José dos Becos durante o dia, pouco o via nos meus sonhos.

E eu, mais que apenas o parceiro de Quitéria, passava a dançar folguedo com toda São José. Uma porque todas apreciavam meu jeito de conduzir a dança, outra porque todos na cidade, sobretudo seus maridos, me tinham na conta de um dançarino extremamente ético e respeitador, como de fato era.

Assim, mais que apenas sonhar, fiz nada na vida até que chegasse a véspera de partir para Ouro Belo, quando fui acordado pelo telefonema de Vítor Mateus:

– Descobriu o endereço? – pulei os cumprimentos e fui logo ao que me interessava saber.

– Mas que merda, guri! Tu tá mais apressado que puta em noite de sábado!

– Descobriu ou não?

– Já não falei que a irmã dela só chega no dia 26? Liguei foi pra saber se tu vai mesmo pra Minas.

– Vou. Por quê?

– Radamés tem uma música classificada. Foi a trabalho para Belo Horizonte e quer saber se tu empresta o violão.

– Claro.

– Então, tá. Te cuida, paulista.

– Me arruma o endereço, Vítor.

– A Duda-Doida te mandou um beijo – me sacaneou.

– O endereço, porra...

– Dia 26 eu te ligo.

CAPÍTULO 24

Como a rodoviária ficasse no alto de uma das montanhas, logo no desembarque tivemos a visão da cidade escorrida como água de cor pelas suas encostas. Parecia um presépio vivo cujos personagens se moviam sobre as peças de um casario emergente dos séculos.

Éramos quatro, os paulistas dessa feita: os veteranos Paulo Emílio, Rubinato e eu; mais Oswaldo, o estreante.

Uma kombi da comissão dos estudantes aguardava para nos conduzir à república que nos abrigaria durante os três dias do festival. Paulo Emílio comentou, sem maldade, ser uma felicidade Victória e Adileia não terem vindo: "Já pensou ter que subir e descer ladeira com tambor nas costas?".

Hospedaram-nos no quarto dos fundos de uma casa branca de janelas azuis, no centro da cidade. Demos sorte no quesito acomodação.

Era manhã de sexta-feira, nada para fazer senão conhecer as ruas de pedra, os casarões com suas varandas de gradil torneado, as igrejas, os monumentos e toda a arquitetura imperial.

Naquele primeiro momento, o impacto do que via me fez contemplar com tanto deslumbre o passado entranhado naquelas calçadas seculares que meu desânimo e abatimento pelo sumiço de Lídia – ela própria de existência tão recente em minha vida – diminuíram momentaneamente de tamanho. Ouro Belo não é cidade que se possa vivenciar com indiferença.

O passeio se estendeu por toda a tarde, nele incluído o almoço em restaurante estabelecido no porão de um edifício muito mais que centenário, cujo torresmo e a couve, tidos como especialidade da casa, faziam completa e absolutamente jus ao título, sem menosprezo para com o restante do prato (tutu de feijão, arroz branco e um ovo, frito com a maior das competências). Fora a cachaça – ai... aquela cachaça!

Ligeiramente embriagado, vivi com mais intensidade a revelação havida desde o primeiro momento em que fotografei a cidade com os olhos: São José dos Becos, não sendo apenas sonho ou cenário, poderia existir ou ter existido por ali bem próximo.

Tinha a permanente sensação de poder encontrar pedaços da cidade ao dobrar uma viela. Parecia com permanecer sobre uma linha onde o pé direito apoiava-se na realidade enquanto o esquerdo tocava o chão do sonho.

Sem contar a cachaça, me fazendo confundir um pé com o outro.

À noite, organizaram uma festa no porão da república, onde, em redor do fogo da lareira, se provou a cana de muito alambique da região e a folha de muita erva.

Nas paredes, a foto dos moradores por trás de suas becas. Entre elas, rostos conhecidos de escritores e músicos que depois dali ganharam lugar nas paredes do mundo.

A baderna atravessou a madrugada, mas minha resistência não passou das três da manhã – mesmo porque a adoção da incompreensível mecânica de reunir todas as vinte e quatro músicas concorrentes, não em duas noites de doze mas na única eliminatória do dia seguinte, exigiria descanso e concentração redobrados de todos nós.

O festival aconteceu em um ginásio de esportes. Grande e sem tratamento acústico, se fazer ouvir e compreender passou a ser tarefa para poucos.

Fui um dos que ninguém ouviu e menos ainda entendeu. Minha música foi a vigésima segunda a ser apresentada. Entrei no palco depois das duas da manhã, quatro horas depois do início da maratona musical. Uma cachaça semelhante àquela do almoço no porão mais que centenário rodou pelos bastidores. Recusei-a, no início, por precaução. Com o passar das horas, contudo, a situação caótica me fez prová-la como a um calmante. Não me demorei em tomar gosto. A situação ficou fora de controle. Para piorar, Radamés, a quem emprestei meu violão, foi o vigésimo primeiro. O instrumento foi devolvido comigo já no palco. Foi só o tempo de recuperá-lo, assumir o microfone e iniciar a canção. Não teria problema algum se o gaúcho não medisse um metro e noventa e dois centímetros de altura e tivesse ajustado a correia para o seu tamanho. Quando percebi, a música já tinha se iniciado e o violão pendia quase abaixo dos meus joelhos.

Foi desastroso.

Ao término da leitura das doze músicas classificadas, o festival tinha acabado para mim.

Paulo Emílio, Rubinato e Radamés, ao contrário, estavam na grande final.

Oswaldo queimou a largada logo na estreia. Alcoolizado, ao abraçá-lo queimei sua camisa com meu cigarro.

A eliminação não deveria doer, sobretudo pelas circunstâncias, a desordem da produção, o excesso de canções num único dia e todo o resto. Mas como fosse a primeira vez na vida, precisei me esforçar para fingir indiferença com o resultado.

Me restou sair pela noite com o pé esquerdo apoiado na realidade e o direito tocando o sonho. A cachaça agora me fazendo os trocar de vez.

Não encontrei São José dos Becos em nenhuma dobra de viela, mas o único desencontro que importava estava no Rio de Janeiro.

Sem Lídia, função no festival, fôlego para enfrentar as ladeiras e sentido de equilíbrio, resolvi voltar para a república.

Se não encontrei São José dos Becos em nenhuma viela, também não encontrei a casa que me hospedava.

Salvou-me a Luana – estudante de engenharia e uma das organizadoras do festival – que me descobriu desnorteado, longe pelo menos cinco quadras – e mil ladeiras – do que deveria ser o meu destino. Foi ela quem providenciou o fusca que me devolveu em casa.

– Paulo Simões? – perguntou Paulo Emílio assim que entrei no porão da república onde parecia que a festa da véspera não havia terminado.

– Paulo Simões, claro! – a cachaça, além dos meus pés, também trocou os papéis que desempenhamos em São Joaquim do Rio Turvo.

– Bebe aí – e me deixou uma garrafa de cerveja.

Não sei quando, mas, em algum momento, saí para fumar e adormeci na calçada, as costas apoiadas na parede frontal da casa e as mãos dando colo à cerveja quase esvaziada.

Não demorou para ouvir os tambores e sentir a cabeça de Quitéria sobre meu ombro. Havia lágrimas em seus olhos. Zita nos acompanhava. Estávamos no terreiro esperando a manifestação do santo.

Sabia que minha mulher perdera a criança, mas não encontrava com o que a consolar. Desisti porque palavra alguma seria o suficiente naquele instante.

O santo chegou como que só para nos atender. Deu a bênção primeiro a Quitéria, depois a Zita, então olhou para mim e recuou dois passos antes de explicar:

– Esse eu num posso benzê.

– Por que não, meu pai? – Zita assustou-se.

O santo falou diretamente a mim:

– Ocê é gente da gente que é. Tua carne, aqui, não tem matéria. Ocê é que nem nota de música, personagem de romance. Ocê é feito de fazê o sonho. Faz isso: canta ele, escreve ele. Sem isso, ocê é lá que nem aqui: desexistente.

Aí ficou de cócoras e se chegou tão próximo ao meu ouvido que deixei de vê-lo para apenas ouvir sua voz cantar um samba que não me demorei em decorar.

Então se levantou e saiu rodopiando até o meio do terreiro, de onde gritou:

– Leva procê. Pra fechá o disco que vai gravá.

E subiu, deixando o corpo da mãe de santo e fechando a gira.

Senti meu tronco ser sacudido e achei ter virado cavalo do santo. Mas não: era Paulo Emílio querendo me tirar da calçada e levar para a cama.

Na manhã seguinte, me lembrei do sonho mas perdi o samba.

Junto com minha primeira derrota acachapante, experimentei em Ouro Belo minha primeira depressão alcoólica. Foi horrível e assustador: fisicamente tudo parecia certo – não havia a dor de cabeça, nem o enjoo corriqueiros à ressaca de que, anos mais tarde, seria acometido após cada bebedeira –, mas no ar, em suspensão, agora pesava algo como uma terrível sensação de morte iminente, certeza de irremediável tragédia.

Corri para o orelhão da esquina da república e liguei a cobrar para casa, certo de ter ocorrido alguma desgraça. Tudo estava bem. Mesmo assim permanecia o pânico, numa lógica doentia e tenebrosa de que se nada havia ocorrido era porque, certamente, ainda estava por ocorrer. Liguei de novo para pedir que todos dobrassem os cuidados. Dessa vez preocupei minha mãe:

– Tá acontecendo alguma coisa, filho?

– Não, nada! É que me esqueci de avisar: tô indo pra Tiradentes, conhecer a cidade.

– Dizem que é linda! Vai, sim! – mamãe nunca deixou o egoísmo de me querer sempre ao lado se sobrepor à alegria de acompanhar meu prazer, ao contrário de papai, mais apegado a mim e, por isso, mais ciumento com as distâncias.

Inventei a viagem como desculpa. Queria ir para lugar nenhum. Estava horrível e sabia, de algum modo, que minhas farras etílicas, daquele dia em diante, jamais seriam as mesmas. Poderia até continuar com elas. O preço, porém, seria muito mais severo.

Um segundo tempo de sono me deixou melhor.

Acordei quando Paulo Emílio e Rubinato já tinham ido para a passagem de som. A casa praticamente vazia e a sensação de ter sido desconvidado da festa puxou a última ponta do novelo da depressão alcoólica.

Oswaldo arrumava as coisas para regressar a São Paulo.

Pensei na história sobre Tiradentes, inventada ao telefone, e, por algum repentino e inexplicável impulso (desconforto com a desclassificação, destino ou sei lá o quê), arrumei as coisas e resolvi transformar em realidade o roteiro que inventei para ser ficção.

Deixei um bilhete para os dois parceiros desejando sorte e apontando meu paradeiro, para o caso de quererem me encontrar na segunda-feira.

Rachamos um táxi e fomos: Oswaldo pegar o ônibus de volta para sua casa e eu comprar o bilhete de ida para longe da minha.

Não havia linha regular para Tiradentes. O jeito foi embarcar para São João del Rei e, de lá, apanhar o primeiro ônibus que passasse pela cidade.

Com pouco mais de quatro horas de viagem descia no trevo de Tiradentes somente com minha bagagem – o violão deixei para Radamés cantar à noite, na final do festival.

CAPÍTULO 25

Aluguei um quarto cuja chave, grande e pesada, parecia servir à fechadura de antiga masmorra.

Deixei a mochila sobre a cama, desci a escada de madeira, abri a tramela da porta-balcão e ganhei a rua.

Sem destino, segui à esquerda sem pensar em por que o fazia, como se aquele fosse o único caminho possível ou o cumprimento de cotidiana rotina – como tomar o rumo do trabalho ou da banca onde se compra o jornal da manhã.

Ao acender um cigarro ao pé do muro defronte à pousada me acometeu a certeza de já ter desempenhado aquela idêntica cena em outra existência.

Nos metros seguintes, convivi com uma vertiginosa sucessão de impressões como aquela.

Sem nunca ter pisado qualquer daqueles caminhos, tinha tanta e tão estreita intimidade com a conformação das ruas, as pedras do calçamento e a sequência do casario que me cri capaz de jamais me perder em nenhum de seus becos.

Na primeira rua, dobrei à esquerda, subindo a ladeira em cujo topo havia o Largo. Minha nossa! Aquela era a Igreja de São João Evangelista. Ao seu lado, a casa do padre!

Mesmo sem cabimento, tudo como em sonho, Tiradentes era São José dos Becos.

A partir desse ponto, por todos os trajetos, acompanhou-me a iminência de encontrar Quitéria, Tonho, Dito e outras tantas gentes na primeira esquina de qualquer viela.

Adiante, um metro acima do nível da rua, reconheci a cadeia pública, pintada em cor-de-rosa, com suas quatro janelas gradeadas com grossas barras de ferro, a porta com os degraus de pedra e tudo o mais.

Não precisei – o coração sobressaltado – voltar meus olhos em direção ao outro lado para saber que encontraria a praça em cujo fundo estaria a pequena construção de paredes brancas, com o sino à esquerda e, mais ao centro, os quatro pilares em cantaria, a porta vermelha encimada pelas duas janelas da galeria, o pórtico e a cruz: era Nossa Senhora do Rosário, a minha igreja.

Passava das oito da noite. A entrada lateral para onde instintivamente me dirigi estava fechada. Já ia voltar à praça, conformado com o encerramento do horário de visitação, quando algo me fez experimentar a porta principal que cedeu ao empurrão. Logo ao cruzar o portal, um feixe de olfatos longínquos (o cheiro da madeira dos bancos, a fumaça das velas, o aroma dos incensórios) me remeteu a passadas realidades.

Era lua cheia. Penso ter sido ela quem irradiou a luz tênue que orientou meus primeiros passos no interior da capela. Ao pé dos três altares, iluminados pela chama das velas, contemplei – não como quem chega, mas retorna – os entalhes, os arcos de pedra e as folhas de ouro; depois cumprimentei os santos negros (Benedito, Antônio e Elesbão) como velhos conhecidos a quem tivesse me valido noutras agruras e aos quais acabei pedindo, mesmo permanecendo ateu como sempre, que me ajudassem a encontrar Lídia no Rio de Janeiro. Completei a extravagância rezando, devoto como nunca, um trôpego pai-nosso que pensei ter esquecido junto com as feições de minha falecida avó.

Não bastante a despropositada loucura dos acontecimentos, ao me voltar para a porta tive a absoluta certeza de ter, por um átimo de milésimo de tempo, enxergado os bancos todos da nave tomados por homens negros que oravam vestidos de branco. Sabia com igual certeza não se tratar de almas errantes ou visagem de qualquer natureza: não foram eles que me visitaram, mas eu que os alcancei num outro plano, tempo ou existência incompreensível.

Exausto e perplexo diante da impossibilidade de ordenar os fatos sob a ótica do meu raciocínio cartesiano, voltei à pousada como um astronauta de retorno à nave após a exploração da superfície de uma estrela cuja Ciência nem catalogado havia.

No caminho pensei ter visto Serafim numa curva obscura. Corri para alcançá-lo, mas, no estreito emaranhado de travessas, perdi seu vulto, troquei caminhos e desisti de persegui-lo.

Quase na porta da pousada foi a vez de Tonho parecer que vinha em minha direção. Cheguei a abrir os braços para recebê-lo, entretanto, quando próximos, encontrei um corpo despossuído de qualquer das suas feições – idênticos apenas o tamanho físico e o penteado baixo.

No quarto, arranquei a roupa e, nu, me deixei adormecer para recuperar, mais que as energias físicas, o equilíbrio das emoções.

Deve ter passado menos de meia hora até a porta do quarto se abrir.

Em silêncio, o corpo intruso se deitou a meu lado.

Não demorou para sentir a mão que me procurava.

A mesma lua cheia que me conduziu pela nave da igreja revelou o rosto e o corpo desnudo da inusitada companhia.

Olhei no mais fundo dos seus olhos para ver que, sim, era mesmo Quitéria.

Nos beijamos do modo quase solene como sempre imaginei que seria e fizemos amor com doçura.

Despertei do sonho sobre o lençol sujo do meu próprio sêmen, mas, todo eu, envolto por uma etérea saciedade física.

Sem nada no estômago desde a manhã, desci para procurar um restaurante.

Encontrei, por sugestão da dona da pousada, um lugar maravilhoso, não muito distante, onde jantei um igualmente maravilhoso filé com salteado de legumes.

Já na sobremesa, pensei ter visto Serafim passar, agora diante da janela, e dessa vez resolvi alcançá-lo.

Não era Serafim – e o dono do restaurante quase chama a polícia imaginando que eu tentava fugir sem pagar a despesa.

Conta devidamente quitada, ganhei a rua.

A cidade estava vazia com sua história e seus fantasmas.

Resolvi deixá-los para o dia seguinte.

Com pouco tempo de sono – uma hora, se tanto – começaram os atabaques.

O som vinha do quintal murado que ficava em frente à porta da minha hospedaria.

Saltei-o sem grande dificuldade.

No meio do terreno avistei o galpão, ladeado pelos bancos de madeira, com o rústico altar na parede do fundo. Reconheci o templo ao distinguir Quitéria e Zita em consulta espiritual à mesma entidade.¬

– Voltô pra aprendê a música? – me perguntou o santo pela garganta da mãe do terreiro.

– Vim atrás do som.

– Chegô na boa hora: tava contando pra elas que nunca teve gravidez. O sangue posto não era aborto. Era só as regras. A gala ficou na cama do outro lado. Personagem não emprenha gente. Senão em sonho que é a melhor coisa dos mundos: dura o que durá, morre sem morrê. Tem nem que cumpri destino.

Parou o batuque e marcou compasso novo na palma da mão:

– Vou cantá outra veiz: vê se ocê aprende.

Repetiu o samba.

Já no primeiro verso, tudo me voltou à cabeça. Cantei com a entidade.

– Não esqueço mais! – prometi no final da música.

– Esquecê, ninguém esquece: deixa de lembrá até enquanto não for preciso.

Acordei encharcado de suor. Já era dia. Foi abrir a janela para a melodia ir se apagando da memória como um dia, muito mais tarde, um vírus deletaria todo o meu arquivo de canções.

Embora esquecido o samba, mantinha a impressão de ainda viver o sonho: Tiradentes, os *déjà-vus*, a Igreja de São João Evangelista, a casa do padre, a Igreja do Rosário, a estranha visão dos negros e todas as demais veracidades.

Com Quitéria, Zita e o terreiro acontecia o contrário: ainda mantidos em sonho, era como se se tivessem materializado na veraz geografia em meu redor.

O queijo minas na chapa de pedra-sabão, o pão de queijo, a broa, os bolos e o suco do café colonial – fora os itens todos que desprezei – deram um pouco mais de consistência às minhas verdades.

Depois dele, me animei a enfrentar os espectros – meus e da cidade.

Dessa vez, preferi rumar à direita, me deixando descer com o leve declínio da topografia.

Se não havia a frenética sucessão de *déjà-vus* da véspera, ainda me assaltava a certeza de um impreciso reencontro.

Nesse instante, cheguei ao final da descida e encontrei o Largo! Minha nossa! As muitas imagens da festa de São Benedito como que saltaram do obscuro porão da casa da minha memória para a luz do sol. O lugar era o mesmíssimo largo dos meus devaneios, embora fosse como se o diretor que desenha a luz do meu teatro tivesse acendido todos os seus *spots*.

Foi quando entendi no que diferiam as sensações de ontem e as de agora: a luz do dia. Nunca houve sol na São José dos meus sonhos. Na memória, só lua e estrela. Ou sombra.

Tudo parecia com a realidade emprestando cenário a um roteiro de ficção.

Personagem de mim mesmo, assumi meu papel na trama e resolvi partir em busca do que, de algum modo, a intuição me levava a crer que seria o destino final dessa viagem.

O instinto me desobrigou da necessidade de perguntar a sua localização: caminhei os três quarteirões até a placa me confirmar que havia chegado à rua.

O coração disparado estava convicto da proximidade do derradeiro encontro. Seria com Quitéria? Com meu sonho? Minha morte? Sabia que seria mas não o quê.

Virei à direita e encarei, fosse o que fosse.

Lá na frente, reconheci as araucárias e, mais além, a cacunda da montanha.

Adiante poucos metros, encontrei o terreno cercado pelo muro baixo de pedras, as três fontes, o oratório com a imagem do santo, o brasão de armas e a cruz acima de todo o conjunto. Era ele: o chafariz de São José de Botas. Aquele que sempre habitou meus sonhos!

Procurei em todas as direções, mas não havia Quitéria, nem Zita, nem Serafim, nem Tonho, nem ninguém. Estava deserta a fonte naquele instante.

Entrei pela passagem principal, entre as duas pilastras, atravessei o pátio, subi os três degraus baixos do fundo, galguei o último patamar de pedra até alcançar o bebedouro central. Então me debrucei sobre a carranca e bebi a água fresca com o mais especial prazer. Não era inédito aquele sabor, não era. Parecia com a água da moringa de alguma esquecida infância.

Fechei os olhos e mergulhei minha cabeça no jorro d'água, permanecendo assim todo o tempo necessário para lavar meu desassossego e minhas saudades.

Então me voltei e lá estava ela, improvável e linda:

– Lídia?

CAPÍTULO 26

Como assim? De que sonho você veio, meu amor?

Tive medo de perguntar e tudo se esvanecer.

Tive medo de viver e o sonho me acordar.

A surpresa e o alumbramento me paralisaram.

– Corri Minas atrás de ti. – Lídia já tinha alcançado o pátio interno do monumento, trazendo nas costas meu violão, sua mochila e o sol chamuscando de claridade o seu cabelo.

– Como você soube que eu tava aqui? – perguntei menos me importando saber a resposta que acreditar ser mesmo ela a visão extraordinária à minha frente.

– Foi o Radamés, em Ouro Belo. Me viu perguntando por teu paradeiro na porta da república onde estava. Aproveitou para devolver o violão.

– Ouro Belo? Como você soube que eu ia pra lá?

– Vítor Mateus me contou.

– Gaudério filho da puta de bom!

– Dá pra descer desse troço e me dar um abraço?

Só então me dei conta de ainda permanecer, abestalhado, trepado no bebedouro central. Desci correndo pelas pedras, sem ligar para o medo do peso de tantos desencontros embaralhar, ainda uma vez, as minhas pernas.

Então, sob as bênçãos de São José de Botas, depois de errar caminho tantas vezes, nos encontramos.

– Pode ser um beijo em vez do abraço? – perguntei *tête-à-tête* com seus olhos.

Me respondeu com a língua ávida planando o céu da minha boca.

Aos vinte e cinco anos o tempo de temer o impossível devia andar longe. E, no entanto, tive tanto medo naquela hora de acordar em São José dos Becos e descobrir ter o tempo todo trocado o endereço da realidade.

Para me convencer do fim de todos os sonhos, abracei seu corpo com tanta urgência e desespero que faltou pouco para nos amarmos ali mesmo, no assento de pedras que circunda o muro. Não era abraço para fundir unicamente os nossos corpos: tinha a intenção de amarrar, de vez, as nossas vidas.

–Tem uma vaga pra mim no teu quarto? – perguntou com malícia e igual delicadeza.

– Tenho vaga pro resto da minha vida, se você quiser – e a abracei com o propósito de não prender unicamente o seu corpo, mas seu futuro.

Aos vinte e cinco anos o tempo de temer o inexorável devia andar longe. E, no entanto, tive tanto medo de não ter todo o futuro de que precisava para me compensar do passado que deixei de dividir com ela.

O trajeto do chafariz à pousada levou séculos. Minha intuição, até então exímia e infalível, várias vezes me fez adotar direções opostas à correta, seguir reto quando seria para dobrar a esquina, subir ladeira ao invés de descê-la. Na verdade, sem o perceber de pronto, minha certeza dos caminhos tinha se despedaçado. Foi como se a chegada de Lídia a Tiradentes tivesse provocado a ruptura entre o racional e o extraordinário.

– Qual o nome da sua pousada? – me perguntou a certa hora, angustiada.

– Portais. Pousada dos Portais.

Perguntou ao primeiro transeunte e em dois minutos já transpúnhamos uma das três portas-balcão – não eram portais, senão no nome.

Além da felicidade, a presença de Lídia em minha vida agregaria, como pude ver na primeira hora, um pouco de pragmatismo ao desvario. Brigaríamos muitas vezes por conta disso.

Não naquele dia. Poderíamos cometer o mais estúpido gesto, dizer a mais ríspida palavra, tomar a mais mesquinha decisão que nada seria o bastante para adiar a nossa desmedida ânsia de amar. Naquele dia, mesmo a vastidão colonial da cama do nosso quarto seria pequena para caber estupidez, rispidez ou mesquinharia.

Subi a escadaria sem tirar os olhos do seu corpo. Parecia com um menino ardendo diante da sua primeira paixão. Ainda de portas abertas puxei-a para junto de mim, fechando o quarto com os pés antes de erguer sua blusa pelos ombros e aproximar seu corpo do meu peito para soltar seus fechos e seus tecidos, beijar a concha da sua orelha, a relva da sua nuca, sentir o arrepio dos seus pelos, me arrepiar com eles, vesti-la do meu abraço para parar o tempo a fim de provar a textura da sua pele, depois me distanciar apenas o suficiente para fotografar seus seios na retina dos meus olhos para sempre e, enfim, santo deus, enfim desnudá-la por completo com infinitudes de ternura, tocá-la com meu desejo, queimá-la de meus afetos até sentir que dentro dela, como então, jamais tornaria a haver fuga, jamais a espera, o desencontro: só o tempo descansado de um amor que aprendeu a se saber infinito.

Amei o corpo de Lídia e fui amado por ela durante toda a imensidão daquela tarde. Pequena diante de tanta anterior demora.

Naquele instante pretendia jamais fazer nada que não fosse provar os cinco sentidos da sua presença por todo o resto de minha existência, pelos próximos duzentos séculos.

Ateu como sempre fui, naquela tarde, deus do céu, naquela tarde queria acreditar em deuses e céus e eternidades para vivê-las de amar seu corpo e depois permanecer cuidando de seu sono satisfeito, seu sorriso sonâmbulo e sua expressão pacificada.

Naquela tarde, deus do céu, queria acreditar em deuses e céus e mil outras vidas, encarnações e reencarnações, para vivê-las todas de modo semelhante àquele momento: o momento de olhar a nudez adormecida de Lídia e acreditar ter encontrado a origem das coisas, o princípio do universo, a resposta aos agnósticos, a pergunta vital para o avanço da ciência, as pegadas de Deus – agora assim, em letras maiúsculas como o nosso Amor.

Iluminado pelas últimas faíscas de sol, fiquei assistindo a seu corpo.

Dali a pouco Lídia adormeceu.

Eu não.

Compor me habituaria a colher delicadezas para fazer canções. No entanto, canção semelhante à delicadeza daquela tarde jamais conseguiria escrever. Haveria de viver o resto dos meus dias para rasgar poemas e abandonar melodias sempre que tentasse criar a maior de todas as músicas: aquela que fosse capaz de retratar a plenitude do instante em que Lídia se fez minha quando só o que fiz foi me dar a ela, incondicionalmente.

A noite caiu em toda Tiradentes.

No quarto não.

Demoraria muitos anos até que descesse a noite sobre nós.

Parte 2

De amor, afetos e paixões

começo dos anos 2000

CAPÍTULO 1

Quando começaram os fogos senti um profundo amor pela vida: tinha Vítor no colo, sustentado pelo meu braço esquerdo; Tadeu segurando minha mão direita; Lídia com o braço esquerdo enrodilhado em meus ombros e Juliana, de mãos dadas com a mãe.

Eram tudo de que eu necessitava.

A praia de Copacabana – como sempre e mais que nunca – riscava o céu de incêndios, quase tocando a lua cheia.

Apesar da mesquinhez das criaturas, havíamos – a Humanidade – chegado ao ano 2000.

Ainda que amarfanhados pelas picuinhas do cotidiano, havíamos, Lídia e eu – o nosso amor –, chegado aos quinze anos iluminados como o céu daquela hora.

Descalços, avançamos lentamente pelas brechas da multidão até onde nossos pés puderam tocar o mar do novo milênio.

Pulamos as sete ondas, mais por farra que por convicção, e nos beijamos – como sempre e mais que nunca – com a absoluta convicção de que Lídia e eu – o nosso amor – havíamos feito o melhor que pudemos dos nossos dias.

Minha produtora era uma das mais bem situadas no mercado – eu cuidava das criações e produções enquanto Lídia administrava as contas e fazia do volátil um produto. Tínhamos a preferência de algumas das maiores contas de publicidade e isso pagava alguns de nossos prazeres – como a absurda quantia cobrada pela hospedagem com janela para o mar num dos melhores hotéis cariocas naquele *réveillon* do ano 2000.

Molhar os pés no mar custou a perda das nossas sandálias. Saiu barato, considerando o aconchego do nosso abraço familiar.

Voltamos pela beira d'água, saltando marolas, com cuidado para não deixar a maré encharcar nossas roupas. A certa altura, avaliamos mal e uma onda nos atingiu com um pouco mais de força, empapando de mar e areia as calças de linho branco que vestíamos, Lídia e eu, mais a roupa toda de Tadeu e Juliana. Só Vítor, no meu colo, permaneceu enxuto.

Foi divertido o constrangimento de alguns hóspedes, ainda impecavelmente trajados, diante dos nossos pés descalços e nossas roupas molhadas que espalhavam areia por todo o imponente hall.

Ignorando a cara de censura das pessoas, passamos no bar e, úmidos e esmolambados, pedimos o melhor champanhe do hotel: um Pol Roger Brut Vintage 1996.

Depois do brinde, as crianças quiseram dormir. Lídia quis levá-las, mas Tadeu, do alto de seus doze anos, quase implorou:

– Deixa comigo, mãe. Eu levo todo mundo pra cama.

– Todo mundo, não, que eu vou sozinha! – Juliana, do alto de seus onze, protestou.

Mesmo ressabiada, Lídia preferiu prestar seu voto de confiança:

– Levem o Vítor, então. E direto pro apartamento!

Pudemos encerrar a noite sozinhos, trançando as taças e brindando, preenchidos de ternura, como cansamos de fazer no século recém-terminado.

Engraçado pensar que seriam necessários cem anos até se chegar a um número redondo como o daquela noite, outro século. Mais ainda pensar que faltariam outros mil anos para se chegar a uma nova virada do milênio. Vivíamos, certamente, uma madrugada bastante especial.

A mim, contudo, a especialidade do calendário era mero complemento ao que, de fato, me encantava: viver outra noite ao lado dela. O ano 2000 era um brinco raro enfeitando a face daquele momento. O grande acontecimento daquela como de todas as outras noites era e sempre seria Lídia.

Leves de amor e champanhe, subimos para o apartamento.

Mesmo quase se deixando amar no elevador – não fosse pelas câmeras que nos vigiavam a todos e em toda parte –, Lídia preferiu dar uma última checada no quarto dos filhos, contíguo ao nosso, uma porta interna os comunicando.

Já na cama, estranhei a demora excessiva para o que deveria ser apenas uma espiada rápida. Em seguida estranhei o barulho das portas do banheiro e dos armários sendo abertas com desespero. Por fim, ouvi seu grito:

– Antônio, pelo amor de Deus: o Tadeu não tá no quarto!

Como assim, o Tadeu não “tá no quarto”?

Devia estar escondido em algum armário para nos assustar, como das outras vezes.

– Não, Antônio! Revirei tudo.

No banheiro lendo um gibi?

– Não tá em lugar nenhum!

Debaixo da cama também não estava.

Juliana foi acordada pela mãe:

– Cadê teu irmão?

– Tadeu?

– Claro, menina! – o desespero fê-la perder a paciência.

– Podia ser o Vítor, ué... – rebateu com voz chorosa.

– Não, filha, é o Tadeu. Você sabe dele?

– Disse que ia descer.

– Sozinho? – agora fui eu quem se apavorou.

Lídia já ia pelo corredor. Fiz com que entendesse ser melhor voltar e ficar com os dois menores. Deixasse comigo a procura por Tadeu.

Desci os doze andares com o coração nos dentes.

Os recepcionistas não viram criança alguma transitando sozinha. Nem o paramentado porteiro, nem ninguém. Me desesperei. Meu tom de voz subiu. Veio o gerente. Foi convocada uma minirreunião com todos os funcionários do térreo. Ninguém havia visto meu filho. Pensei em sequestro, tráfico de menores...

Alguém sugeriu que fôssemos à sala da segurança verificar as câmeras internas.

Demorou, mas o encontramos caminhando no nosso corredor às 4h17.

Estava só, o que eliminava a hipótese de sequestro. Enquanto o procuravam nas outras imagens, liguei para o celular de Lídia para acalmá-la nesse sentido.

Localizamos o momento em que o porteiro auxilia uma senhora a descer do táxi e Tadeu ganha a rua. Eram 4h20.

Todos os demônios voltaram a me apavorar: onde poderia ter ido? que tipo de gente poderia ter encontrado?

Saí como um desvairado. Procurei-o primeiro na calçada defronte ao hotel, depois nos bancos da rua, atravessei a pista, tentei enxergá-lo perto dos coqueiros, nas barracas de praia, na areia...

Mesmo iluminada pelas potentes lâmpadas da orla, a praia estava escura perto da água.

Corri para lá, afundando os pés na areia fofa, arfando de cansaço e medo – o pior de todos os medos que havia experimentado na vida.

Encontrei primeiro um vulto. Corri até ele. Era um rapaz que sobrou da festa, deitado numa esteira de vime.

Muitos outros vultos me iludiram: jovens que olhavam a lua cheia, casais que se amavam, malucos que se drogavam, bêbados que dormiam, divagavam ou esperavam o porre ceder... Encontrei gente de todo tipo, menos Tadeu.

Revirei a praia toda.

Caminhei quase quinhentos metros em direção ao Leme. Nada.

Outros quinhentos em direção ao Forte. Também nada.

Voltei para a frente do hotel, próximo de ter uma síncope nervosa.

Resolvi pegar um táxi e procurar a polícia.

Foi quando apurei os olhos e o vi sentadinho na calçada com os pés na areia, uns dez metros adiante.

– O que você tá fazendo aqui, meu filho?

– Vim ver o sol nascer no mar – me respondeu com a maior naturalidade.

Não sabia se lhe cobria de beijos ou merecida surra. Fiquei com a primeira opção.

Lídia bramiu desesperado choro, ao telefone, quando lhe dei a notícia.

Voltamos para o hotel.

Quando o viu, também ela optou pelos beijos. A diferença foi, em seguida, ter lhe dado tamanha descompostura que o fez chorar de vergonha e arrependimento.

Não consegui dormir depois do susto.

Lídia levou um tempo mas adormeceu.

Eram 5h12.

Percebi que Tadeu também não conseguia dormir na companhia de tanta culpa.

Fui chamá-lo:

– Vem comigo.

Deixei um bilhete, caso Lídia acordasse, e desci com meu filho.

O sol nos pegou abraçados quando nasceu no mar.

Assistimos da praia à primeira manhã do século XXI.

CAPÍTULO 2

No dia 1o almoçamos na casa de um casal de publicitários cariocas.

Me deu imensa alegria encontrar dois antigos companheiros de festivais: Adileia e José Flores. Recordamos músicas e histórias praticamente a festa toda. Curioso pensar na amizade dos festivaleiros: disputávamos os prêmios em renhido duelo musical, de forma que seria lógico supor ser raríssimo nascer alguma amizade robusta entre nós. Pois era o que mais acontecia. Inimizade era a grande exceção. Posso dizer que as minhas melhores e mais duradouras relações dentro do meio musical se deram nos festivais. Chego a ficar muitos anos sem comunicação alguma com qualquer deles e então um dia, como naquele, o acaso nos reúne e a amizade está lá, firme, alegre e sincera, do mesmo modo como a deixamos no último encontro.

Naquela tarde a melhor das histórias relembradas foi o banho do menino em Itapiranga.

No último dia do festival, o presidente do clube resolveu confraternizar concorrentes e jurados numa festa em sua casa. O homem morava na maior e mais extravagante mansão que conheci em toda a vida, a começar pelo hall de entrada que ostentava um lustre medindo, pelo menos, cinco metros de bronze entalhado, pendente do alto de um pé-direito não inferior a oito de altura. Quartos, havia perto de doze. Salas, cinco. Na maior delas o mais espantoso: uma piscina de medidas oficialmente olímpicas (50 metros de comprimento por 22,8 de largura e 2,5 de profundidade)! Numa de suas bordas ficava a sala, propriamente dita, com sofás, mesa de centro e todo o restante. Foi lá que nos reunimos. O número excessivo de pessoas obrigou que fossem trazidas cadeiras de outros cômodos. Algumas foram colocadas a uma proximidade perigosa da beira d'água. No momento em que um dos jurados, a maravilhosa Amélia Correia, cantora da mais expressiva e afinada delicadeza, interpretava, *a capella*, sob um silêncio reverencial, as *Bachianas* de Villa-Lobos, o garoto precisou ir ao banheiro e, com o maior cuidado para não fazer ruído, saiu, na ponta dos pés, de marcha a ré, sem se dar conta da piscina às suas costas. Caiu e afundou até os cabelos, restando fora da água apenas o copo de uísque e a mão que o segurava.

Foi necessário parar a música para que metade da respeitosa plateia corresse para auxiliá-lo enquanto a outra metade ria.

Ao sair da água, roxo de vergonha, ainda tentou amenizar a situação:

– Tudo bem. Quase não molhou...

Como quase não molhou se esteve perto de tocar o fundo da piscina, antes de vir à tona com os cabelos escorridos e a água esguichando pelo buraquinho de respiro do tênis sempre que dava o passo?

Foi levado para vestir a roupa seca oferecida pelo anfitrião e nunca mais voltou.

O almoço terminou perto das quatro da tarde. Então rodou um violão.

Adileia cantou em primeira mão uma canção maravilhosa que, logo depois, faria sucesso como tema de um personagem da novela das oito.

Maravilhoso sucesso foi, também, a tarde do primeiro dia do ano 2000 com sua festa.

A vida corria melhor do que sonhei para mim.

CAPÍTULO 3

O almoço foi em São Conrado.

No táxi da volta, passando pelo Leblon, me lembrei do episódio da foto do Chico Buarque e me dei conta de sempre ter sido comum em minha vida as coisas acontecerem do erro, do acaso, da completa falta de intenção.

Também foi assim com "Nada Mais", minha música de maior sucesso, nascida em janeiro de 89 para ser o mais feliz dos meus enganos musicais.

Tinha composto duas melodias num único dia. A primeira, uma canção poderosa, harmonia cheia, acordes abertos, fraseado sinuoso. A segunda, um pop rasteiro com o qual não me empolguei e de cujo futuro não tinha a menor esperança.

Para gravar a mais bonita, fui à rua Santa Ifigênia e, aproveitando a viagem e o preço, comprei uma caixa de fitas cassete, na esperança de preenchê-las com as canções de um possível e aguardado surto criativo. Fiz a gravação assim que cheguei em casa. Pretendia entregá-la ao Paulo Emílio que havia tempos me pedia uma música para letrar.

A segunda, deixei para registrar no dia seguinte, caso ainda me lembrasse dela. Esse truque aprendi com a velha guarda numa noite de samba no Bar do Alemão: seu Geraldo fez uma catira maravilhosa, assim meio de improviso, cantou duas ou três vezes na roda e depois largou. Preocupado, perguntei se ele não iria gravá-la:

– Gravo amanhã, meu filho.

– E se o senhor esquecer? – perguntei aflito.

– Então é porque não era boa.

Fiz o mesmo com minha pobre segunda melodia.

No dia seguinte, como continuasse íntegra e inteira na cabeça, resolvi salvá-la do esquecimento, por desencargo de consciência. Procurei um velho cassete de trabalho onde pretendia guardá-la com retalhos de outras canções. Não o encontrando, usei uma das novas fitas para o seu registro. Não sou mesquinho, mas confesso ter sentido certa dor no coração por achar que uma melodia rameira como aquela não merecesse fita virgem.

Encontrei Paulo Emílio no fim de semana. Deixei com ele a música de que gostava.

Não deu dois dias e o parceiro me liga:

– Melodia do cacete, Tonhão! Fiz um negócio sério aqui.

Empolgado, passou em casa para me mostrar.

Só ao ouvir nossa primeira parceria me dei conta do erro: as fitas tinham sido trocadas.

A música teve mais de duzentas gravações. Muitos dos maiores cantores brasileiros a interpretaram, algumas versões a levaram para o exterior.

Ainda no ano passado, "Nada Mais" foi a terceira canção mais votada como a melhor de todos os tempos, num concurso realizado pela Internet por um jornal paulista. Sei que votação de internauta não reflete a realidade mas a capacidade de mobilização para agregar pessoas que se disponham a ligar o computador, se logar e perder um tempo, não raras vezes imenso, para registrar sua escolha. Meu parceiro Paulo Emílio tinha essa vocação. De todo modo, o imerecido título fez crescer minha autoestima.

Continuo achando a música rasteira. Pagou, no entanto, o preço da fita virgem com juros equivalentes à alta agiotagem.

Com o primeiro direito autoral da música, comprei um violão Ovation 1613, meu sonho de consumo musical.

Com a segunda bolada – e mais dois prêmios em festivais – fiquei com o Puma GT, 1600, 81, conversível, amarelo, do meu vizinho, meu sonho de consumo automobilístico e grande xodó – até hoje ocupa o melhor lugar em minha garagem e todo ano, no dia do meu aniversário, com a capota arriada, me acompanha no ritual de rever os lugares marcantes da minha juventude: a escola primária, o colégio onde completei o segundo grau, a faculdade, o clube onde defendi música no meu primeiro festival, o bar onde tomei meu primeiro porre e vi Cartola e Nelson Cavaquinho em carne e osso, o Pacaembu onde assisti a meu primeiro jogo, a praça em Moema onde ganhei meu primeiro beijo de língua... Não o cumpro como oficial compromisso, mas executo esse ritual há treze anos, todo 12 de abril, o dia em que nasci.

Ah! A história da foto do Chico Buarque! Aconteceu o seguinte: caminhava um fim de tarde no Leblon quando o pôr do sol virou vislumbre. Tirei a máquina e ia registrando a cena quando um sujeito, andando ligeiro, cruzou a minha frente, invadindo o cenário e estragando a foto. Maldisse o cara e registrei o momento em outros cliques. Quando reveladas, Lídia achou bonitinhas as imagens fotografadas, sem maiores comentários.

Uma semana depois, ao arrumá-las num álbum, ela gritou:

– Antônio, quando foi isso?

– Isso o quê, meu amor?

– A foto do Chico!

– Que Chico?

– Buarque, ora!

– Que foto do Chico Buarque, Lídia?

O cara que estragou a primeira foto era o Chico Buarque, em seu passo apressado, caminhando no calçadão da Delfim Moreira!

Foi para a primeira página do álbum, claro.

Meu pôr do sol ficou lá no fim.

CAPÍTULO 4

Em fevereiro inauguramos o novo prédio da produtora. Todo em concreto aparente, com dois pavimentos: no térreo abrigava o estúdio principal e a cozinha, enquanto no mezanino ficavam os escritórios, a sala de reuniões e um miniestúdio para pré-produções.

A nova sede chegou dando sorte: emplacamos três campanhas de sucesso. A melhor delas – dos caminhões Germânia – veio com pedido especial para que o jingle fosse nosso, pois o antigo, aquela guarânia dos anos 1980, ainda era utilizado com êxito até aqueles dias.

Deu trabalho. O fabricante queria algo muito semelhante ao anterior, enquanto nós argumentávamos que, para ser tão parecido, bastava seguir usando a mesma peça.

Por fim, o convencemos a adotar a nova composição:

Faça chuva ou faça sol, seja feriado ou fim de semana
de madrugada boto na estrada o meu caminhão
e passa cana, passa banana, capim pangola e colonião
passa boiada, mula empacada, seca, enxurrada, serra e savana

É trovoada, curva fechada e as lombada' quase em fila indiana
mas isso é nada, minha morena, pois meu caminho
é uma estrada plana
ô pequena: tô com meu Germânia (*)

A construção tinha outro grande trunfo: o canil no fundo. Com isso, podíamos levar para o trabalho o Chico – labrador cor de mel que dei a Lídia nos dez anos de nosso casamento.

O canil foi utilizado apenas nos primeiros dias. Na segunda semana, Chico andava por todo o estúdio e sempre quando me via compondo se esparramava ao meu lado com cara de deleite e de lá não saía nem com chicote.

A casinhola servia a uma única ocasião: quando o dono da conta da Germânia nos visitava. Bastava vê-lo para nosso doce cão virar uma fera perversa, avançar sobre ele e só não o morder porque intervínhamos e o prendíamos no fundo da casa. Seu comportamento era tão estranho à sua índole habitual que cheguei a pensar em não contê-lo, num de seus ataques, para ver se não blefava apenas por diversão. Não corri o risco. Morrerei com essa dúvida. Na verdade, a antipatia era recíproca: do publicitário por cachorros em geral e do nosso Chico especificamente pelo Hanz, o publicitário. Pior é que a situação recrudescia a cada episódio, pois o cão, inteligente em demasia, passou a associar as visitas de seu desafeto às suas prisões, nutrindo mais ódio pelo nosso importante cliente.

Logo quando libertado, vingava a tarde perdida na clausura espalhando merda por toda a minha sala, minha mesa e até meu violão – mas essa era a única situação em que não prestava rigoroso respeito ao instrumento.

O mesmo respeito devotava pela intimidade havida entre minha mulher e eu. A verdade é que Lídia, aos trinta e oito anos, continuava linda e absolutamente desejada por meus olhos e

(*) O jingle "Germânia 2", apresentado nesse capítulo, pode ser ouvido em www.celsoviafora.com.br

meu corpo cobiçoso. Assim, não poucas vezes, trancávamos o escritório e nos amávamos no meio de uma tarde ociosa. Era até mais prudente, pois, como Tadeu e Juliana estudavam de manhã e Vítor ia para o maternal à tarde, tínhamos sempre a presença de filhos em casa para invadir nosso quarto a hora que fosse. No escritório, ao contrário, filhos não havia nenhum – Chico era um filho, mas à parte. Tínhamos o cuidado de chavear a porta, mas, nas duas exclusivas vezes em que não o fizemos – por abuso de desejo ou ausência de terceiros –, Chico abriu o trinco da porta com a pata e nos flagrou nus – uma vez sobre a mesa e, na seguinte, sobre o sofá de couro. Nas duas ocasiões, fingiu procurar algo na sala, farejando o nada, disfarçou descaradamente e, sem colocar sequer uma vez os olhos sobre nós, saiu com nítida vergonha e certa censura pela situação a que o expusemos deixando a porta destravada.

Só não se podia deixá-lo entrar na sala de reuniões em hora de trabalho, pois, do contrário, derrubava com o rabo, sem o perceber, uísque, café, biscoito, amendoim, salgados e tudo o que estivesse posto na mesa baixa de centro. A particularidade era que jamais tocava em nossa comida, embora literalmente babasse de vontade. Não tocava mas espalhava pelo tapete com a cauda. Depois de espalhada, ganhava a comida de presente. Mas posso jurar que não premeditava. Lídia não tinha tanta certeza.

Só uma única vez Chico roubou nossa comida, mas isso se deu há muitos anos. A *van* que levava as crianças para as aulas quebrou e o motorista ligou para avisar que não viria. Atrasada, Lídia deixou o almoço no prato e correu com Tadeu e Juliana para a garagem. Tamanha foi a pressa que esqueceu de levar as chaves do carro. Ao retornar para apanhá-las, um minuto depois, já encontrou o labrador sobre a mesa, com o bife inteiro na boca. Assustado, ficou imóvel como estátua, sem mexer nem os olhos, até que Lídia apanhasse as chaves e saísse morrendo de rir da sua estratégia para se deixar desperceber.

Uma figura, o Chico!

Observá-lo me fez desenvolver a teoria da correlação progressiva entre o caráter do cão e seu dono. Claro que variantes como raça são importantes – mesmo porque a escolha do animal por quem o adota já se dá, em parte, movida pela busca de índole parecida com a sua própria –, mas, em regra, o tempo vai assemelhando as faculdades morais dos dois seres.

Prova disso tenho em família: meu cachorro é um sacana, bonachão e bem-humorado. Já Petisco, o chihuahua do meu cunhado, é um chato, enfezado, destituído da mais mínima espirituosidade – que Anita, minha irmãzinha, não me ouça.

Por essas e outras foi que adorei a ideia do canil na produtora. Ganhei a companhia do meu amigo no trabalho e, sobretudo, no trânsito: com a cabeça para fora da janela parecia o único paulistano a manter humor e alegria no tráfego carregado da cidade. Com isso, emprestava sua felicidade a mim e aos vizinhos de engarrafamento, não sendo raro ver pessoas deixarem de esbravejar contra o carro da frente para, imediatamente após vê-lo com seu sorriso canino, dividir brincadeira com ele. Devia ganhar título de cidadão paulistano: seu contentamento fazia melhor à população que muita personalidade agraciada com a honraria.

O fato é que Chico virou nosso quarto filho – o terceiro na linha de sucessão, já que Vítor chegou depois dele. Me acompanhava em todas. Só não entrava nos estádios. Mas, quando o jogo era acompanhado pela TV, ele se sentava diante do aparelho, cinco minutos antes do início da transmissão, e permanecia até o apito final – mesmo quando perdíamos por 3 ou 4 a 0.

As arquibancadas, naquela ocasião, só frequentávamos Tadeu e eu. Já não havia meu pai.

Tenho muita tristeza por não ter dado tempo de assistir a meu filho e meu pai torcendo na companhia um do outro.

Dói não ter mais o velho nas coisas que fazíamos juntos. Com o tempo, sinto a dor se desadensar, nunca se desfazer.

Os dias que sucederam sua perda foram o tempo em que mais lamentei minha convicção ateísta. Queria muito acreditar em deus e no *kit* de coisas que o acompanha – o céu, a possibilidade do reencontro, uma outra existência sem dor... Sua semelhança a um conto de fadas é também, nesses momentos, o princípio ativo do seu efeito terapêutico.

CAPÍTULO 5

– Posso te perguntar uma coisa, Antônio?

– Você pode tudo, meu amor.

– E aquela doideira de sonhar com um povo de Tiradentes, nunca mais rolou?

– Que eu me lembre, não.

– Como assim: "Que eu me lembre"?

– Pode ser que eu sonhe e não lembre.

– Bah! Se tu sonha e não lembra, não existe.

– Claro que existe! Não tem sonho que você acorda lembrando e depois esquece?

– Se o sonho só tem vida na tua cabeça, o sonho que não fica na tua cabeça não vira nada.

– Freud não pensava assim. Jung também não.

– É que Freud e Jung só analisavam os malucos que lembravam do sonho maluco que sonhavam.

– Ou não...

– Como não? Como é que tu vai interpretar um sonho que o paciente esqueceu?

– Você acha que todo maluco lembra do que sonha?

– Ou não... Vai ver o maluco que não lembra o sonho maluco esquece que é maluco e não procura o Freud...

– Papo de doido.

– Tu que sonha um ano com um bando de gente tri-estranha e meu papo é que é de doido?

Permanecemos um tempo olhando o teto em silêncio.

Depois do amor, sempre nos entretinha a conversa sobre tudo o que não fossem os assuntos práticos do dia a dia. Valia a filosofia, a física quântica ou a plantação de abóboras. Só o cotidiano não podia ser. Creio ter o hábito se criado como estratagema para o abandono do cigarro. Fumar depois do sexo, cinco anos após deixar o vício, ainda me fazia falta. Sonhava com uma tragada. Jogar conversa fora me fazia esquecer de sonhar – como os malucos que não procuravam Freud.

– Você tem vontade de fumar depois que transa? – compartilhei o pensamento.

– Nunca fui, assim, uma grande tabagista. Tu ainda tem?

– Tenho. Mas menos do que tinha vontade de transar, depois de fumar, e você não me dava bola – não perdia a chance de lhe fazer um cortejo.

Lídia me beijou a boca. As minhas galantarias, Lídia sempre fazia valer a pena.

Repostos os olhos no teto, pensei no tempo em que todos fumavam no quarto. Mais que no quarto: acendia-se o cigarro no ônibus, no cinema, no corredor do hospital e ninguém se aborrecia com veemência. Não lembro de me incomodar, por exemplo, a neblina tabagista num voo da ponte aérea da maneira como hoje me incomoda um cigarro aceso em local aberto. Teria piorado o cheiro do tabaco ou a intolerância das pessoas?

– Lembra quando a gente fumava na cama?

– Tu é que fumava. Eu não.

– Para com isso! Você queimou duas vezes a camisola!

– E quem foi que queimou o peru?

– Você não tem. Senão queimava também.

– E tu queria que eu tivesse, é? – Lídia também sabia ser patife.

– Se você tivesse peru eu cortava o meu. Pra gente continuar juntos.

Adorava fazê-la sorrir. Puro egoísmo: Lídia sorrindo era a coisa mais bonita deste mundo.

Um tempo calados e ela adormeceu.

Ao apagar o abajur, as saudades de São José dos Becos se acenderam.

Acordados pela curiosidade de Lídia, foram se chegando Tonho, Dito, Serafim... Lembrei de Zita.

Quitéria ficou por último, como se vivesse à sombra da luz de Lídia.

Nunca meditei sobre que espécie de razão me levou a sonhar, por tantas e improváveis noites, com toda aquela gente.

Também não ponderei sobre por que deixei de o fazer.

A realidade é que, se alguém contasse como sua verdade história tão disparatada, pediria que se autointernasse como louco, que escrevesse um romance insólito ou que concebesse um livro de poesia inconcreta.

Certamente por pensar neles, tão às vésperas do sono, pela primeira e única noite sonhei com Quitéria depois de ter vida com Lídia.

Acordei com tudo nítido e inteiro na memória. Quitéria, embora com o nome dela mesma, deixara de ser negra: agora tinha pele ajambolada, cintura mais fina, quadril menos saliente, cabelos curtos e lisos – embora negros – e, toda ela, igual beleza.

A idade era a mesma – a aparência mais contemporânea – e já não estava em São José dos Becos, mas ao lado do que parecia um majestoso teatro de paredes cor-de-rosa.

Lia um romance na mesa de uma espécie de bar, vizinho ao prédio, acomodado ao relento sobre um deque de madeira, construído acima do nível do chão e cercado por um gradil de ferro torneado, cujo acesso se dava através de uma escada ladeada por um prolongamento do mesmo gradeado. Era todo cercado de árvores robustas.

Lembro de ter subido os degraus em direção a ela.

Lembro de Quitéria fechar seu livro e se voltar lentamente na minha direção.

Lembro de seu susto e sua indisfarçada alegria em me ver.

Porém, mais que de qualquer outra coisa, lembro o momento em que o rádio executou aquela música, fazendo tudo parecer com uma ópera cabocla:

Pelo amor de Deus
só pode ser!
Foi você que escreveu
o romance que acabei de ler
Corro as frases e me reconheço
Tudo ali desde o começo
a ternura, o desejo
E quem mais ia conhecer
a arquitetura do meu beijo
a espessura do meu prazer?

Você que inventou
a ficção da nossa vida real:
do nada à luz, da luz ao caos

Pelo amor de Deus
só pode ser!
Foi você que escreveu
Eu não vejo como um impostor
ia expor meu mais profundo avesso

De que matéria era nossa paixão
realidade ou imaginação?
Desejo ou visagem?

Você foi meu grande amor
ou apenas um autor
à procura de dois personagens?
*(*5)*

CAPÍTULO 6

Marcaram uma reunião de trabalho no Rio de Janeiro na quinta-feira, logo após o carnaval.

Fazia quinze anos que eu não pisava no sambódromo. Deu saudade.

Resolvi antecipar minha chegada, aproveitando para levar Lídia, pela primeira vez, à Marquês de Sapucaí.

Naquele desfile todos os enredos seriam alusivos aos quinhentos anos do descobrimento do Brasil. Poderia ficar bonito: as catorze escolas atuando como árias de uma única grande ópera carnavalesca em catorze atos.

Anita, minha irmã, levaria mamãe para uma casa alugada em Angra. Aceitamos o convite para que as crianças descessem com elas. Sem filhos, ganharíamos um carnaval com cara de lua de mel e vista para o mar.

Chico também ganharia a sua: a cadela do Franz, meu antigo sócio, estava no cio e meu cão foi o escolhido para emprenhá-la.

Tínhamos convite para o camarote de uma revista temática e uma cervejaria.

Lídia os recusou:

– Tem muita chinoca. Vão olhar pra ti, vai me baixar a gaúcha pampeira, meto a mão na cara da vadia e acaba a nossa festa. Melhor comprar uma frisa pra garantir a intimidade.

Achei uma gracinha seu ciúme, sua bravura anitagaribaldiana e sua guerra de fronteiras.

Fechei uma frisa de seis lugares. Convidei os nossos melhores amigos para dividi-la conosco: Vítor Mateus e Zoraide mais o Paulo Emílio e a Ilse. Escolha certeira – dois dias embriagados num delírio como aquele não cabia arriscar com amizades recentes.

Nos cinco anos de vida do Vítor, nosso mais novo, seria a primeira vez que viajaríamos sem ele.

Ao se dar conta disso, Lídia quase desiste da folia.

– Vá sozinho, Antônio. Não nasci pra esse tipo de fandango.

– Você nunca viu!

– Vi pela tevê. Já deu pra ter ideia.

– Viu nada! Uma coisa é trepar, outra é ver pela tevê um filme de sacanagem – tentei argumentar.

– Mas que comparação mais idiota!

– Tem graça? Vai o Vítor, a mulher, o Paulo, a mulher e vou eu numa de viúvo de mulher viva? Fora que, se arrumo uma gata, queimo o filme com o resto da galera – bravateei.

Convenceu-a a companhia dos amigos, pois havia muito Lídia sabia que me tinha completamente seu.

Chegamos no fim da tarde de sexta-feira.

No voo, encontramos uma turma de excursionistas que, na excitação de bordo, não davam a si nem aos outros o menor sossego. Embora adultos, em bando e a caminho do feriado, agiam como adolescentes.

A maioria dos demais passageiros incomodou-se intensamente com eles.

No início também eu me incomodei. Depois, vendo a cara de ódio dos que se acreditavam donos do avião, preferi a trangressão ruidosa da alegria que o silêncio circunspecto do mau humor.

Lídia reencontrou um personagem que raras vezes lhe habitava: a mulher irascível. O papel não combinava consigo, mas ela o fazia. Não era hormonal – a TPM nunca a molestou severamente. Baixava o personagem, ela o vestia e pronto. Com os impertinentes, irritou-se o compreensível. Comigo, ao perceber que me divertia ver a raiva dos outros, irritou-se de forma desproporcional:

– Tenha dó! É bem teu modelinho: sempre arrumar motivo pra simpatizar com os outros! Até um bando de idiotas como aquele.

Resolvi não responder para não piorar mais ainda as coisas. Meu silêncio indiferente piorou as coisas ainda mais.

O resultado foi que passei o primeiro dia de uma esperada lua de mel carioca sem sexo nem beijo.

O personagem só deixou seu corpo no sábado à noite.

Estava especialmente linda naquele jantar: o *short* discretamente curto recortava suas pernas com tanta elegância e sóbria devassidão que não consegui disfarçar meu olhar sobre a insinuada carne de suas coxas.

O disfarce não evitou que Vítor Mateus percebesse e, sacana, disparasse a garrucha de sua verve campeira:

– Mas, bah, tchê! Quinze anos depois o paulista continua com aquele mesmo olho de relancina, gauderiando a perna da prenda!

– E bagual do mesmo tanto! – acedeu Lídia com o sorriso mais bonito do mundo (os dentes muito brancos como a bandeira da paz que me estendia) e um beijo carnudo que atiçou meu desejo incendiado de vinho, paixão e abstinência.

Aproveitei a aproximação de seu corpo para deixar por ali, meio que descansada, a mão sobre os seus joelhos.

Cúmplice, Lídia logo derramou sua mão sobre a minha, trazendo os meus dedos, de milímetro em milímetro, até o mais próximo de seu sexo, apenas guardando cuidado para não sermos pegos naquela descarada indecência.

Cortejando-nos como adolescentes na primeira hora da paixão, isolamo-nos do restante das pessoas no interior da bolha sensual que envolveu nossas vontades. Vez em quando, fingindo atenção aos desassuntos que os outros discutiam, acenávamos em vaga concordância com o que já não tínhamos o menor interesse ou ideia do que se tratava.

Quando finalmente chegamos à sobremesa, nossa urgência beirava o insuportável. Tentei que todos desistissem do café, mas não fui convincente.

Sacana, Lídia pediu o seu com bastante chantilly – a malícia nos olhos, enquanto sua língua e seus lábios me faziam provocações sob o creme.

Muitas vezes desejei o corpo de minha mulher. Poucas como aquela.

Pedi a conta ao garçom, um táxi ao manobrista e à sorte que o trânsito fosse rápido.

Fizemos o mais apaixonado amor, doze andares acima do mar, doze anos-luz acima do resto das coisas, com o Atlântico aos nossos pés e, um pouco adiante dos olhos, a bênção silenciosa do Redentor.

CAPÍTULO 7

Domingo, depois da praia, almoçamos nas proximidades do hotel, em Copacabana, e o restante da tarde descansamos para enfrentar a maratona da madrugada.

Às oito da noite chegou a *van* que nos levaria ao desfile.

Lídia não demonstrava paciência ou vocação alguma para Rei Momo: irritou-se com o trânsito, a sujeira e desorganização do entorno e a dificuldade de acesso aos portões do sambódromo.

Demoramos quase meia hora para cumprir o trajeto do carro à nossa frisa.

Seu infortúnio, porém, terminou ali. Então começou a festa.

E foi bonita a festa, pá – como diriam os portugueses e o Chico Buarque.

– Mas que festa bonita, bah! – exclamou Vítor Mateus no meio da noite, traduzindo Chico para o gauchês.

Lídia estava excessivamente bela sambando de sua maneira levemente desajeitada – mas graciosa.

No dia a dia, usando roupa de bater, sem exuberância ou acabrunhamento, minha mulher era linda. No entanto, intensa e irradiante, como então, a beleza de Lídia era estrepitosa.

Fui buscar um uísque na lanchonete e encontrei o Ferdinand Mauriaux, marqueteiro sempre vizinho das altas esferas do poder, com trânsito igualmente íntimo nos partidos da situação e oposição. Astuto consultor de alguns dos mais expressivos políticos, ele me convidou para cuidar da campanha dos candidatos a prefeito de duas grandes cidades brasileiras.

Corri contar para Lídia que me rechaçou com censura e leveza:

– Trabalho, meu amor, só na Quarta-Feira de Cinzas. Olha que linda a bateria da Mocidade! – e saiu rodopiando, porta-bandeira da minha vida inteira.

Brincamos um monte.

O Rio de Janeiro ganhou outra fã de seu carnaval e eu mais um motivo para, reiterada e perdidamente, me apaixonar por ela.

Voltamos ao hotel com dia claro.

O cansaço não impediu que nos amássemos desmedidamente, como a nossa felicidade.

Na segunda noite, o trânsito, a sujeira, a desorganização do entorno, a dificuldade de acesso e a demora para cumprir o trajeto do carro à nossa frisa foram exatamente os mesmos, só que Lídia sequer notou.

Me comoveu sua empolgação com a Imperatriz, de quem se dizia torcedora.

Me emocionou vê-la cantar o samba da Mangueira, do Salgueiro, da Ilha, da Beija-Flor!

Cheguei com azia, mas a alegria me curou.

Se verdadeira minha antiga teoria de que lugares especiais como aquele possuem o poder de absorver e armazenar a alegria das pessoas, a partir daquele ano, o sambódromo haveria de vibrar com muito maior intensidade, tendo o arrebatamento de Lídia pulsando nele.

Outra vez fui à fila da lanchonete e encontrei o Ferdinand.

Outra vez me confirmou a proposta das duas campanhas. Dessa vez, mais bêbado, adiantou uns pormenores:

– Só precisa você botar uma gordura lá. Para esquentar o caixa dos partidos.

– Dez por cento?

– Não. Isso tá defasado.

– Quanto? – eu quis saber.

– Vinte. Mas pode ter que bater nos vinte e cinco. Não dá pra ganhar eleição sem dinheiro, meu caro!

Voltou a azia, mas era carnaval, a bateria da Viradouro estava linda, o desfile estava quase acabando e não cabia acidez, nem tristeza naquela hora.

Éramos um casal feliz de namorados que virávamos uma frisa com seis foliões bastante animados que virávamos doze e dezoito e um setor inteiro de alegres criaturas que virávamos dezoito e doze e, novamente, uma frisa de seis foliões que viravam um casal de namorados que outra vez virávamos seis e doze e dezoito e um setor de enamorados brincando o primeiro carnaval do novo milênio.

CAPÍTULO 8

Do sambódromo fomos para um café da manhã com champanhe. Bebemoramos a uma viagem sem defeito.

Fechei a festa fazendo lambança: a fivela do meu mocassim enroscou na toalha da mesa de frios e junto com ela derrubei praticamente todos os itens do bufê: queijos, pastas, enbutidos, pães, bolos, tortas, pudins, mais travessas, tigelas, pratos e talheres.

Foi um estrago tremendo.

Quase morri de vergonha.

Lídia quase morreu de rir.

Vítor não perdoou:

– Isso porque diz que tá a meia guampa. Se tivesse inteiro bêbado derrubava o bonde do Pão de Açúcar!

No hotel, o cansaço foi maior que o furor amoroso dos anteriores dias.

Acordamos depois das quatro da tarde.

Vítor e Zoraide já tinham voltado a Porto Alegre.

Combinamos um fim de tarde com Paulo Emílio e Ilse. Os dois só embarcariam às nove da noite.

Escolhemos a mesa da calçada de um bar em frente à galeria Alaska.

Uns travestis apareceram para brincar de constranger os clientes, sentando no colo, beijando as faces, acarinhando os cabelos até que ficassem vermelhos do vexame e da risada dos demais fregueses que, por sua vez, logo eram atacados e bolinados pelas mesmas afetadas provocações.

Um deles se acercou de mim. Resolvi entrar completamente na brincadeira, reagindo para tentar lhe tomar o show, virar o jogo e constrangê-lo até o ponto de as pessoas rirem dele.

O cara era bom: reagiu e ficamos assim, em duelo teatral equilibrado, para ver quem afinal conseguiria impingir constrangimento ao outro.

Estávamos próximos de tacitamente aceitar um empate técnico, quando Lídia fechou a partida a meu favor:

– Eu te conheço!

– Engano teu, guria! Sou de muito, muito longe – respondeu tranquilo.

– Vem de onde? – ela quis saber.

– Butiá, conhece?

– Mas claro, tchê! Terra do pai. Me criei passando férias em Butiá! Qualé teu nome, piá?

Sumiu.

Nunca vi ninguém correr da própria adolescência com tanta ligeireza.

Jantamos e ficamos por ali até que desse a hora do voo dos nossos companheiros.

Odeio ser o último a deixar o lugar da festa. Gosto das gentes, do tumulto dos amigos, do rumor das pessoas.

Me deprime voltar ou permanecer sozinho onde estive de galera. Devo ter uma certa inclinação masoquista à nostalgia: fico só remoendo as recentes histórias, rememorando conversas, repassando o filme dos acontecimentos, tudo com a melancolia do tempo acabado. Preciso sair da cena, chegar em casa e desfazer as malas para desvestir um passado feliz.

E aqueles quase cinco dias de farra foram bastante felizes.

Doía antecipadamente pensar sobre como seria a quarta-feira sem Lídia nem ninguém, só restando eu para minha reunião de trabalho.

Não pensei: estávamos na terça-feira e, embora os outros já tivessem partido, ainda era carnaval.

Fora que Lídia, só ela, sempre me bastava.

E se eu a teria só aquela noite, aquela noite ainda a teríamos toda.

Quase fomos à casa de um amigo, a um baile, a um bloco, mas, por fim, fomos dançar na Lapa.

Desengonçado, só me restou aproveitar o abraço da dança para adivinhar o corpo de Lídia dentro de suas roupas.

Deixamos o bar e, na rua, paramos para assistir a um show de samba sob os arcos.

Voltamos a dançar colados. Ventava e a brisa quase friazinha endureceu a ponta dos seus seios, me permitindo adivinhar seu corpo com mais precisão e apetite.

– Acho que temos de ir... – disse em determinada hora ao pé do meu ouvido.

Os primeiros carinhos foram naturalmente afoitos e urgentes, mas, logo em seguida, fizemos um amor tranquilo como nossas almas, pacificado como nossas vidas, firme como as carnes de Lídia, indiferente à passagem dos anos.

Quase não tínhamos mais o que inventar: nos conhecíamos na cama mais que a si mesmos, o corpo e o desejo do outro mapeados. No entanto, em casos como aquele – longe de casa, com janela para o oceano, direito a namoro e carinho na praça – sempre acontecia o inesperado, sempre atravessávamos outra porta, atingíamos outra altura, tocávamo-nos com outra densidade.

Como de costume, assisti ao seu sono, adiantando em algumas horas a saudade que sentiria na tarde seguinte, quando a veria desembarcar de mim, mesmo que por apenas um dia e meio.

Com cuidado, cerrei as cortinas do quarto, me deixando na varanda para olhar o mar, o Cristo, Copacabana...

Tive muita vontade de fumar um cigarro. Em hora e lugar como aqueles sua companhia silenciosa faz muita falta, mesmo cinco anos depois.

Se não tivesse absoluta convicção de que, cedendo, retomaria o vício e a dependência, teria me dado esse prazer.

Troquei o cigarro pela caneta e escrevi uma canção para aquela noite:

Nem terminou
já tô morrendo de saudade
o dia nem raiou
a vida nem veio chamar
e a manhã ainda nem aportou
Na real, nem terminou
a gente nem tocou o chão
nem ninguém avistou
na sombra da tarde
luz de cidade

onde olharei, enfim,
você desembarcar de mim
no filme da realidade
a plateia se acender e fim

Nem terminou
já quero ver de novo a gente
no dia que travou
a vida no mesmo lugar
Retomar por quantas vezes quiser
Dar replay de um ponto qualquer
a gente nem tocou o chão
nem ninguém avistou
na sombra da tarde
luz de cidade
onde olharei, enfim
você desembarcar de mim
no filme da realidade
a plateia se acender e fim

Nem termimou
já quero ver de novo a gente
no dia que travou
a vida no mesmo lugar
Retomar por quantas vezes quiser
Dar replay de um ponto qualquer
já tô morrendo de saudade
o dia nem raiou
a vida nem veio chamar
e a manhã ainda nem aportou
Na real, nem terminou
*(*6)*

Ao amanhecer, tentei convencê-la a trocar a passagem para o dia seguinte. Não teve jeito: a mãe de Tadeu, Juliana e Vítor queria estar em casa para recebê-los na volta do feriado.

Foi dolorido vê-la fechar a mala.

Desci para acompanhá-la até o ponto de táxi.

Nos beijamos e o carro partiu.

Fiquei olhando o veículo dobrar à esquerda na avenida Atlântica em direção ao Santos Dumont.

Mesmo não sendo aquela quase asfixia dos primeiros anos, perder Lídia no meio de uma viagem ainda machucava.

Permaneci na esquina até o carro sumir, como se clicasse a última foto-memória do nosso carnaval.

Ao subir para o quarto, encontrei no espelho do elevador já a máscara da saudade sobre as olheiras da folia no meu rosto.

A desocupação no seu lado da cama me lembrou outro tempo, outro vazio de Lídia: um colchonete desbeiçado no alojamento do festival de São Joaquim do Rio Turvo, onde tudo começou.

Na varanda, olhando outra vez o mar de Copacabana, me comovi com perceber o nosso amor ainda são e salvo, capaz de produzir saudade adolescente como aquela, mesmo depois de quinze anos.

CAPÍTULO 9

Sem mais o que fazer na solidão daquela Quarta-Feira de Cinzas, resolvi caminhar na praia.

Seguindo a linha do mar em direção ao Leme, tive a felicíssima surpresa de encontrar um querido amigo: Waldemar, o mesmo dos antigos festivais, tinha se mudado de Belém para o Rio e naquele momento conversava numa roda em frente a uma das barracas da praia. Em meio ao marulho das ondas, ouvi sua voz familiar ao longe:

– Fala, Tonhão!

Esse é mais um daqueles cuja distância e o afastamento não servem para embaraçar nossas estimas. Os anos se passam sem um sequer saber do outro e, já na primeira vista do seguinte encontro, a fraterna intimidade havida entre nós logo se remonta ou, mais que isso, nunca se desfaz a ponto de necessitar qualquer reparo.

Pediu outra cadeira ao barraqueiro e praticamente me obrigou a suspender a caminhada. Minha natural preguiça se rejubilou.

A barraca tinha poderoso sistema de som e, tendo começado a apuração do desfile, juntou muita gente em torno dela, prejudicando o atendimento. O proprietário, para livrar-se dos caronas, radicalizou na estratégia. O locutor da Liga das Escolas de Samba anunciava no rádio:

– "...Tradição: 9; Mocidade Independente de Padre Miguel: 9,5; Portela: 9; Unidos da Tijuca: 10; Mangueira..." – e então sumia o som, a galera vaiava, mas logo a transmissão voltava ao normal: – "Salgueiro: 10...".

Na leitura das notas do segundo jurado a mesma coisa:

– "...Portela: 9,5; Unidos da Tijuca: 9,5; Mangueira..." – silêncio de novo, outra vaia e, em seguida, o som se refazia: – "Salgueiro: 10...".

Na leitura da nota do quarto jurado já não havia senão os fregueses, porque, sempre que anunciavam as notas da Mangueira (a escola que reunia a maioria dos torcedores e, portanto, também a maioria dos caronas), o dono da barraca baixava o som, como se perdesse o sinal.

Ao perceberem o embuste, os mangueirenses e a muvuca dos que nada consumiam se mudaram para o concorrente.

– Bando de vagabundo! Se não vai comer nem beber, dá área, meu irmão!

Ao final da apuração, Lídia ganhou o carnaval em seu primeiro desfile como torcedora da Imperatriz e me ligou:

– Não te falei? Sei tudo de carnaval, tchê!

– De que é que você não sabe, minha prenda?

Contei que estava com o Waldemar, a quem Lídia queria tanto bem quanto eu.

– Que bom, Antônio. Assim tu não fica solito, sirigaiteando.

Abreviamos a conversa porque, sem muito sinal no celular, falávamos para todo o Leme ouvir.

Não desliguei, contudo, sem gritar que a amava.

Durante toda a tarde, de tempo em tempo, lufadas de maconha impregnavam o ar. A fumaça vinha de dois grupos, um adiante e outro na retaguarda do vento, defumando-nos e à praia toda.

O cheiro da erva fez o Waldemar lembrar a história da prisão do Catulo, num festival em Freitas, no interior de São Paulo. O violeiro saiu para fumar um baseado. Despreocupado como se chupasse um pirulito, escolheu a porta do clube para acender a marola. Duas tragadas e uma mulher linda se aproxima. Catulo na maior paz:

– Vai uma bola?

– Vou, não. Você é que vai comigo. Pra delegacia.

– Ô xente, minha flô... pra que isso?

– Sargento Érica, por favor.

– Violeiro Catulo, ao seu dispor – e lhe estendeu a mão.

– Você é muito folgado, violeiro! Fumar maconha justamente aqui?

– Aqui onde?

O festival acontecia no Clube Círculo Militar.

Foi necessária a intervenção do prefeito – primo do delegado – e a autorização do coronel que presidia o clube para a prisão ser relaxada a tempo de o maranhense defender sua canção no certame.

O repertório de histórias maconheiras do Catulo era vasto.

Lembrei da viagem de trem entre Rio e São Paulo: ele comprou uma cabine, trancou-se nela e acendeu unzinho. Mais um pouco e o cabineiro, desesperado mas boa praça, veio pedir que, se fosse fumar, era melhor fazê-lo ao ar livre, no vão entre os vagões, já que a ventilação da composição funcionava retirando o ar da cabine e o lançando no corredor do vagão – àquela altura já parecido com Londres em pleno *fog*.

Waldemar recordou a batida policial na volta de Cuiabá: Catulo teve que engolir um tijolo de marijuana no banheiro do ônibus para não cair na mão dos federais. No dia seguinte, juntou, secou ao sol, esfarelou, separou o que entendeu ser a mais pura *cannabis* e fumou feliz a própria merda.

Lembrando histórias de Catulo a tarde caiu de vez.

Voltei para o hotel e dormi, cansado da praia, até a hora combinada para jantar em companhia do Ferdinand: o lobista havia me ligado perto do meio-dia confirmando o desejo de tratar comigo sobre aquele assunto adiantado no sambódromo.

O javali do Nova Capela continuava maravilhoso, como os bolinhos de bacalhau.

A moralidade da política brasileira não: me ofereceu uma campanha em Minas e outra em São Paulo. Publicidade de empresa pública. Vinte e cinco por cento teria que ser o sobrepreço. A quantia seria repassada ao partido do governo local.

Fiquei de pensar.

Voltei para o hotel assistindo passar pela janela do táxi a praia do Flamengo, o Aterro, Botafogo, Copacabana... Gigante pela própria natureza, o Éden começava a ficar pequeno para tanta cobra.

Meu carnaval terminou num choque de realidade.

A reunião de quinta-feira seria no centro.

Raquel foi minha colega de faculdade e agora cuidava do marketing de uma grande empresa de cosméticos. Queria a nossa agência para a campanha de uma colônia de banho.

Esperei mais de uma hora por ela. Quando finalmente fui recebido, encontrei uma Raquel distante e assoberbada, bastante diferente daquela que um dia viajou comigo a Búzios, no fusca do Coxinha, o cara mais louco da nossa turma.

Com ela, todavia, tinha a certeza de não ouvir uma proposta indecorosa como a do Ferdinand.

Ouvi, contudo, sua prolongada dissertação sobre o "conceito dos 4 Pês: produto, praça, preço e promoção", criada por Jerome McCarthy na década de 1960.

Hoje, ao relembrar seu discurso à luz do que viria a acontecer depois, tudo se assemelha àquelas matérias sobre antropologia ou holística que preenchem páginas acessórias das revistas de mulher pelada sem outra finalidade que não seja dar ao que realmente lhes interessa vender – seios, bundas e xoxotas – uma hipócrita aura de respeito e inteligência.

O que "realmente interessava" foi posto no final da reunião: a garantia da campanha no condicional de uma comissão extra que teria de ser paga a ela, pessoalmente e em espécie, no montante de vinte por cento.

A propina havia se instaurado também na iniciativa privada.

O custo Brasil, já inchado por impostos exorbitantes, ganhava o acréscimo de gordura podre.

Saí tão abalado que mal me dei conta do que dizia o velho homem negro à minha frente:

– ...Ouviu o que eu disse?

– Me desculpe...

– Eu falei que você precisa ir à Igreja de São Benedito.

E sumiu na multidão.

CAPÍTULO 10

Foi o tempo de voltar ao hotel, atirar as roupas na mala, fechar a conta e correr para o aeroporto. Precisava de Lídia para colocar a cabeça em ordem.

Estava surpreso e chocado com aquilo que mostrava ser a postura da minha geração no poder.

Meu sobressalto era justificado: até o final do ano anterior quem cuidava das negociações com os clientes era o Franz, meu sócio, de quem comprei a primeira metade da agência em 1995, com as economias guardadas durante a vida, especialmente com os direitos autorais pela utilização de "Nada Mais" na campanha de uma multinacional de refrigerantes e mais o resultado da venda de um apartamento herdado de meu pai.

A compra da outra metade tinha acabado de concluir, com uma parte da herança deixada pelo pai de Lídia: um apartamento em área nobre de Porto Alegre. Ainda nos restaria uma quarta parte da estância no interior do Rio Grande do Sul, cuja administração permaneceria com o tio das herdeiras, uma vez que nem nós e nem a Miriam e o Hugo, meus cunhados, tínhamos vocação para a pecuária.

Com a aposentadoria irretratável e recente do Franz, aquelas tinham sido minhas duas primeiras reuniões com clientes.

Chamei Lídia para a minha sala logo quando cheguei à produtora e contei o resultado dos dois encontros.

– Mas que barbaridade! – disse, chocada.

– O Ferdinand eu conhecia vagamente, de *happy hour* com publicitários. Mas a Raquel, porra...

– Quer dizer que tua colega honesta virou putinha de mercado e teus parceiros da esquerda universitária resolveram cumprir a antiga máxima de fazer na vida pública o que fazem na privada – mais afirmou que perguntou.

Nossa íntima reunião foi bruscamente interrompida por uma patada na porta, um salto em minha direção e uma lambida de fora a fora no meu rosto: sete dias sem me ver fizeram Chico perder o respeito para com todos os seus limites. Relevei, também eu saudoso de sua companhia.

Meu cão não sossegou enquanto não aceitei que me levasse para passear com ele, fingindo ser conduzido por mim.

Na praça defronte ao estúdio voltei a confirmar minha tese sobre a personalidade do cachorro ser equivalente à do seu dono: um *pit bull*, arrastando seu *pit boy* pela coleira, avançou sobre o Chico, que nada fez para retrucar o ataque. Também eu nada fiz para repreender o brutamontes. Além de sacanas, bonachões e bem-humorados, éramos ligeiramente covardes.

À noite, para festejar a volta de todos, demos o comando da escolha do jantar aos nossos filhos – só o Chico ficou de fora.

Elegeram uma lanchonete que eu detesto.

A família toda junta, daquela forma, parecia me fazer acreditar outra vez no futuro, embora sem saber como conciliar o futuro da ética e da moralidade com o dos meus filhos.

De volta, assistimos ao jornal da noite. Manchete alguma foi capaz de nos devolver a esperança nascida com as eleições diretas, o *impeachment* do Collor, a primeira eleição do Fernando Henrique, a posse do Lula...

– Pior é que a gente não pode recusar trabalho tendo que pagar a conta do prédio novo – Lídia falou baixinho, como quem teme a reação de si mesma em relação às próprias palavras.

Relutei em aceitar o sentido das duas frases.

Deixei baixar o silêncio.

Aquela foi a primeira grande ausência havida entre nós.

Terminou o jornal. Nosso silêncio, não.

Começou um filme. Esperei que ela mudasse o canal. Como não o fizesse, eu resolvi perguntar:

– Tá pensando no quê?

– Tô vendo o filme.

Mentira! Lídia odiava filmes dublados, como aquele.

Fingi que acreditava.

Aquela foi a primeira mentira havida para justificar nossas ausências.

O filme terminou com quem me pareceu ser o mocinho morrendo no fim.

Permaneci sem saber se acertei na compreensão do enredo do filme ou se errei de mocinho.

– Você sabe onde fica a Igreja de São Benedito?

Fiquei sem resposta.

Dessa vez não assisti ao seu sono: desliguei a luz e custei para dormir.

CAPÍTULO 11

Sabíamos que aceitar ou não – mais que a uma proposta – as novas regras do mercado marcaria especialmente as nossas vidas. Só não se sabia para o quê – o bem ou o mal.

Me acabrunhei o dia todo. Ferdinand me ligou do Rio por duas vezes querendo minha resposta e meu comprometimento. Ganhei tempo, mandando mentir que não estava.

Chico percebeu e permaneceu ao meu lado desde o início da tarde.

Às tantas, pulou sobre a mesa para me acarinhar. Quebrou a xícara do café, mas seguiu pelo tampo da mesa como se não fossem suas as patas desabaladas. Com isso quebrou também o cinzeiro e o pote com açúcar mascavo.

Miriam, a irmã de Lídia, tinha um *poodle* que acreditava ser gente. Chico, meu labrador, acreditava piamente ser um *poodle*.

Tive, contudo, a certeza de o quebra-quebra ter sido premeditado por ele. Para me distrair do abatimento. Lídia não tinha tanta certeza.

Voltei para casa sem dar retorno às ligações.

Jantamos em silêncio, aproveitando o remoinho das crianças para nos manter calados, cada um com o seu particular pensamento sobre o mesmo enredo.

Às onze da noite já estávamos na cama.

A libido parecia ter nos abandonado.

– Um cara, no Rio, chegou absolutamente do nada e me disse pra ir à Igreja de São Benedito – tentei puxar conversa.

– Não foi sonho, não? Tu é o cara do sonho estranho.

– Foi estranho. Mas foi real. Na porta do escritório da Raquel. Você sabe onde fica?

– Não conheço nem a Raquel: tanto menos seu escritório...

– Tô perguntando onde fica a Igreja de São Benedito.

– Aqui ou no Rio?

– Aqui.

– Não sei, não.

– No Rio você sabe?

– Também não.

– Você tem nojo de recolher cueca e meia no bidê?

Tentei inaugurar a "sessão disparate" mesmo sem ter havido o sexo que habitualmente a precedia.

– Mas que barbaridade! Que papo é este?

– É que me lembrei do nojo que sentia sempre que minha mãe me pedia pra apanhar a cueca e a meia que meu pai esquecia no bidê depois do banho.

– Mas que bicha tu era quando moço!

– Até as minhas eu tinha nojo de recolher. Hoje não tenho mais.

– Hoje tu não recolhe nem o sapato...

Vi que a conversa ia cair no dia a dia e, pior que isso, sobrar pra mim.

Deixei quieto.

Descobri que papo sobre filosofia, física quântica e plantação de abóboras sem precedência de sexo não funciona.

– Paulo Emílio te ligou hoje cedo – dessa vez quem retomou a conversa foi ela.

– Falou o que era?

– Parece que outra gravação de “Nada Mais”. Acho que na França.

– Me sinto meio cafetão dessa música: a que menos tenho amor é a que mais me dá dinheiro.

Outro silêncio se fez, desamparado de todo e qualquer gesto do nosso habitual carinho. Incrível como as propostas de propina abalaram nossa tranquilidade.

– E se a gente tirasse a porcentagem do Ferdinand da nossa carne? – queria encontrar uma fórmula de não me autoexcluir da nova realidade e nem compactuar com o que acreditava ser uma apropriação indevida de dinheiro alheio.

– Nosso lucro, tu quer dizer – Lídia era objetiva, não adiantava.

– Não: custos. Por exemplo: em vez de contratar um arranjador, escrevo eu e repasso o que seria meu para o pagamento da propina – insisti, resistente.

– Qual a diferença, Antônio?

– A diferença é não injetar gordura no orçamento. Pagar do meu bolso e não com verba pública.

– Antônio: ou tu monta no cavalo ou nem alça a perna.

CAPÍTULO 12

Era 12 de abril, meu aniversário de quarenta anos.

Como sempre faço, tirei a capa de vime que recobria o Puma amarelo e saí pelas ruas de duas São Paulo: os pneus no presente mas a cabeça nas ruas de outra ingenuidade.

Dessa vez não fui à escola, nem ao colégio; não fui ao clube, nem ao bar e nem mesmo ao Pacaembu: me ative exclusivamente à Cidade Universitária.

Entrei pela avenida da Universidade, contornei a praça da Reitoria, peguei a rua do Anfiteatro, passei ao lado da praça do Relógio, e, mais um pouco, estava diante do prédio de fachada branca com frente ajardinada: a ECA, minha velha faculdade.

Permaneci uns vinte minutos estacionado no passado. Pouco para rever aqueles quatro anos. Tempo nenhum para matar as saudades.

Voltei pelo mesmo caminho.

Mais adiante, estiquei os olhos para o Cepeusp, querendo reencontrar o atleta que nunca fui – nadador de córrego, desprovido de técnica; beque central, desprovido de talento; meio de rede, desprovido de altura; ala, desprovido de confiança nos arremessos.

Se não era nem príncipe como atleta, era o rei no Rei das Batidas, o bar com mesas de armar, em madeira de ripa, onde me sentei e brindei sozinho ao calouro de exatos vinte anos atrás.

– Osmarzinho! Traz uma cerveja e uma porção de Joana d'Arc.

O garçom-escritor (*) estava lá desde o meu tempo de estudante. A cerveja continuava gelada – não ousei pedir a batida porque o fígado já não aguentava – e a velha linguiça, com o nome da santa queimada pela Inquisição, ainda era a especialidade da casa.

O mergulho na juventude servia para me devolver um pouco de mim mesmo.

Não permaneci só por muito tempo: ainda antes da chegada de meu pedido tive a maior surpresa do dia:

– Duas cervejas e quatro copos! A Assembleia que espere. Hoje é meu aniversário.

– Parabéns, deputado! – cumprimentou o garçom.

Parecia o túnel do tempo: como a dezenove anos atrás, os dois aniversariantes cabulavam responsabilidades para festejar no Rei.

– Avelino! – saudei.

– Não acredito! Antônio! Meus queridos, este é meu companheiro Antônio Terra: um dos caras mais íntegros que conheci, meu colega de faculdade e a quem não via há mais de quinze anos! – foi como me apresentou ao trio de assessores que o acompanhava.

– Dezenove. Quando comemoramos neste mesmo boteco nosso aniversário – dei precisão à sua desatualizada cronologia.

– É mesmo! Aniversariamos juntos!

Juntamos as mesas, as cervejas e as recordações por toda a manhã.

(*) Osmarzinho (Osmar Afrísio dos Santos) é garçom do Rei das Batidas, um bar localizado perto da Cidade Universitária, em São Paulo. Figura conhecida e tradicional, Osmar se notabilizou por ser, além de garçom, escritor, já tendo publicado os livros: Sem Rei Nem Bar, Somente Osmar e Copos na mão, ideias em vão.

O deputado estadual Avelino Gurgel foi meu companheiro de luta estudantil. Tinha feito carreira política a partir da direção da UNE. Sensato e pragmático, exercia consistente liderança entre moderados e radicais de todas as esquerdas. Parecia trazido pelo destino para exorcizar a náusea dos fantasmas de Raquel e Ferdinand. Apostaria os dedos da mão direita como não correria o risco de receber, de sua boca, o indecoro de qualquer proposta arrevesada.

Ficamos um longo tempo lembrando antigas lutas, como a mobilização para ajuda aos operários do ABC, na greve de 1979, sobretudo minha proposta de uma campanha para a compra de cestas básicas a fim de repassar à família dos paredistas:

– Aquilo foi genial, Antônio! O ABC parado, um quarto do PIB comprometido e a gente achando que a merda de uma greve estudantil ia derrubar o governo! Sua proposta foi a primeira mudança na direção do movimento. Você tem noção disso? A gente pensava ainda com a cabeça nos anos 60, no AI-5, quando uma greve, mesmo sem consequências econômicas como a nossa, era valiosa porque era uma afronta. Mas em 78, 79, a gente podia parar as universidades todas que o governo ia cagar pra isso. Seu discurso atualizou a cabeça das lideranças. Ninguém lhe deu a devida importância porque muita gente capitalizou a mudança para si, mas eu sei que o troço começou com você. Grande Antônio!

Para falar a verdade nem eu me dava essa importância.

A proposta das cestas básicas? Lembrava vagamente de tê-la encaminhado (do nervosismo que me consumiu entre o momento da intenção de pedir a palavra e a decisão de fazê-lo), mas nem lembro se a ideia foi, de fato, inteiramente minha. Lembrava com mais nitidez da intenção de fazer bonito para a Nícia, uma das colegas mais lindas da minha classe e, certamente, a mais engajada.

– E a música?

– Tá meio parada. Tô com uma agência de publicidade.

– Claro! Eu soube disso. Já fez marketing político para alguém?

– Faço mais *jingles*.

Ocupamos toda a nossa tarde com rememorar o passado.

Despedimo-nos firmando um pacto para o amanhã – cujas cervejas faziam parecer mais esperançado e venturoso:

– Antônio: tenho certeza que vamos tomar o poder nas próximas eleições, mudar o país, e eu quero a sua agência comigo!

Me senti ao mesmo tempo renovado e constrangido. Um futuro mais digno se avizinhava um dia após ter sujado as mãos com a primeira parcela da verba da campanha de um dos políticos do Ferdinand – vinte e cinco por cento da qual repassei, em espécie, acondicionada em sacos de supermercado, a um dirigente do partido – justamente o maior adversário político à vinda desse mesmo futuro.

A decisão de Lídia, aceitando as condições, era a única possível depois que o prédio da produtora passou a apresentar vazamentos no concreto aparente, sendo necessário um aporte grandioso e inesperado de dinheiro para reformá-lo – e isso poucos meses depois de sua inauguração, o que acenava ser um problema estrutural.

Havíamos decidido deixar as reuniões com clientes a cargo de minha mulher depois que adiei várias delas – uma porque me doía o estômago, outra porque estava entrevado com lombalgia, uma terceira porque ardia em febre... Não foi difícil enxergar no mal à saúde mental que me faziam esses encontros de trabalho a origem das minhas frequentes e pesadas dores físicas.

Prática e precisa, Lídia se decidia pelo sim ou pelo não e resolvia as coisas sem sofrimento.

De minha parte, criava os textos e as músicas sem me ater aos subterrâneos do negócio.

Ficou bonitinho o *jingle* para a empresa da Raquel. Na voz de Lídia, mais ainda:

Vou com você onde quer que você vá
o mundo tem tantas ruas
eu tô ligado na sua
vamos pro céu, vamos pra lua
Tem um chalé perto de Amsterdam
tem um hotelzinho em Cuba
tem muito mar em Aruba
vou com você e com L'Eau Saint-Martin
LOCUTOR: Seja onde for, vá com L'Eau Saint-Martin! (*)

Lídia fechou a indevida comissão à diretora de marketing da companhia nos solicitados vinte por cento.

O restante serviu para ajudar na reforma do prédio e na festa de aniversário que ganhei naquela mesma noite.

O último convidado saiu de casa depois das três da manhã.

Isso não me impediu de desembrulhar o meu melhor presente: debaixo do vestido estampado com motivos africanos, Lídia guardava especial excitação e vontade de trocar carinho por todo o restante daquela noite.

Só deixamos de nos amar com sol posto e pássaros cantando na janela – dormir com a réstia e o murmúrio da primeira manhã sempre me alegrou, desde muito jovem, e continuava, mesmo depois dos quarenta anos.

(*) O jingle "L'Eau Saint-Martin", apresentado nesse capítulo, pode ser ouvido em www.celsoviafora.com.br

– Hoje me lembrei de ti: Tadeu deixou a cueca e as meias no bidê.

Lídia ainda tinha energia para a "sessão-papo-plantação-de-abóbora".

– Você já comeu uma Joana d'Arc?

– Como assim, Antônio?

– Joana d'Arc: linguiça assada no álcool.

– Nunca vi.

– O cara pega uma panelinha e assa a linguiça no meio da chama.

– Sou do fogo de chão, guri!

– Preciso levar você no Rei das Batidas.

– Descobri a igreja – ouvi sua voz dizer quando já estava à porta do primeiro sono.

– Hã?

– A Igreja de São Benedito. Fica no Jaçanã.

– Amém – encerrei a conversa.

CAPÍTULO 13

Enquanto aguardávamos o grupo político de Avelino Gurgel tomar o poder, fomos obrigados a conviver com o constrangimento do sobrepreço e a cumplicidade com os caixas clandestinos de campanha.

Consertamos, porém, os vazamentos nas frinchas de concreto do prédio novo.

Nunca trabalhamos para a direita corrupta ou qualquer grupo que tivesse dado apoio à ditadura militar – que fique claro. Disso Lídia fazia tanta questão quanto eu.

Nem nos envolvemos em falcatrua para eliminar um concorrente ou outro qualquer tipo de ilícito penal.

O ocorrido foi ter se enraizado no país a prática daninha – mas inevitável – de o prestador de serviço pagar comissão ao agente do contratante. Acontecia tanto na vida pública – quase sempre – quanto na iniciativa privada – muitas vezes. Ou tapávamos o nariz e convivíamos com a sujeira ou fechávamos as atividades da agência.

Seguimos em frente.

Jamais abandonei a Música.

Me apresentava poucas vezes, nunca mais que três ou quatro ao ano, se tanto. Mas continuava cantando e compondo – uma forma de canção cada dia mais distante do mercado fonográfico.

Nos festivais, deixei de concorrer. Tinha, sim, em algumas oportunidades, me bandeado para o outro lado: virei jurado.

Em todas elas, me perguntava, na viagem de ida, sobre o porquê de me prestar a ser o executor da função de escolher um vencedor sendo para isso necessário decretar a derrota de todos os outros. Em vezes como aquela do festival de Presidente Deodoro, contudo, a condição de já ter estado do outro lado me fazia imprescindível no júri.

No citado festival, o mineiro Ataulfo, veterano mas renitente, concorria com uma canção belíssima, nítida e disparadamente a melhor da todas.

Na decisão dos prêmios, venceu o primeiro lugar com o voto de sete dos dez jurados.

Venceu também a votação para o melhor intérprete. Por 10 a 0.

Um item do regulamento, contudo, estabelecia a proibição de uma mesma música ganhar mais de um prêmio. A intenção de distribuir o dinheiro da premiação a um número maior de laureados era louvável. Cabia, no entanto, bom-senso ao executá-la. Na falta dele, o articulista de um grande jornal de São Paulo, arrogante e *blasé*, ia conseguindo convencer a maioria dos demais julgadores a retirar o primeiro lugar de Ataulfo (e seus dez mil reais) para deixá-lo apenas com o galardão (e os mil e quinhentos reais) de melhor cantor.

O martelo já estava quase batido quando intervim:

– Não assino esse resultado nem a porretada! – e ameacei rasgar os papéis.

– O troféu de melhor intérprete pro Ataulfo é muito mais inquestionável que o de primeiro lugar! – o jornalista bateu o pé.

– Sabe o que o Ataulfo vai fazer com a bosta de um troféu? O compositor vem aqui por causa da grana, meu amigo. Aí ganha dois prêmios. Onze mil e quinhentos paus. E você quer tirar o de dez e deixá-lo com mil e pouco? – nessa altura, eu já gritava (pela indignação e um pouco pelo uísque distribuído com fartura).

– E se a gente passasse por cima do regulamento e desse a ele os dois prêmios? – tentou contemporizar a cantora que também fazia parte do júri.

– Aí, não! – o presidente da Comissão Organizadora, advogado, primou pela legalidade.

– Se o Ataulfo não levar o prêmio de cantor, abandono o júri e escrevo no jornal! – blefou o articulista (tocado pelo mesmo excesso de uísque).

– Se não ganhar o primeiro lugar, abandono o júri e entrego o que aconteceu pros concorrentes! – revidei.

– Dois prêmios, nem pensar! – o organizador não retrocedeu.

A coisa travou de vez. Quase uma hora depois ainda permanecia insolúvel o impasse: terminou o show do artista contratado para distrair o público enquanto deliberávamos, o apresentador contou piada, depois chamou os concorrentes para dar canja... e o resultado, nada!

Só o que se resolvia rapidamente era o conteúdo das garrafas de uísque.

Aproveitei a ida do jornalista ao banheiro e propus, extraoficialmente, que votássemos num outro cantor. Deu um menino chamado Luperce, de Pernambuco, por 9 a 0.

Na sua volta, perguntei ao jornalista qual seria seu voto se não houvesse Ataulfo.

– Luperce – disse convicto.

Era o que eu pretendia ouvir.

Nisso, a segunda cantora do júri teve uma ideia:

– E se a gente anunciasse que o melhor intérprete é o Ataulfo, mas explicasse que o prêmio vai pro Luperce por causa do regulamento?

– Aí eu concordo – o jornalista cedeu.

– Isso seria expor o Luperce e o festival ao ridículo! – o organizador foi quem se indignou, agora também ele bastante alcoolizado.

– Fala que vai explicar e não explica! – disse no seu ouvido.

– Como assim? – não entendeu direito.

– Promete que vai explicar, todo mundo assina e assume o resultado, na hora do prêmio o apresentador não explica porra nenhuma e acabou. O resultado mais lógico é este. O mais justo, também. Explicar é ridículo. Então: quando o sujeito descobrir que ninguém deu explicação nenhuma, já era.

Foi desse jeito que o Ataulfo saiu, ao menos, com dez dos onze mil e quinhentos reais que tinha ganhado.

O troféu de primeiro lugar ele esqueceu no camarim.

Na hora do prêmio de melhor intérprete ninguém explicou nada. O jornalista, ainda mais bêbado – como todo o restante do júri –, nem percebeu.

Luperce ficou feliz à beça com seus mil e quinhentos.

Levou o troféu para o hotel, mas o esqueceu no quarto quando voltou para Pernambuco.

CAPÍTULO 14

Fomos de carro para o festival.

Na ida quem o conduziu fui eu.

Na volta, Lídia precisou assumir o volante porque, na noite da finalíssima, uma barata quebrou o polegar da minha mão direita.

Vou explicar: o hotel ficava numa área afastada e o chalé – cercado de flor, grama, árvore e mato – era sadio aos pulmões e agradável aos olhos, mas exposto aos bichos.

Durante os três dias do evento fomos visitados por taturanas, lagartixas e uma aranha, às quais Lídia, filha de estancieiros, ignorou com altivo menosprezo.

Na última noite a natureza virou o jogo: uma barata fê-la subir no armário do banheiro com a ameaça de só descer quando eu conseguisse matá-la.

Seria fácil se, com a dianteira de alguns segundos em relação à minha chegada, a praga repugnante não tivesse se escafedido – sem trocadilho com o ambiente – para lugar incerto.

Não a encontrei de jeito nenhum.

Me custou convencer minha mulher a se deixar levar no colo para a cama.

No meio da noite, Lídia me acordou para pedir que eu a acompanhasse ao banheiro. Queria que eu inspecionasse o ambiente à procura do inoportuno inseto. Nada encontrando, precisei assisti-la urinar em solene sentinela.

Voltamos para a cama.

Duas horas depois, fui despertado para nova sessão de urina.

Nessa altura, os uísques consumidos na reunião do júri deixavam de catalisar a felicidade etílica para irem se tornando uma puta ressaca.

Justamente quando a carregava de volta para a cama, vi a barata no rodapé do *closet*.

Rapidamente acomodei minha mulher, apanhei o mocassim e espatifei seu corpo nojento no azulejo do banheiro, para onde tentou correr.

Com a força do golpe – descontrolado pelo efeito da bebedeira – e a maleabilidade da sola do calçado, fraturei o dedo. Inchaço e roxidão instantâneos não me deixaram dúvida.

Lídia foi rápida e eficiente nos primeiros socorros: providenciou um analgésico e um anti-inflamatório que trazia na frasqueira, improvisou uma tala de madeira e, com ela mais o esparadrapo que conseguiu na recepção, imobilizou o dedo fraturado.

Em seguida, não perdeu a piada:

– Eu te falo que esse bicho é caborteiro e perigoso...

Aproveitando as minhas idas semanais ao hospital para acompanhar o processo de consolidação da fratura, resolvi fazer um *checkup* e o resultado foi devastador: o colesterol acima de 300, triglicérides em 500 e tanto, um início de úlcera gástrica, um começo de hérnia de hiato...

Mas o PSA e a glicemia estavam ótimos!

Na sala de espera do clínico, observando as pessoas, elaborei teoria semelhante àquela da correlação progressiva entre o caráter do cão e seu dono. Chamei de "Teoria da Equivalência Entre o Caráter do Toque do Celular e Seu Proprietário".

O gordinho era alertado por um chamado grave, corpulento.

O garotão por um rockzinho eletrônico chato daqueles tempos pré-*downloads* – hoje seu Android deve tocar *heavy metal* pesadão.

A senhorinha de vestido preto, meias e camafeu recebia as ligações depois do ortodoxo: firuli-firuli-firulá – usado até hoje pelos usuários mais conservadores.

A mocinha com cara de ingênua tinha adotado o "Pour Elise".

O meu era um ruído cômico, quase *clown*.

Lídia usava algo parecido com o chamado de um telefone comum, muito prático.

O médico me pareceu irritado com os meus resultados.

Pensei comigo: se o estropiado era eu, por que aquela cara de mau humor?

– Como é a sua alimentação? – me inquiriu severamente.

– Tudo integral: a picanha com a gordura, o porco com a pururuca, o frango com a pele, o salmão com o couro...

– Quero ver o senhor fazer piada depois de um enfarte fulminante!

– Depois de um enfarte fulminante, doutor, eu não vou fazer mais nada. No máximo levar um papo com São Pedro. Mas nem nisso eu acredito.

Não sei se irritado pelas brincadeiras, o clínico me reprogramou a vida com tanta restrição que teria preferido o enfarte fulminante. Optei por um meio-termo: seguir com a velha vidinha de antes até nova avaliação.

Foi quando Lídia resolveu pegar pesado:

– Enquanto não se cuidar a gente não transa!

No dia seguinte, bem cedo, estava no consultório do Rubão, meu velho amigo – aquele que fornecia a receita do Rohypnol para as viagens a Santa Rita, no tempo dos festivais.

Negociamos e deixamos assim: cortaria a gordura da carne, trocaria o salaminho pelo presunto parma mas sem a graxa, o gorgonzola pelo queijo branco... enfim, eliminaria uma coisa aqui, evitaria outra coisa lá e, progressivamente, iria substituindo o uísque e a cerveja pelo vinho.

Como não foram estabelecidas quantidades, deixei de beber uísque e cerveja para consumir um parreiral por semana.

E segui com minha vida.

Na volta do consultório, cobrei de Lídia o prometido sexo que ela me pagou com prazer e safada presteza.

CAPÍTULO 15

De campanha em campanha, pagávamos as despesas da produtora, a escola dos filhos, bons planos de saúde, demais despesas diárias, as coisas que o Chico quebrava distraidamente com o rabo ou premeditadamente com o resto do corpo, e ainda sobrava um tanto para investimento e outro tanto para a diversão e o prazer.

Viajávamos uma ou duas vezes por ano, fazíamos amor de vez em sempre, curtíamos os filhos e retribuíamos às gentes de nosso convívio, com leveza e bom humor, toda a alegria da nossa existência.

Tudo me parecia um grande presente do destino.

Então recebi o telefonema de Anita e perdi o pé, o prumo e o ar.

Foi tudo muito rápido e terrível: um mês da notícia ao fim de sua agonia – o diagnóstico era bem mais antigo, mas ela o ocultou de nós. Não fazia sentido: por que minha irmã, sempre tão dependente de mim, da minha cumplicidade, dos meus palpites na sua vida, das minhas caronas, da minha presença... por que Anita não me procurou para repartir comigo sua hora mais dolorosa? Onde escondia, debaixo de sua excessiva fragilidade para tudo, a força descomunal de enfrentar sozinha a dor de saber que força nenhuma serviria para mais nada?

Busquei na memória que recusa, que frase torta, que momento de atenção negada fê-la desistir de me contar seu drama e, embora eu não encontrasse nada que me condenasse, permaneci carregando culpa por muitos anos.

Meu cunhado também só soube na última hora, mas isso o seu natural distanciamento explicava.

Com relação à minha mãe, minha irmã e eu sempre cuidamos de poupá-la das piores novidades, o que tornava o silêncio de Anita previsível.

Lídia, embora fosse uma presença amistosa, nunca fora uma amiga presente para confidência pesarosa como aquela.

Mas e eu? Me deixar na ignorância de seu sofrimento persistiu, durante anos, como sendo uma reação de minha irmã a um ato arrevesado que cometi, sem jamais identificar.

Anita não me deixou sobrinhos.

Talvez por isso meu cunhado e eu, lentamente, fomos nos deixando.

Com a morte de Anita, mamãe definhou.

A perda do papai, havia dois anos, fê-la murchar o viço. Aos setenta, quando isso aconteceu, parecia ter cinquenta e poucos. Meses depois, já parecia com os setenta que o vigor lhe escondia.

Dias depois da morte de Anita, porém, mamãe aparentava séculos debaixo dos setenta e dois anos de sua idade verdadeira.

Tentei trazê-la para morar comigo, mas ela recusou.

Tentei levar os netos, sempre que possível, para ocupar ao menos uma parte do vazio deixado por Anita, mas não era justo com eles nem o suficiente para ela.

Tentei fazer com que encontrasse outra razão para acordar cedo – passear no parque, viajar, bordar, fazer dança de salão, *tai chi chuan*, pilates –, mas era tarde.

Quatro meses depois de perder Anita, morreu minha mãe.

Sofri demais.

Menos, porém, do que imaginava.

Amarguei remorsos por isso.

Mais tarde, contudo, tive para mim que o sofrimento com Anita havia sido tão rigoroso; a dor do seu desaparecimento ainda estava tão latejante que, naquele instante, não cabia mais padecimento em mim. Usei, instintivamente, o mesmo mecanismo do corpo que desmaia para não ter que suportar a dor lancinante.

Estava tão alheio no seu enterro que a história do chinelinho de minha avó até hoje é motivo de piada.

Foi assim: o túmulo de nossa família tinha todas as suas gavetas ocupadas. Com isso, fui obrigado a requisitar e acompanhar a exumação do corpo de minha avó e o transporte de seus restos mortais para uma urna, liberando assim o compartimento tumular que ocupava para, nele, ser procedido o sepultamento de minhã mãe. Ao ser aberto o esquife distingui, entre as suas cinzas, o chinelinho que usou durante os últimos cinco anos de vida. Me comoveu a cena, posto ter esquecido tanto a existência dos tais sapatos quanto as exatas formas de seu rosto. A imagem do calçado havia estado tão presente em seus últimos anos de vida, se incorporado de tal maneira à sua personalidade, que a sua simples aparição me devolveu, em detalhes, a silhueta inteira de dona Antonieta, minha avó.

Nessa hora, um pensamento esdrúxulo, idiota e inconveniente me assaltou: pensei nas atuais plásticas com enxerto de próteses e percebi que os futuros netos, ao exumarem o corpo de suas avós, junto com os sapatos, haverão de encontrar no caixão panturrilhas, bundas e peitos de gel siliconado.

Não contive o riso.

Se se demorou alguns meses para cair a ficha do tamanho das minhas perdas, me demorei muito mais para superar o perdimento de todas as minhas referências familiares com o passado, seja no ouvido fraterno sempre aberto às minhas confidências ou no colo materno jamais recusado em horas da mais profunda solidão.

Sem minha irmã, deixei de contar com a possibilidade de sua consaguínea fidelidade.

Sem minha mãe, com a existência do último amor incondicional de que dispunha.

Parte 3

De silêncios, ausências e distâncias

março de 2011

CAPÍTULO 1

Acordei sozinho em casa. Passava das onze da noite. Dormi acima do necessário e, quando isso acontece, desperto torto: o corpo dolorido pelo excesso de sono e o espírito cansado.

Rondei a casa vazia de Lídia e, agora, também dos filhos – Vítor no sítio de um amigo, os mais velhos aproveitando a noite de sábado.

Sem eles me descobri um desocupado do destino. Tentei um livro e mesmo Mia Couto, minha paixão literária mais relevante naquele momento, não distraiu minha inquietação como das outras vezes.

Deixei o Mia no criado-mudo e liguei a TV. Encontrei dois filmes de ficção contemporânea – onde as pessoas se ligam a conectores cerebrais para se envolver em jogos de morte – do jeitinho que eu odeio. "*Power off*" neles.

Na Internet só amigos desinteressantes.

Tentei o violão, mas as cordas feriam – como se os dedos tivessem perdido os calos.

Pensei em escrever alguma coisa, mas a caneta falhou. Não a esferográfica: faltava tinta no meu imaginário.

Pensei em sair. Achar alguém dentro de um bar.

Desisti. Entrei cama adentro atrás do sono.

Finalmente tive sucesso.

Relativo sucesso: às tantas acordei para ir ao banheiro e ouvi a porta da sala se abrir. Logo no hall do quarto topei com um jovem desconhecido, um tanto confuso, me perguntando onde era a escada para o lavabo. Não tinha escada, nem andar de cima, o apartamento possuía um único pavimento, expliquei. O lavabo estava à sua frente.

Fui ao encontro de meu filho e, na sala de televisão, encontrei duas garotas. Uma delas levantou-se, me beijou a testa e me levou até a sala de jantar para me mostrar a mesa:

– Olha o que o Tadeu montou pra mim, tio!

A mesa estava repleta de salgados, doces e um bolo com uma vela de aniversário já acesa.

Fui até a cozinha e encontrei meu filho num estado deprimente. Nu, com os olhos injetados e vermelhos, tinha a boca arroxeada por onde escorria uma baba espessa, coberta de espuma. Chacoalhei-o pelos ombros, mas ele parecia desacordado, embora de pé.

O amigo voltou do lavabo, mas não conseguiu me dizer o que tinha ocorrido – se droga pesada, excesso de álcool ou uma espécie de mal físico.

Ao abraçá-lo para trazê-lo até o sofá, despertei com o coração descontrolado.

Naqueles tempos, vinha lidando com pesadelos horríveis.

Junto com o alívio, tive um misto de preocupação, como se aquilo fosse um pressentimento. Sabia tratar-se de um pesadelo, mas me custava desvencilhar-me dele. A sala do sonho – na verdade a minha sala com pequenas alterações – misturava-se às paredes do meu quarto e o pavor permanecia no interior das suas sombras.

Com muito esforço, acendi a luz para procurar o celular.

Liguei para Tadeu, torcendo fanaticamente para que ele atendesse o meu chamado. Não atendeu.

Tentei concentrar-me, tomar consciência da realidade, convencer-me de que tudo estava bem (do contrário alguém ligaria para avisar), quem sabe até recuperar o sono.

Não consegui. Fiz outra ligação. Tadeu deixou de atender outra vez.

Fui até a cozinha para buscar um copo d'água. Na caixinha de remédios avistei um Lexotan. Resolvi me valer dele para voltar a dormir.

Mal engoli o comprimido, a porta se abriu e Tadeu entrou sorrindo pela cozinha.

Contei a ele o sonho, rimos, conversamos um pouco e fomos para a cama.

Estavam todos em casa, à exceção de Juliana – que havia me passado um torpedo às 4h46 avisando estar numa festa, na casa da melhor amiga.

Deitei pacificado.

Por onde andará o Tonho? Cadê Serafim? E o Dito? Nunca mais sonhei com ninguém. Quitéria foi a única que voltou, mas no corpo da menina de cabelos lisos, noutra cidade, outro personagem. Tive saudade. Dos sonhos e daqueles tempos. Bem poderiam aparecer numa noite solitária, agitada e terrível como aquela.

O Lexotan bateu. Ergui até o pescoço a colcha de chenile e fui.

Sonhei com diversas coisas. Não me lembro de nenhuma. Só que Quitéria não apareceu. Quem veio foi Lídia, com cara de pânico. Olhei seu rosto e, no mesmo segundo, ouvi um estrondo e a voz de Juliana:

– Socorro, Antônio!

Acordei suado e estremecido. Juliana nunca me chamou de Antônio, mas o fato não diminuiu a sensação de pavor.

Fui cambaleando até seu quarto para confirmar que não havia chegado. Tonto de sono, liguei para ela. O dedo trêmulo, contudo, errou o ponto digital na tela do celular e fez a ligação para Lídia. Eram cinco e quarenta. Ao perceber o equívoco, tentei abortar a operação, mas o aparelho acionou o descanso de tela me fazendo perder o acesso aos seus comandos. Quando consegui retomar o controle sobre ele, minha mulher já havia acordado e atendido a ligação, apavorada:

– O que foi, Antônio?

Expliquei a troca de número ao discar para nossa filha, o sonho, o pânico. Ela perguntou por Juliana, menti que estava na cama.

– Então por que você ia ligar pra ela?

Atarantado de sono havia caído em contradição.

– É que ela tá na cama... – hesitei – ... do namorado.

Sabia que a história da festa na casa da amiga era balela, mas não carecia ter contado à sua mãe: Lídia ainda se ressentia com a filha dormir fora de casa.

– E pra ti tá tudo certo? – me perguntou, censurando.

Argumentei se não seria cinismo esbravejar com ela por repetir as coisas que tanto fizemos, até com idênticas mentiras.

– Não sei, Antônio. Sei que fui acordada pela tua ligação, que estou sonada, num quarto de hospital com minha irmã e que... eu não aguento mais de saudade – iniciou um choro delicado, dolorido.

– Calma, meu amor. Foi só o susto que te dei por causa de um pesadelo idiota.

– Faz tempo que tem sido assim.

– Assim como? – eu quis saber.

– Um pesadelo idiota.

– O pesadelo acabou, Lídia.

– Tomara que sim.

– Eu te amo.

– Também te amo.

– Fica bem, então.

– Te quero, Antônio.

– Também te quero. Faz tempo que não ficava assim.

– Assim como?

– Com tanta vontade de você.

Do outro lado da linha pressenti ter trocado o choro por aquele seu sorrisinho silente – conheço as reações de Lídia mesmo quando interiorizadas. Era um sorriso igualmente delicado e prazeroso.

– Como tá a Miriam?

– Segunda-feira já deve ter alta.

– Quantas pedras ela tinha no rim?

– Três.

– Se valesse uma grana, sua irmã ficava rica.

– Se valesse uma grana, a Miriam não tinha pedra – riu bem de pouquinho.

– Dorme bem – coloquei todo o afeto de que dispunha no sopro com que emiti minhas palavras.

– Você também, meu amor.

Não foi necessário ligar e acordar Juliana para saber que estava bem, que tudo fora mais um pesadelo (o segundo da noite infeliz), que meus filhos cresceram, que eram jovens como eu fui, sadios como eu fui, belos, irresponsáveis e normais.

E que partiam um pouco a cada dia. De casa para a vida. Deu para saber, também, que eu havia envelhecido mais que o percebido.

Tinha, na parede do escritório, em nossa casa, uma sequência de fotos com os três filhos, bem pequenos, brincando com pás e baldes de areia na praia do Guarujá, num longínquo verão do princípio de suas vidas.

Parei uns bons minutos para contemplá-las. Éramos tão felizes que lembrar chegava a doer de saudade. Uma dor, mais que sentimental, quase física.

Desisti de voltar ao quarto. Busquei o violão, apaguei a luz do escritório e cantei, aos cinquenta e dois anos, pela garganta da primeira velhice profunda que me habitou:

No tempo de ser só minha
eu tinha o amanhã por fazer
o emprego até tardezinha
e a madrugada pra música
Entre um trabalho e outro
foi que dei colo a você
assobiando a modinha
dos tempos revoltos

Agora que tenho tempo
para assisti-la crescer
filmar cada movimento
e lhe mostrar minhas mágicas
Agora que tenho horas
pra repartir com você
você tem o seu próprio tempo
correndo lá fora

Na hora em que os filhos chegam
a gente se ocupa com a vida
Aí vem um certo sossego
e os filhos estão de partida

O tempo é uma obra engraçada
avança nas cenas bonitas
depois passa bem demoradas
as mais apagadas da fita

Os filhos estão de partida,
os filhos estão de partida.
*(*7)*

CAPÍTULO 2

Na tarde seguinte fomos os três filhos, mais o Daniel, amigo do Tadeu, e eu almoçar numa churrascaria dos Jardins.

Tadeu adquirira o costume de permanecer distante. Ele e Daniel num mundo paralelo de histórias que pareciam não me pertencer.

Juliana estava inquieta como quem procura uma oportunidade para transmitir a mais definitiva notícia.

Vítor respondia mensagens ao celular.

Tê-los ao meu lado, ainda que desatentos, era um prazer recente que aprendi a valorizar. O deleite de não me preocupar com suas ausências, como na noite passada.

Não temo por eles – suas farras, seus porres esporádicos, suas viagens, seus namoros –, mas pela cidade: quando prometi a mim mesmo, na juventude, ser mais liberal para com meus filhos do que meu pai estava sendo comigo, não havia bala perdida, nem se matava para roubar um tênis.

Acordar e não os ver em casa sempre me torturou.

Ateu, nem tinha a opção de adotar a atitude de Lídia:

– Eu faço assim, Antônio: tomo um Stylnox e penso: "Deus: cuide dos meus filhos pra mim". E durmo.

– Então tá explicado – respondi.

– Como assim? – ela quis saber.

– Tô quase dormindo, ouço Deus na minha orelha: "Antônio, tenho que cuidar de um vulcãozinho na Europa. Cuida dos teus filhos pra Lídia". Aí eu perco o sono.

Ainda que prazerosos, os almoços com meus filhos passaram a ser assim: de quietudes.

A falta de assuntos me fazia recordar passados, lembrando absurdos e às vezes rindo sozinho...

Naquele dia, contudo, Juliana tinha algo muito definitivo a dizer:

– Vou pra Austrália – falou desse modo, simplesmente, como se avisasse que cortaria os cabelos ou pintaria as unhas dos pés de vermelho.

– Austrália, minha filha? – caí das pernas.

– O Rodrigo vai pra lá. Eu vou com ele.

– Vocês vão casar?

– Que caretice, pai...

– Perguntei se vocês vão morar, juntar, amigar, enfim, viver no mesmo lugar.

– Claro. Tô indo pra ficar com ele.

– Sua mãe já sabe?

– Não deu tempo de contar. Decidimos anteontem, ela já tava em Porto Alegre.

– Quando vai ser?

– No máximo até o final do ano.

– Precisa de dinheiro? – foi só o que consegui perguntar.

– Se puder...

– Um pouco sempre pode.

– Queria vender meu carro e ficar com a grana.

– O carro é seu, minha filha. Faça o que quiser.

Na volta, Juliana veio no banco da frente.

Instintivamente pus minha mão sobre a sua, como se me despedisse da possibilidade de protegê-la do invisível. O carro automático nos permitiu vir de mãos dadas durante todo o trajeto.

Subimos abraçados para o apartamento.

– Você me ajuda com o passaporte e o visto, pai?

Imagina se eu deixaria de estar junto dela qualquer minuto que precisasse ou me permitisse?

Soube desde aquele primeiro e assustador instante que passaria os meses, até o dia de sua partida, me despedindo de tudo o que, com a displicência do cotidiano, sempre amei fazer por ela: levá-la ao oculista, passar o protetor nas suas costas à beira da piscina, trocar a lâmpada do seu quarto, fazer seu prato preferido num almoço de domingo e todas as restantes coisas que me permitissem repartir mais um acontecimento de nossas vidas.

Sentei no sofá da sala, ainda atônito.

Vê-la caminhar em direção ao quarto me trouxe a lembrança do dia em que fez aquele mesmo trajeto para buscar a sidra que comprou com o dinheiro da sua mesada para comemorar comigo outra de suas estrondosas surpresas:

– Ontem transei pela primeira vez, pai.

– Como assim, minha filha? – boquiabri.

– Ué... transei.

Só me ocorreu perguntar:

– Foi tudo bem?

– Muito bem. Por isso comprei esse champanhe: pra brindar com você.

– Que lindo, filhota... – devo ter feito uma senhora cara de pateta.

– Você parece que não gostou...

– Sei lá... Você me pegou de surpresa.

– Você não vai me dar nem um abraço?

– Pode ser um beijo? – intuitivamente repeti as mesmas palavras que disse a Lídia no chafariz de Tiradentes, no primeiro dia do nosso amor.

Beijamo-nos muitas vezes, apertados numa cumplicidade por mim jamais imaginada.

– Espera um minuto.

Não deixei que ela abrisse a sidra: fui buscar o melhor espumante do norte da França.

– Você não gostou do champanhe que eu trouxe?

– Claro, Ju! É que este é o melhor que eu comprei na vida!

Parou um instante, avaliou o que diria e me fuzilou:

– Você não fica bravo se eu preferir o meu? É que esse você comprou pra comemorar qualquer coisa. O meu foi comprado especialmente pra festejar com você o dia de hoje.

No dia em que me avisou de sua partida para a Austrália, Juliana teve a sensibilidade de não comprar champanhe. Eu não suportaria fingir alegria por uma separação tão pesarosa. Tanto mais em tempos angustiados como aqueles.

CAPÍTULO 3

Foi como renascer, aquela tarde de abril de 2011.

O advogado ligou de Brasília informando que tivera acesso ao relatório da Polícia Federal onde, apesar de confirmada a existência de muitas irregularidades por parte do grupo para o qual efetivamente prestamos serviço, não havia sequer menção da nossa produtora ao longo das 332 páginas da narrativa policial.

Apesar da óbvia certeza que tínhamos de nossa inocência, foi como se se retirassem do céu das nossas vidas as nuvens do medo.

Nossa participação não saiu na grande mídia, nossa imagem no mercado não foi abalada, nosso advogado desde o início nos tranquilizou com a informação de que a apreensão dos microcomputadores da empresa pela Polícia Federal buscava a reunião de provas contra terceiros e não comprovar nosso nunca existente envolvimento com as práticas ilegais que a ação penal investigava; mas a violência moral que aquele confisco (realizado, diga-se a bem da verdade, com muita cordialidade pelo agente policial) representava abriu feridas difíceis de serem apagadas da carne do nosso amor – pelo fio da faca das palavras ditas na confusão do primeiro momento; pela avalanche de silêncios que sucederam às palavras de desafeto; pelas ausências do autoexílio a que, mútua e instintivamente, nos impusemos; pelo *tsunami* de mágoa que nos soterrou –, ainda que o tempo as cicatrizasse.

O fato é que prestamos serviço de propaganda e marketing para o deputado Avelino Gurgel – ele, sim, bastante comprometido em todo o processo – e, de todo o montante recebido, repassávamos trinta por cento do que seria a nossa remuneração para, segundo suas explicações, reforçar o caixa do seu partido.

O pagamento era efetuado em dinheiro (real ou dólar) no mesmo escritório político onde me recebeu em 2002.

Não havia novidade nessa prática: diversos diretores de marketing das principais companhias e corporações que operam no Brasil e no exterior nos ofertaram trabalho em troca de semelhante recompensa.

A diferença é que Avelino, em muitas das vezes, também se apropriou de dinheiro público. Seu castelo ruiu e chegamos a temer que o entulho de malversações pudesse atingir indistintamente culpados e inocentes, chegando até nós.

Assim que concluí a ligação de Brasília, abracei minha mulher e choramos juntos todas as lágrimas que não foram usadas para lavar a mágoa quando ainda havia tempo para o fazer.

Abri o melhor champanhe da nossa adega tentando, com ele, afogar o vestígio tristonho que insistia em permanecer no sorriso do nosso amor.

Tomados por um prazer aliviado, brindamos e bebemos.

E tornamos a beber até nos embriagarmos.

Por fim, pensando ter arrancado para sempre a desalegria dos nossos lábios, fomos nos despindo com desesperada brandura, como havia muito tempo não o fazíamos, juntando nossos corpos e conciliando as nossas carnes para, estando um dentro do corpo do outro, cada um encontrar no interior de si mesmo a cura de todas as ocultas e inconfessadas mágoas, para jamais tornar a haver a fuga, jamais a ausência, o silêncio: só o tempo recuperado de um amor que aprendeu a se saber humano, falível, mortal; necessitado de todos os cuidados.

Fizemos, no sofá do escritório, um amor diferente dos outros anteriores todos: foi um amor de descarrego, quase um desagravo de nós para nós mesmos.

Exausta – menos do esforço amoroso que dos anos de solidão e medo – assisti minha mulher desfalecer, nua, enquanto a última tarde daquela agonia se desbaratava.

Embora pleno de sexo, o amor que fizemos não aplacou o vazio dos meus afetos. Nem os dela – conhecia Lídia mais que a mim mesmo.

Pela primeira vez, amamo-nos com um viés de violência, desprovido de agressividade mas, ainda assim, incompatível com a nossa história unicamente de ternura.

Beijei sua testa, cerrei a cortina, fechei a porta com a maior das sutilezas e desci para o estúdio.

Baixei a luz da técnica, liguei a CPU, os monitores, levantei os volumes da mesa de som e dei *play* numa canção que escrevera havia pouco tempo. Compus, gravei e jamais mostrei a Lídia nem a ninguém. Mesmo eu desconhecia o resultado – como se emudecê-la pudesse desfazer a verdade dos seus versos:

ÁGUA DE MÁGOA

Foi se chegando igual ferrugem no capô
a maresia na engrenagem do motor
a estiagem que secou o pé de flor
quem nem o piche na areia da praia do pescador

O vento frio na frincha do bangalô
a avalanche logo que o gelo quebrou
Que nem a gota na ponta do tornozelo antes da pontada da dor

Foi se chegando feito mancha de bolor
Que nem o tiro na mira do atirador
Que nem a morte no bote do predador
Que nem o sal do alumínio no batente do vitrô

Que nem o átomo dentro do reator
Que nem o átimo de tempo antes do horror
naquele último momento suicida antes do ato de terror

Repentina
traiçoeira
clandestina
derradeira

Antes do vagalhão do mar, maré vazou
Antes de tudo terminar, ninguém notou
o tsunami de mágoa que soterrou o nosso amor
*(*8)*

CAPÍTULO 4

Na quarta-feira chamei Tadeu e Vítor para irmos ao futebol.

O caçula vibrou.

O mais velho declinou desse convite da forma como o fizera em todas as recentes vezes. Assistiria à pré-estreia de uma peça teatral na qual o amigo Daniel desenhara o cenário.

Embora infeliz com sua ausência, achei oportuna a ida ao teatro: nunca acreditei ver meu filho projetando casas. A cenografia poderia ser uma área interessante de atuação para quem, como ele, acabara de concluir a faculdade de arquitetura.

Quase convenço Lídia a nos acompanhar. No último minuto preferiu ficar com Juliana, como se três horas a mais fossem fazer diferença na imensa ausência que sua partida deixaria em nossa vida.

Não a culpo: também me flagrei preferindo ficar com minha filha a me divertir com muito do que quer que fosse.

De toda forma, Vítor sozinho havia se tornado uma grande companhia. Tinha apenas dezesseis anos, mas, sagaz e bom de piada, fazia de suas observações, a tudo e todos, um jogo à parte. De divertidas palavras.

Estresse só houve mesmo na entrada, por culpa de um dos policiais que teoricamente trabalhava para dar tranquilidade aos torcedores. Jogo calmo. Pouca plateia. Passei a catraca e parei para aguardar meu filho quando o infeliz deu com o cassetete na minha bunda:

– Circulando!

Fiquei enfurecido:

– Tá maluco?

– Cala a boca senão te enquadro!

– Enquadra o caralho! – cresci. – Me chama o teu comandante!

Achei que perderia o jogo, se não a noite num cárcere.

A menção ao seu superior, contudo, fez o soldado recuar – muito também por não haver ninguém por perto, para reverberar a descompostura que lhe apliquei:

– Tem que limpar a área pro povo passar – o tom de sua voz agora era de conciliação.

Um pouco por temperamento, outro pouco pelo susto que vi na cara de Vítor, resolvi aceitar a trégua que, indiretamente, me propunha:

– Tenho idade pra ser seu pai. Como é que você vem bater com esse troço na minha bunda?

Nesse momento, um oficial percebeu a discussão e se aproximou.

– Algum problema?

– Problema nenhum, tenente Cabral.

Respondi pronunciando nome e patente que li impressos no crachá para que, aos ouvidos do soldado, parecesse intimidade.

– Problema nenhum, senhor! – repetiu me agradecendo com os olhos.

Esperei seu oficial nos deixar para voltar a me dirigir a ele:

– Garoto, estádio tem muito bandido. Mas a maioria é gente de bem. Não esquece disso.

Notei o olho orgulhoso de Vítor posto sobre mim.

Assim que nos sentamos, bateu nas minhas costas:

– Caraca, pai! Esculachou o gambé na maior moral!

Resolvi não fazer do episódio um exemplo para sua vida:

– Falei e depois me caguei de medo de ser preso...

– Pode ter se cagado, mas que foi irado, foi, pai!

No caminho de volta, me surpreendeu com um pedido que, também eu, um dia fiz ao seu avô:

– No próximo jogo, você me leva de arquibancada?

– A numerada é coberta. A gente não toma chuva.

– Mas na arquibancada é que fica o povão, pai.

Descobri que tinha arranjado um parceiro e tanto para o futebol.

Em contrapartida, desconfiei que Tadeu perdera todo o seu interesse.

O tempo me mostrou que estava certo: nunca teria o prazer dividir com meus dois filhos uma mesma partida de futebol.

CAPÍTULO 5

O estúdio se encontrando vazio, gostava de me deitar sozinho no chão da sala de gravação para ouvir o nada exterior.

Projetada para quase atingir o silêncio absoluto, sua quietude me permitia a escuta das batidas do meu coração, o trânsito do sangue nas minhas veias e toda uma sinfonia de ruídos das entranhas do meu corpo.

Gerônimo, nosso técnico, jurava ser impossível dormir naquela sala por conta da altura com que ouvia os barulhos dos seus próprios órgãos intestinos – sobretudo os intestinos.

De minha parte, perceber o universo de pequenos acontecimentos importantes ao fluxo da vida em movimento dentro de mim ajudava, de certa forma, a considerar a insignificância das coisas desimportantes.

Interiorizar a percepção dos fatos me socorreu várias vezes da intranquilidade daqueles dias turbulentos.

Foi terminar o pesadelo, porém, para a inação sonora da sala de gravação passar a me atormentar – o remédio virar veneno. Em vez do meu compasso cardíaco, parecia ouvir a falta da palavra solidária com que deixei de agasalhar a mudez de Lídia durante as investigações policiais; em lugar do meu fluxo sanguíneo, a enxurrada de equívocos que, mesmo não sendo nossos, invadiram nossa rua e destroçaram a calçada do grande sentimento, o muro da infinita adoração, a indestrutível casa da nossa paixão arrebatadora.

Uns dias à frente e também passaram a me assombrar no estúdio silencioso as muitas recordações da balbúrdia que Juliana fazia ao correr pelos cômodos, bater bolos de mentirinha ou ninar filhos de brinquedo. A proximidade de sua partida fazia dos filmes da sua infância faca cortante na minha prematura tristeza.

Os preparativos para sua viagem consumiram o tempo de Lídia, desde a sua volta de Porto Alegre até o momento em que a vimos dar um curto aceno e sumir no corredor de entrada da sala de embarque da ala internacional do Aeroporto de Cumbica.

Foi Lídia quem cuidou da venda do carro, da troca dos reais recebidos na transação pelos dólares australianos, do passaporte, do visto, das roupas, da mudança e de todos os demais intermináveis trâmites.

Me conformei com exercer funções secundárias (buscar o passaporte, acompanhá-las na saída com o dinheiro do banco, dar uma ou outra carona). Enquanto isso, guardava forças para encarar, além do meu próprio, o profundo vazio que ficaria de Juliana no coração de Lídia.

Minha filha moraria em Melbourne, pelo jeito, o paspalhão do meu genro tinha talento para a engenharia de *software*, a julgar pelo porte da residência providenciada pela empresa que o contratou.

Via as fotos da casa e pensava comigo: com tamanha competência, custava arranjar um emprego mais perto da gente, o Paspalhão?

Na véspera do embarque, jantamos todos, juntando as duas famílias. Os sogros e a cunhada de Juliana me pareceram ótimas pessoas – perfeitas, eu diria, não fossem pais e irmã do paspalhão que levaria minha filha para morar a vinte e um mil quilômetros de distância.

Na volta para casa, Vítor foi direto para a cama e Tadeu saiu para encontrar-se com Daniel e uns amigos do teatro num restaurante da rua Avanhandava.

Resolvemos – Lídia, Juliana e eu – nos esparramar no sofá da sala para nossa última sessão de abraços com café e pipoca.

Na primeira xícara, percebemos ser necessário mais que cafeína para aplacar a antecipada nostalgia daquele encontro.

Caímos no uísque.

Perto do terceiro gole, derrubei a primeira lágrima.

– Pai... – Juliana me fez companhia.

Foi quando Lídia despencou.

Creio que chorou por si, por nós e por todas as despedidas havidas no mundo.

Abraçamo-nos, os três, com aperto equivalente ao dos nossos corações e permanecemos assim até cessarem os gritos abortados na garganta, os espasmos dos nossos corpos, os solavancos da nossa antecipada saudade.

CAPÍTULO 6

Os dias seguintes foram igual revirar três, quatro vezes a mesma gaveta em busca de coisa – celular, documento, chave – que se sabe perdida. Você já vasculhou cada centímetro do seu interior e, quando se dá conta, lá está, remexendo tudo de novo.

Entrei no quarto de minha filha dezenas de vezes para buscar o nada. Encontrava-o e nunca o nada fora tão desabitado como naqueles dias.

Por sorte, tive de me ocupar com uma campanha para um remédio que prometia a cura da ressaca: o Inov.

Pediram três *jingles*: um para as regiões Sul e Sudeste, outro para o Norte e Nordeste e um terceiro para o Centro-Oeste.

Entre idas e vindas, emplacamos as três versões.

A peça de que mais gostei, no entanto, foi recusada:

Seu Galileo tomou um porre
e descobriu que a Terra se move
quando amanheceu Galileo quase morre
porque naquela época não tinha Inov

Oleleô
O tempo da ressaca terminou (Yaiá)
Quer se curar?
Um Inov para prevenir
Outro Inov pra remediar

E deixa o mundo girar!

Depois da partida de Juliana, Lídia desocupou-se. Até mesmo de nós.

Parecia sonambular pelos cantos.

Fez terapia e uso de antidepressivos.

Quando melhorou, saiu desmontando tudo: do quarto que pertencera a Juliana, no apartamento, à casinha do Chico, no fundo da produtora – a pequena construção em alvenaria quase nunca usada pelo cão (senão quando nos visitava o dono da conta da Germânia) foi desfeita por ela em dia muito tristonho para toda a nossa equipe de trabalho.

Fazia-nos muita falta o Chico, com sua presença de incondicional devotamento.

O labrador teve de ser sacrificado, em 2009, para abreviar as irreversíveis dores da doença renal que o torturavam havia quase dois anos. Levá-lo em sua última viagem ao consultório veterinário, onde seria aplicada a injeção letal, foi um dos atos que mais exigiu minha coragem. Vi em seus olhos que premeditava o futuro e penso ter visto que me agradecia por aquilo.

Como não tínhamos local adequado para sepultá-lo próximo de nós, contratamos o veterinário para levar seu corpo a um cemitério de animais. Dessa forma, desfazer a casa que pouco usou foi como promover seu enterro, dois anos depois.

(*) O jingle "Inov", apresentado nesse capítulo, pode ser ouvido em www.celsoviafora.com.br

Fiquei na janela da minha sala acompanhando a construçãozinha virar um amontoado de tijolos.

Destruí-la, mais que ganhar espaço, tinha outra serventia: apagar vestígios ajuda, quem permanece, a cortar as pernas da nostalgia.

Fizemos amor naquela noite. Um amor chocho que atribuí às emoções da tarde. Outra vez, senti a primazia da necessidade sexual sobre o prazer e a alegria de comungar o outro.

Antes de adormecer, tentei a sessão abobrinha para devolver a graça das nossas antigas noites na cama:

– A gente podia aproveitar a temporada de reformas pra realizar um sonho meu, de juventude.

– Lá vem besteira...

– Não é besteira: sempre quis ter no banheiro do meu quarto duas privadas.

– Falei que vinha besteira.

– Olha só: tem prova maior de afeto do que o casal fazer tudo junto, até cocô?

– Tenha dó, Antônio...

– Seria uma espécie de voto de confiança: tipo dizer pra nós mesmos que nosso amor é imune e superior a tudo. Inclusive aos preconceitos.

– Preconceito?

– Claro! Porque eu penso em fazer tudo no maior asseio e conforto: com isolamento sonoro e aromático feito por uma parede de vidro entre os dois vasos. A gente faz tudo junto, mas separando o lado ruim da coisa, entendeu?

– Nosso amor tá caindo das patas, Antônio. Isso com os dois se vendo arrumadinho e perfumado. Imagina tendo que dar de olho com o outro naquela cena ridícula? Aí que o amor se embreta de vez!

Tocou na ferida, virou-se para o outro lado e adormeceu.

"Nosso amor tá caindo das patas" – ficou gritando na minha cabeça.

Lídia era sempre muito objetiva, não tinha jeito.

Depois dos cinquenta anos começa a não ser despropositado temer a morte.

A idade me fez entender que o medo de morrer é o medo de se deparar com a proximidade do instante derradeiro a partir do qual haveremos de aceitar a irreversibilidade de tudo o que não fizemos.

No entanto, a percepção implacável de Lídia se distanciando de mim, sem remédio, cada dia mais e um dia mais que o outro, fazia com que a juventude que me restava passasse a temer não a morte mas a vida.

Antes de também dormir me decidi: nunca mais teria um cachorro. Perdi a idade de não temer os rompimentos.

CAPÍTULO 7

Ficamos viciados no Skype. Por ele, mais que notícias diárias, tínhamos a face de Juliana, ainda que granulada, movendo-se ao vivo na tela dos nossos computadores.

A cara pontiaguda do Paspalhão muitas vezes aparecia sobre o seu ombro, me fazendo lembrar o papagaio do seu Coimbra, o vendeiro português da rua de minha infância.

Os bate-papos com Juliana tornaram habitual o fato de dormirmos tarde da noite – quando não com o dia amanhecido – em razão das dez horas de fuso horário que nos separavam.

Pesava, contudo, ter adquirido o hábito de sempre acordar pontualmente entre sete e meia e oito horas. Podia adormecer à meia-noite ou às cinco que tanto fazia.

Já adorei dormir com os brilhos da manhã na veneziana. Com os anos isso passou a ser pesado incômodo: acordando à hora de sempre, a descompensação de sono comprometia todo o restante do dia. Amanhecia exaurido e exasperado com tamanha falta de serventia: o precoce despertar apenas para verificar a ausência de tarefas e me conformar com ela.

A produtora, de pouco em pouco, ia deixando de ser economicamente tão interessante quanto em outros tempos.

Por sorte, tínhamos a renda da parte que nos cabia da estância herdada do pai de Lídia mais o aluguel de alguns imóveis comprados em tempos mais generosos.

Com o amealhado ao longo dos últimos vinte e dois anos, poderíamos decretar nossa aposentadoria, caso não fosse o trabalho uma de nossas grandes paixões.

Por conta dessa situação, comprar o sítio pelo qual Vítor e Lídia tanto se tomaram de encanto não exigiu grande demanda, senão raspar um e outro investimento cujos lucros e dividendos não fariam diferença nas despesas diárias.

Percebi, logo nos primeiros dias, ter feito o melhor dos negócios: Lídia remoçou no cumprimento das providências para adaptar a propriedade ao gosto particular e às necessidades da família; Vítor passou a trazer os amigos para perto de nós em vez de ir ao encontro deles, e mesmo Tadeu, cada dia mais arredio, frequentava o sítio com relativa assiduidade, ainda que em dias e horários distintos dos nossos.

Sobre Tadeu, embora apreensivo com alguma coisa da qual não definia o que poderia ser, jamais consegui abordar o assunto com Lídia.

O sítio ficava em Jandira, a poucos quilômetros de São Paulo. Algumas tardes, deixávamos o estúdio, comprávamos um vinho e íamos ver o pôr do sol na varanda.

Numa dessas tardes, Lídia se aninhou em meu colo, pedindo silenciosamente que eu acariciasse não a mulher de hoje mas a menina que ficou em Porto Alegre, muito antes da proximidade do tempo de existirmos um para o outro.

Ficamos assim, enamorados, incapazes de um gesto mais lúbrico, deixando nossos carinhos se apalparem, como dois desabrigados tentando reconhecer no lodo da enchente os pertences compartilhados em anos de vida em comum.

De todas as vezes em que não fizemos amor, aquela foi a que mais tocamos a intimidade da alma do outro.

Voltamos tarde da noite, ela praticamente sobre o meu colo, reavivando lembranças dos primeiros dias de namoro, quando, abraçados para sempre, eu dirigia sem tirar meu braço direito dos seus ombros enquanto ela trocava, por mim, as marchas do carro.

Tenho muita saudade desse tempo, nossa paixão avassaladora. Passados vinte e cinco anos, o câmbio do carro passou a ser automático e os nossos carinhos ameaçavam se tornar autômatos.

CAPÍTULO 8

Concluídas as reformas, Lídia voltou ao sítio apenas outras cinco ou seis vezes.

Numa delas para a festa que preparou para o Vítor em seu aniversário de dezessete anos.

Alugamos um micro-ônibus para trazer os trinta e cinco amigos e mais a Daniela, sua namorada.

A galera chegou às nove da manhã.

Às dez apitei um jogo de futebol dos meninos.

Ao meio-dia o vôlei das meninas.

À uma da tarde o polo aquático misto. Por baixo d'água aconteceram obscenidades que preferi fingir não ver.

Às duas passei a pilotar a churrasqueira.

Às quatro saí para comprar mais gelo.

Às seis da tarde Lídia cortou o bolo.

Às oito negociei com o motorista um extra para adiar o retorno a São Paulo.

Às nove me deitei no sofá da sala de televisão e cochilei.

Às nove e meia acordei com o som estrondoso que vinha da discoteca montada no porão da casa.

Às dez já estava esgotado.

Passava da meia-noite quando desci com o aniversariante para fechar o cadeado do portão após a passagem do micro-ônibus.

– Gostou da festa, filho?

– Irado, pai! Você arrasou!

– O gol de mão foi presente de aniversário, tá?

– Como assim?

– Pensa que eu não vi você meter o maozão pra dominar aquela bola?

Ganhei um abraço cúmplice e agradecido.

Ficou um tempo indeciso até perguntar:

– Você curtiu a Dani?

– Achei linda.

– Quer dizer que não curtiu? – perguntou, inseguro.

– Quer dizer que não tive chance de conversar pra saber como ela é. Mas vi que ela é linda.

– Ela é a mulher da minha vida, pai.

Pensei em explicar que muitas "mulheres da sua vida" passariam por sua vida até finalmente acontecer a mulher da sua vida.

Preferi me sentar na poltrona da varanda e deixar que me contasse, tintim por tintim, como tudo aconteceu entre eles.

Subimos para os quartos depois das duas.

Vítor emendou o beijo de boa-noite num pedido:

– Além do presente, da festa e do gol roubado, posso pedir uma última coisa? Vai comigo no jogo, quarta-feira?

– Combinado.

– De arquibancada, tá?

Na penumbra do meu quarto olhei o corpo adormecido de Lídia, suas pernas escapando dos lençóis, o ouro dos seus cabelos derramados pela fronha, seus seios debruçados sobre a camisola... Quis acordá-la, como cansei de fazer em outros tempos, mas, acanhado pelas recentes distâncias, engoli o desejo e ocupei meu vazio na cama.

Foi a primeira vez que o receio me inibiu de acarinhá-la.

Fazia dois meses que havíamos feito aquele último amor, chocho e quase exclusivamente carnal.

Apesar de tudo, mantinha a certeza de que, acontecesse o que fosse, Lídia sempre seria a mulher da minha vida.

CAPÍTULO 9

No meia da semana, comprei as duas arquibancadas e paguei, com prazer, a promessa de ir ao jogo com o Vítor.

A vitória do meu time passou a ser secundária: com a viagem de Juliana, aprendi a saborear a oportunidade de estar com meus filhos acima de qualquer outra coisa.

De toda forma, vencemos por 1 a 0.

Jogo duro, o gol só saindo aos quarenta do segundo tempo.

Antes dele ocorreu a melhor cena da partida.

No degrau inferior, sentou-se um casal. Ele próximo dos oitenta anos e ela acima dos setenta. Muito bonito o chamego e disposição dos dois.

Achei melhor conter o Vítor e seu futebolístico vocabulário:

– Vê se não vai me gritar um palavrão!

Pois o jogo começa morno, esquenta um pouco no final do primeiro tempo, gol perdido aqui, gol perdido lá; começa o segundo, bola na trave, goleiro pegando tudo, entra o Quinzé, contratado a peso de ouro para, até então, um desempenho de merda. Veio pra jogar aberto na ponta-esquerda. Aos trinta e seis recebe uma bola esticada. O senhorzinho se levanta:

– Vai, Quinzé!

O ponta dribla o primeiro:

– Vai, Quinzé!!

Passa pelo segundo:

– Vai, Quinzé!!!

Chega na linha de fundo:

– Vai, Quinzé!!!!

O cruzamento sai alto... torto... longe...

O tiozinho não aguenta:

– Vai pra puta que o pariu, Quinzé!!!!!

Vítor passou o restante da partida ensinando palavrões ao novo companheiro.

Comemoraram abraçados o gol salvador:

– Chute do caralho!

– Do caralho! – até a senhorinha concordou.

Na semana seguinte, recebi a ligação de quem não via fazia muitos anos: Rubinato.

História curiosa a dele: estourou uma música escatológica na Internet (mais de um milhão de acessos). Fez shows lotados, gravou um disco, foi aos principais programas de TV, mas o público, interessado na bizarrice do seu *hit*, não compreendia – e detestava – a beleza e a seriedade das outras músicas do espetáculo.

Seu disco teve venda muitíssimo menor do que pretendia a gravadora.

Isso aconteceu há oito anos. Hoje já ninguém sabe dele. Tanto mais porque desgraça nunca chega desacompanhada: um outro Rubinato, também cantor, registrou a marca e entrou com processo para exigir que ele alterasse seu nome artístico. Nosso Rubinato perdeu a ação, virou João Rubi e, com pouco tempo, internou sua carreira no interior de casa.

Fizemos um churrasco para ele no fim de semana. Vieram também o Paulo Emílio e a Ilse. Foi a penúltima ida de Lídia ao sítio.

Bebemos cerveja e nos empanturramos de carne durante todo o sábado. Meu cantinho preferido era o bar da churrasqueira: em torno do quiosque de alvenaria rústica, no pé da mata.

Por ali ficamos.

As mesas davam de frente para o lago.

Foi custoso convencer Rubinato, no final da tarde, a não mergulhar embriagado nas suas águas barrentas e lodosas.

Convencido a trocar o lago pelas águas plácidas da piscina, ainda assim, quase ele se afoga.

As mulheres subiram quando caiu a noite.

Entramos pela madrugada no bar da churrasqueira.

Depois de certo momento, o álcool fez de Rubinato uma pessoa amargurada:

– O que me fudeu na música foi o processo judicial. Perdi o nome que bombei na Internet.

– As coisas não são tão simples assim – Paulo Emílio tentou argumentar contra a sua amargura.

– Comigo foi simples assim, cacete! Podia ter me dado bem na música se não tivesse que virar essa bosta de João Rubi! – sua irritação refutava qualquer acordo.

Não era verdade. Havia entre sua música mais conhecida e todo o restante da sua obra um abismo intransponível. O pseudopúblico de sua escatocanção nunca se comoveu com sua poética: riu do grotesco.

Rubinato devia saber disso. Por isso o deixamos desabafar.

Do juiz que sentenciou a perda de uso do seu nome artístico passamos ao Supremo e ao futuro julgamento do mensalão.

– Você sempre foi da direita enrustida, Paulo!

– Se a esquerda é essa, alinhada com o coronelismo e a escória...

Nossas discussões eram sempre graves, enérgicas e ríspidas como foram naquela madrugada. Terminavam, porém, sem afetar um fio do cabelo de nossa antiga amizade.

– Políticos de merda! – intervim. – Tento convencer meu filho que é importante tirar o título pra votar aos dezessete anos e ele ri da minha cara.

– Pai de bosta. Rubinatinho, com dezesseis, tá na diretoria do Grêmio Estudantil.

Subimos quase às quatro, com uma densa névoa nos envolvendo – o corpo e a mente.

Estar com o povo da música, meus velhos amigos de estrada, sempre me revigorava.

Na cama, enquanto vasculhava o escuro à procura do sono, tive pela primeira vez o desejo de reuni-los todos num grande encontro.

CAPÍTULO 10

No domingo, acordamos milagrosamente bem, depois de tanta carne, cerveja e, após um impreciso momento perto do final da noite, cachaça.

Menos Rubinato.

– Tá de ressaca ou é tudo invenção da mídia fascista? – provoquei.

– Culpa dos usineiros de direita! – respondeu bem-humorado.

– Ué... mas os usineiros não viraram tudo companheirada? – Paulo Emílio retrucou.

– Nem todos. A cachaça de ontem deve ter vindo de um engenho da tua quadrilha, Paulo.

Lídia preparou maravilhosa e oportuna massa para o almoço. O lombo fez igual sucesso.

Ao final da refeição aconteceu uma roda de violão. Fazia tempo que não via Lídia pedir tantas canções para interpretar. Todos cantaram, mas a dona do show foi ela.

Numa das vezes em que o violão caiu na minha mão, resolvi estrear a música que havia composto no escritório, na semana anterior, depois de ler os jornais.

Antes de cantá-la, provoquei meus dois parceiros:
– Esta eu fiz pra quadrilha de vocês. As duas.

HÃ O QUÊ

– Hã?
– Hã o quê?
– O que que cê falou?
– Eu não falei nada

Metade dessa gente parece que não escuta
A metade que escuta parece que não entende
Cadê o tal modelo de conduta?
Cadê a luz de rua que taí mas não acende?
Aquele asfalto para o ano retrasado?
O calçamento para o mês de antigamente?
Cadê aquela grana na cueca do passado?
Cadê o bem bolado na cueca do presente?
A culpa do salário sempre foi do aposentado
A culpa do acidente foi do dono do puteiro
A culpa da propina é que já vinha do passado
A culpa da suruba quem pagou foi o caseiro
Posto de Saúde não tem médico que atende
Pagaram oito vezes o que custa
Metade dessa gente parece que não entende
a metade que entende parece que não escuta

– Hã?
– Hã o quê?
– O que que cê falou?
– Eu não falei nada

Metade dessa gente parece que não escuta
A metade que escuta parece que não entende
Neguinho legal que um dia foi à luta
agora tá na luta pra saber quanto é que rende
Sociólogo pecou no social
Comunista tá colado com banqueiro
Também quem gasta tanto na campanha eleitoral
um pouco vende a alma a quem lhe deu tanto dinheiro
O Banco quando lucra pega a grana e passa o trinco
Na hora do preju reparte com o contribuinte
empresta 20 dando uma nota de 5
depois recebe 5 cobrando em nota de 20
Então tá decidido que é mentira mas, depende,
e, doravante, a verdade tem perna curta
Metade dessa gente parece que não entende
a metade que entende parece que não escuta

– Hã?
– Hã o quê?
– O que que cê falou?
– Eu não falei nada

Metade dessa gente parece que não escuta
A metade que escuta parece que não entende
É claro: tem gente ruim, e gente justa
Claro que tem gente no poder que não se vende
Mas é que o senador que confessou foi perdoado
pra perdoarem o cacique do outro lado
Imagem não fala, jornal é censurado
e o erro do presente vai do peso do passado

O homem que julga não pode ser isento
julgando o interesse de quem pôs ele lá dentro
comendo no prato do réu do julgamento
bebendo com o cara na festa de casamento
Senão vira o Direito que condena e não imputa
ou que pergunta de quem é que o réu descende
Metade dessa gente parece que não entende
a metade que entende parece que não escuta
*(*9)*

Fiz sucesso com ela, apesar de alguns muxoxos.

A música, porém, conduziu a roda para uma discussão sociopolítica com resultados catastróficos.

Irritada, como nunca a vi daquela maneira, Lídia ordenou aos gritos:

– Chega de discussão política na minha casa!

– É isso mesmo, meu amor! Bota ordem nessa bagunça! – no início interpretei sua ira como sendo mero exagero de retórica.

Lídia, contudo, elevou o grau de tensão, mostrando o quanto era verdadeira e o porquê de sua súbita raiva:

– A podridão da política destruiu meu casamento. Por isso odeio políticos, odeio quem gosta de políticos e não quero saber desse assunto na minha casa.

Constrangido pelo desnecessário escancaro de nossa intimidade, permaneci imóvel por um tempo indefinido – menor que o peso das palavras de Lídia, mas muito maior do que parecia restar de eternidade em nosso amor.

Por fim, sem dizer outra qualquer coisa, subi para a casa e me abriguei no quarto.

Os convidados levaram apenas o tempo necessário para encontrar a primeira desculpa e se foram.

Percebi quando Lídia entrou e, pelo movimento do colchão, adivinhei quando se sentou no pé da cama. Não reuni, contudo, nem energia e nem vontade para encará-la.

– Me perdoa, Antônio.

Com o mesmo triste travo de vinte e oito anos atrás, respondi:

– Não há o que perdoar.

Pensei que responderia cantando, como naquele dia, "Por isso mesmo é que há de haver mais compaixão...", mas não foi de Gilberto Gil quem emprestou palavras desta vez:

– Me perdoa mesmo assim.

– O que mais me dói é a percepção de que você tá certa – havia tristeza em minha voz.

– Mesmo que estivesse, não devia ter tocado nesse assunto na presença dos outros. Me perdoa.

– Tudo bem.

Deixei baixar o silêncio.

Lídia se deitou ao meu lado.

– Tu achas mesmo que o nosso casamento tá destruído?

– Você foi quem falou!

– Talvez eu não esteja tão certa. O que que tu acha?

– Se você não achasse, não falava.

– É que a política, desde aquele maldito bochincho do confisco dos computadores, é um troço que me dá nos cornos. Perdi a cabeça.

A cada silêncio que se fazia mais me faltava ânimo para quebrá-lo.

O único ruído do quarto era o das moscas.

– Sabia que mosca tem asa só pra estabilizar o voo?

– Como assim? – não entendi nada.

– Pra decolar ela usa um mecanismo de aspirar e expelir o ar, parecido com uma turbina. Por isso já sai com velocidade máxima, levanta voo de trás pra frente, voa de cabeça pra baixo, faz o diabo...

Sessão abobrinha, não, Lídia! Não naquela hora. Não dei a menor atenção.

Levou um tempo ainda mais longo para me comunicar de sua recente mas irretratável decisão:

– Eu vou pra Austrália, Antônio.

– Já esperava por isso.

– Não aguento de saudade da minha guria. Talvez seja esse o principal motivo dessa irritação toda.

– Vá. Pode ser bom pra gente.

– Por que tu não vem comigo?

– Acho bom esse tempo. Você precisa dele.

– Só eu?

– Acho que eu também. Menos que você. Mas também preciso.

– Pensei em levar o Vítor.

– Leva.

– Semana que vem é julho. Ele entra de férias.

– É a melhor hora.

Ela concordou.

CAPÍTULO 11

Tadeu foi comigo levar a mãe e o irmão ao aeroporto.

O voo mais curto que encontramos tinha duração de trinta e quatro horas.

Às 21h30 Lídia e Vítor sumiram pelo mesmo corredor onde Juliana havia me escapado, dois meses antes. Vítor, depois de sumir, ainda voltou para um último e sorridente aceno. A alegria escancarada do seu sorriso contrastava com a tristeza dissimulada do meu.

Tadeu pediu que o deixasse no mesmo restaurante da rua Avanhandava.

– Janta comigo, filho – pedi porque precisava muito de companhia.

– Tá todo mundo me esperando, pai. Hoje não vai dar.

Não insisti.

Detesto ocupar sozinho a mesa de um restaurante.

Resolvi ir direto para casa.

No caminho, errei propositadamente o trajeto para adiar meu encontro com a solidão.

Fui errando e errando até me dar conta de que estava longe da minha rua, diante da casa do meu pai. Uma rua desfigurada, soterrada de prédios com seguranças nas portas, condomínios novos e prepotentes que davam à fachada do velho edifício uma aparência assustada como a expressão dos olhos de minha mãe no dia em que soube não ter cura a doença do marido.

Saí dali errando e errando mais, agora me desviando do caminho da casa de Anita – tão próxima do prédio onde crescemos, eu tinha até me esquecido disso – para não seguir me esfolando com lembranças de um passado feliz.

De erro em erro, fui bater na Raposo Tavares.

Tinha aprovado, naquela tarde, a campanha para uma nova cerveja. Trabalho exaustivo de muitas semanas da equipe toda. Por isso, no dia seguinte, plena terça-feira, dei a todos – inclusive a mim – merecida folga.

Contando, inconscientemente ou não, com o extemporâneo feriado, quando vi estava em Jandira, na porta do sítio.

Resolvi ficar.

Numa das poltronas da varanda, com vista para o cosmos, me perguntei a quantas andaria o casamento de Quitéria e João de Rio das Mortes. Confuso igual ao meu? Digo: igual ao meu, de Antônio com Lídia. Ou o meu casamento, de João com Quitéria, já se teria acabado quando parei de sonhar com ele? O certo é que ainda sonhava com Lídia. Não esta da qual me ausentava, mas aquela outra de quem me apaixonei em São Joaquim do Rio Turvo. Ainda sonhava com um futuro em que as duas Lídias voltassem a ser uma única, como no passado – o tempo em que a Lídia ausente não cruzava o Atlântico, como naquela hora, mas deixava de me encontrar ali em Santa Rita por uma obscura razão, jamais explicada, mesmo vinte e tantos anos depois.

Adormeci na poltrona.

Acordei torto, não em São José dos Becos, como cheguei a achar que aconteceria, mas ainda em Jandira, rodeado pelo cosmos e um punhado de lembranças.

Tudo estava às escuras: a varanda, a casa, o sítio e o céu sem estrelas.

Tive medo de tanta falta de luz. Não sei bem se do breu das coisas ou da escuridão de mim mesmo.

Fechei as portas e tranquei o quarto à chave.

Ouvi movimentos na casa, passos no telhado e toda espécie de vozes do desassossego.

Dormi mal. A madrugada inteira lidando com antigos e descabidos suores frios da criança assustada que havia muito me dasabitara.

Bastou clarear para o medo se dissolver.

Antes de adormecer, na paz da manhã, me lembrei do Fábio, um amigo de infância, cego, a quem uma vez perguntei se tinha medo da noite e ele:

– Claro!

– Eu tenho medo do escuro. Você me disse que vive às escuras. Então do que você tem medo?

– Do silêncio, ora!

CAPÍTULO 12

Fui acordado às sete pelo toque do celular.

Era Tadeu, chegando em casa àquela hora, preocupado com minha falta no apartamento:

– Olha, pai, não precisa explicar nada. Eu só queria saber se tava tudo certo com você.

– Eu não tô explicando. Só dizendo que vim dormir no sítio...

– Beleza! Fica na paz.

– Não quer vir passar a tarde comigo?

Convidá-lo para estar comigo foi uma forma que encontrei para dar mais veracidade à minha verdade. Jamais acreditei que viria.

– Fica tranquilo, pai.

– Eu tô tranquilo, filhão!

– Pode ser que eu vá mesmo. À tarde. Eu vou dormir agora.

– Boa noite, Tadeu.

– Bom dia, pai.

Desliguei o telefone certo de que o excesso de verídicos esclarecimentos compromete a verdade mais que uma única precisa mentira.

Não tinha a menor intenção em permanecer no campo. Agora me sentia obrigado a fazê-lo para esperar Tadeu – que provavelmente nem viria.

Me sentindo obrigado a ficar, contudo, passei a não achar ruim a ideia de provar o sabor de viver a sós comigo. Como se degustasse uma bebida nova, amarga mas inédita. Poderia estar chegando a hora de me acostumar com ela.

Apanhei o violão de guerra – tinha-o no porta-malas do carro para me acudir em situações como aquela – e me sentei na varanda à espera de ouvir passar por ali uma ideia musical ou poética qualquer, da qual pudesse me apropriar e transformar em canção.

Logo quando acreditei tê-la encontrado, o caseiro, me vendo só, se achou no dever de me fazer indesejada companhia, dando conta de cada providência, cada flor desabrochada, certo que preenchia o vazio de um pobre violonista desocupado.

Ficou por ali o suficiente tempo para espantar toda e qualquer boa ideia.

Quando saiu atrás de suas coisas, foi a azia quem me desconcentrou. Os remédios ficaram em casa.

A idade de uma pessoa pode ser medida pela quantidade de medicamentos de uso contínuo de que necessita. Tive de ir à cidade comprar os três de que preciso – aos cinquenta e quatro anos, se comparado aos meus contemporâneos amigos, penso estar, nesse quesito, rigorosamente de acordo com a idade que possuo.

Quando abria o portão, na volta da farmácia, ligaram de Aruanã, me convidando para o júri do festival, dali a vinte dias.

Aceitei pela vontade de reviver velhos tempos e pela necessidade de ocupar os novos: Lídia e Vítor só voltariam no final do mês.

Contrariando todas as minhas previsões, antes do fim da tarde ouvi a buzina do carro de Tadeu me pedir que fosse abrir o portão.

Fiquei imensamente feliz que viesse. Assim como tinha ficado, pela manhã, com seu telefonema – no fundo, um sinal de preocupação com o meu bem-estar.

Ele estava sozinho, fato bastante raro nos últimos meses.

Parecia pensativo. Mas não preocupado. Ansioso, talvez.

Depois do banho, fomos jantar num restaurante especialmente bonito, numa das muitas estradinhas que ligavam a Raposo aos diversos condomínios fechados da região.

Éramos os únicos fregueses. Comida ótima. Ótimo o Malbec argentino, também.

– Queria ter sido músico, pai.

– Por que não insistiu?

– Você sabe que eu não tinha talento.

– Não é verdade. Bem pequenininho você cantava coisas dificílimas. E afinado.

– Depois perdi o diapasão, então.

– Perdeu nada...

– Lembra o fracasso daquele *jingle*? Cantei porque você me pediu. O cliente perguntou quem era o bosta do cantor... – riu de si mesmo.

– Babaca! – eu ainda guardava rancor do cara que esculhambou com a voz do meu filho.

– Você mandou o sujeito enfiar o produto no cu! – ria alto, agora.

– É verdade! – nem me lembrava mais disso.

– Qual era mesmo o produto?

– Um *mixer*. Um dos primeiros do mercado.

– Ia fazer um estrago...

– Como assim?

– Se ele enfiasse no cu. Ia ser um estrago!

Levamos quatro horas e três garrafas de vinho relembrando passados.

Perdemos a noção do tempo.

À meia-noite o dono do restaurante veio, cheio de mesuras e constrangimento, pedir que encerrássemos a conta por uma questão de segurança – o lugar era um tanto ermo para aquela hora.

Saímos abraçados.

Me comoveu recuperar o tempo dos nossos abraços. Nem me lembrava quando foi a última vez que o fizéramos.

No caminho de volta tinha uma lua tão imensa que cheguei a desligar os faróis do carro para comprovar que seria possível dirigir só com o luar e as estrelas. Por prudência, tornei a ligá-los em seguida.

Na varanda, não: deixamos que só o céu nos iluminasse.

– Saideira? – creio que foi a primeira vez que Tadeu me convidou para um trago.

Busquei o que tinha de melhor: um Achaval Ferrer Malbec 2004.

No primeiro gole, entendi que Tadeu tinha algo a me dizer.

– Tem tanta coisa que eu queria ter sido, pai...

– Ainda dá tempo, Tadeu! Você é muito novo.

– Queria gostar de futebol, por exemplo.

– Não gosta, não gosta, ué. Dane-se.

– Pior são as coisas que eu queria não ser mas sou.

– Como assim?

– Coisas que são o que são. Que eu gosto que sejam. Mas que eu não queria que fossem, por sua causa.

– Minha causa? – fiquei espantado: sempre me achei tão tolerante.

– Você foi sempre o máximo, seu Antônio. E eu queria ser tudo o que você merece que eu fosse.

– Você é! – quis abraçá-lo, mas ele, para não perder o fio do assunto, se levantou da poltrona, mantendo-se em pé, o corpo apoiado na grade da varanda.

– Não sou, pai.

– É, sim! Tadeu: pra ser o que eu quero que você seja, basta você ser você mesmo.

– Eu sou *gay*.

Não consegui esconder o abalo, nem disfarçar o impacto que trancou em mim o caminho de todas as palavras.

– Eu amo o Daniel e vou morar com ele – concluiu.

Como um urso polar, senti a antiga solidez do chão por onde caminhava romper-se com o peso do meu próprio assombro e, atônito, afundei nas águas do subterrâneo congelado de mim mesmo, os músculos paralisados me impedindo de nadar até uma fenda no gelo ou usar minha força para arrombar com os ombros a parede glacial.

Depois de um completo vazio de reação, emergi, de alguma forma, a tempo de encarar seu rosto buscando, em mim, palavras de aprovação ou repulsa.

Preferia ter sido um analfabeto de sentimentos para não escrever com todas as letras aquilo que Tadeu, certamente, leu em meus olhos: a frustração (que, com certa razão, foi por ele confundida com preconceito).

– Tá vendo, pai? Não tô confundindo coisa nenhuma! Olha a sua cara: preconceito, sim! Que decepção, seu Antônio!

– Me escuta, filho!

– Não tem o que escutar, pai. Olha a sua cara! – saltou a grade e mergulhou na escuridão do sítio, em direção ao lago.

CAPÍTULO 13

Demorei um instante para reagir. Quando também saltei a grade já não era possível vê-lo sob o véu das sombras das grandes árvores que apagavam a lua e as estrelas.

Gritei por ele várias vezes. Não obtive uma única resposta.

O lago estava coberto por uma neblina espessa, parecida com fumaça branca estacionada um metro acima da linha d'água.

Ampliei o volume dos chamados que só fizeram aumentar a irreciprocidade de respostas.

Me desesperei.

Meus apelos angustiados acordaram o caseiro.

Saímos cada qual para um destino, tentando encontrar Tadeu no entrefolhado das ramas.

Guiava-me a lanterna do celular, e, na medida em que me locomovia pelo terreno, por diversas vezes pensei tê-lo encontrado quando era apenas o movimento das sombras em relação ao deslocamento do lume produzido pelo aparelho.

Ao avançar pela ramagem mais densa, uma coruja revoou assustada, as asas quase tocando minha cabeça.

Segui adiante com tudo aparentando filme de terror: insetos querendo penetrar meus ouvidos, arbustos parecendo segurar minha camisa com inexistentes mãos, morcegos farfalhando por todos os cantos, pássaros noturnos piando como se fossem pessoas pedindo socorro e, por vezes, irreconhecíveis vultos de bichos do mato atravessando meu caminho.

Apesar de tudo, só tinha o ímpeto de continuar rasgando o breu da noite à procura de Tadeu. Sem o mais mínimo destemor, só desespero.

Cheguei ao muro que divisa o condomínio e, depois de contornar todo o terreno, instintivamente voltei ao lago.

Forcei a visão para vencer o escuro e a neblina na hora exata em que o vento afastou a folhagem de um dos cantos, deixando exposto à luz da lua algo escuro que boiava na superfície das águas.

Como um alucinado, mergulhei no lodo sem tirar nem os sapatos e nadei até o vulto enegrecido. Cheguei nele no exato instante em que ouvi, vindo da margem, a voz de Tadeu:

– Cuidado, pai!

Deixei o que parecia ser um apodrecido mourão de cerca na tona das águas e, aliviado, nadei em direção à margem.

Logo que a profundidade permitiu, corri por cima do lodo para abraçar meu filho o mais rápido que pudesse.

Na pressa do reencontro, me descuidei das sabidas armadilhas escondidas sob o traiçoeiro solo e pisei num buraco oculto sob a folhagem em decomposição. Afundei por cerca de meio metro abaixo da linha d'água e, no mergulho, prendi meu pé direito numa raiz do fundo do lago.

Me debati furiosamente para soltá-lo e, quanto mais me agitava, tanto mais sentia os ramos submersos me imobilizarem.

Quase desfalecendo, ainda pensei nas coisas que precisava dizer a meu filho.

Quando tudo parecia irremediavelmente perdido, notei algo se mover na profundeza, retirando meu sapato, afrouxando o laço que prendia meus pés à planta submersa e libertando meu corpo do iminente afogamento.

Semiconsciente, experimentei a textura da face de Tadeu sobre a minha, enquanto me deixava arrastar para a margem.

Quando adquiri a plenitude do raciocínio, estava numa das cadeiras da churrasqueira, agasalhado pela jaqueta de meu filho, tendo seu braço sobre meu ombro e, à minha frente, um copo de cachaça oferecida pelo caseiro:

– É pra esquentar as tripa, seu Antônio!

Recuperado, fui levado para a casa ainda sob o amparo do abraço de Tadeu, já agora mais por precaução que por necessidade.

Na sala, interrompi com delicadeza mas firme decisão seu gesto de me conduzir para o quarto, obrigando-o a sentar-se no sofá para me ouvir:

– Se um deus qualquer aparecesse na minha frente para perguntar se queria que meu filho fosse bonito ou feio, claro que eu responderia bonito. Gordo ou magro? Magro. Alto ou baixo? Alto. Forte ou fraco? Forte. Inteligente ou burro? Inteligente. Tem algum preconceito nisso?

– Não me venha com essa, pai!

– Deixa eu acabar! A gente quer para os filhos o caminho mais curto para a felicidade. A gente quer um teto de aço para que nada – chuva, pedra ou ovo podre –, absolutamente nada, o machuque. Por isso, se você antes de nascer me perguntasse se eu preferia que você fosse hetero, eu diria: sim. Com toda a minha convicção. Jamais confunda isso com preconceito. Se você, sendo homossexual, me perguntar se eu prefiro que você seja hetero, eu direi: seja você mesmo. Com idêntica convicção. Fique completamente certo disso. O preconceito não tá no fato de alguém preferir que uma pessoa seja isso ou aquilo. O preconceito está em não aceitar que ela não o seja.

– Bonito discurso.

– Não é discurso. Pra enfrentar o preconceito é fundamental você saber muito claramente onde e em quem ele está.

– Todo mundo tem um pouco de preconceito.

– Inclusive você?

– Como assim?

– Você tem preconceito consigo mesmo?

– Eu não. Mas você tem.

– Me diga por quê.

– Uns seis anos atrás você me disse que ao se imaginar fazendo sexo com um homem sentia nojo.

– E continuo. Fazer sexo com um homem contraria a minha natureza.

– Mas nojo?

– Nojo, ué. Tenho nojo por tanta coisa. Um amigo adora beber a urina de quem ele tá transando. Eu tenho nojo. Como teria se me oferecessem pra comer o cérebro de um macaco vivo – e muita gente come. Quando tinha sua idade chegava me dar engulho só de pensar em comer peixe cru. Hoje você sabe o quanto eu adoro *sashimi*.

Tadeu se demorou um instante maior para perguntar:

– Te dá nojo pensar em mim fazendo sexo com outro homem?

Agora fui eu quem se demorou para responder. Tadeu disparou:

– Tá vendo? Você balançou.

– Não é isso, filho. Pensar em você como homossexual é, pra mim, um fato absolutamente novo, precisei de um tempo pra imaginar a situação.

– E aí? Tem nojo ou não?

– Se eu me colocar no seu lugar, ou seja, eu transando com outro homem através do seu corpo, sim, me dá nojo. Mas se você quer saber se tenho nojo de você porque transa com homem, não tenho.

Tadeu se ensimesmou por um tempo.

– E a questão de que não vou ter filhos, te incomoda? – me perguntou de repente.

– Você sabe que eu babo na ideia de ter um neto.

– Eu também queria ter um filho.

– Adota.

– Eu queria um filho meu.

– Tá vendo por que preferia que você fosse hetero? Pra evitar, por exemplo, frustrações como essa.

– Viver é muito complicado.

– É. Mas cuidado pra não complicar mais do que o devido.

– Sendo *gay*?

– Ser *gay* não é pra você uma complicação. É um fato. Complicação é você atribuir ao fato de ser *gay* problemas que não têm nada a ver com isso.

– Por exemplo?

– Por exemplo achar relevante o fato de um filho ser natural ou adotado.

– E não é?

– Pra quem, por alguma razão, não pode ter filhos naturalmente, não, não acho que deva ser. Isso é um preconceito seu, com relação à adoção.

Fazia tempo que não tinha tanta vontade de acender um cigarro. É um companheiro e tanto para se atravessar silêncios como aquele.

– Foi mais fácil do que eu pensei.

– O quê?

– Contar pra você.

– Me dá um beijo – depois de ter se tornado adulto, acho que foi a primeira vez que lhe pedi.

Minha face recebeu um prolongado beijo de reencontro.

Subimos abraçados.

– Você acha mesmo preconceito preferir um filho natural? – me perguntou quando já estávamos no hall dos quartos.

Fiz ver a ele que o importante não é ter ou deixar de ter preconceito. Eles podem nascer de várias circunstâncias alheias a nós mesmos. O essencial é não deixar que cresçam a ponto de se tornar determinantes nos nossos julgamentos e, sobretudo, no tipo da atitude que tomamos em relação ao objeto ou às vítimas do nosso preconceito.

Antes de fechar sua porta, meu filho provocou:

– Quer dizer que você tinha nojo de *sashimi*?

– Muito.

– Se você perder o nojo por homens me avisa, tá? Tenho uns amigos pra lhe apresentar.

Foi ótimo rever seu bom humor. Tadeu andava muito taciturno nos últimos meses.

– Você vai ser o primeiro a saber! – aceitei a brincadeira.

E rimos com descansada leveza.

Na cama fiquei procurando a resposta para a pergunta que me fiz ao sair do restaurante: quanto tempo fazia que não saíamos abraçados pela rua daquela maneira? A certa hora me lembrei: foi no *réveillon* de 2000, na volta da praia, depois de assistirmos ao nascer do primeiro sol do milênio.

Tadeu tinha doze anos.

Por que tanto me abstive de abraçar meu filho?

Embora extenuado, não consegui adormecer.

O pensamento embaralhando ideias sobre preconceitos, crenças e descrenças – o presente e o futuro sobre os ombros corajosos do meu filho –, quando, sorrateira, uma canção foi se chegando até me fazer ver que, sem abraçá-la, não dormiria de forma alguma.

No primeiro sol, estava pronta. Cantei para a manhã que nasceu vestida de um azul consagrador:

QUESTÃO DE FÉ

Nunca fui de ter fé no inconsistente
mas cansei de ter fé em quem imagina
Nunca fui de ter fé em ser diferente
mas cansei de ter fé na adrenalina
Nunca fui de ter fé num grande desígnio
mas cansei de ter fé na contracorrente
Nunca fui de ter fé em dogma e signo
mas cansei de ter fé num monte de gente
Nunca fui de ter fé nos incoerentes
mas cansei de ter fé no louco da esquina
Nunca fui de ter fé no que a fé determina
Tenho fé no viés do revés ao invés da sina

Nunca fui de ter fé em ritos e seitas
mas cansei de ter fé em mitos de artista
Nunca fui de ter fé na velha direita
mas cansei de ter fé em oportunista
Nunca fui de ter fé que foi coisa feita
mas cansei de ter fé em ir mais ao fundo

Nunca fui de ter fé em rotas estreitas
mas cansei de ter fé em muito absurdo
Nunca fui de ter fé em gente perfeita
mas cansei de ter fé quase em todo mundo
Nunca fui de ter fé em um Deus carrancudo
Tenho fé em poder, ao morrer, responder por tudo
*(*10)*

CAPÍTULO 14

Decidi não dormir.

Como de costume, fui buscar o jornal na banca em frente à padaria – onde comprei pães e suco de laranja para o nosso café da manhã.

Na volta, encontrei Tadeu de pé, o banho tomado e o rosto mais lindo deste mundo.

A capa do jornal continha matéria sobre uma comunidade pacificada no Rio de Janeiro. Não que tivesse havido guerra entre nós, mas parecíamos com ela: tínhamos desobstruído os acessos de um para com o outro.

Na mesa, quis saber:

– Quando você vai contar pra sua mãe?

– Ela já sabe, pai.

– Há quanto tempo?

– Bastante.

– Filho da puta! – xinguei-o por chiste e só uma pontinha de mágoa.

– Tinha medo.

– Medo de mim?

– Não, pai: tinha medo de me decepcionar com você.

Tudo acontecia por culpa da excessiva responsabilidade com que eduquei meus filhos. Hoje tenho certeza disso. Nunca faltou amor, isso não. Deve ter faltado a hora da distensão, a cumplicidade com alguma malcriação, o brigadeiro que não roubamos nas suas festas de aniversário antes de cortarem o bolo, a gripe apanhada num banho de chuva que não tomamos juntos.

– Você disse que queria ser músico. Pois eu queria ser um cara mais relaxado.

– Como assim?

– Sei lá... Alguém que esquecesse as coisas, perdesse compromissos, achasse engraçado quando o filho cabulasse uma aula pra jogar bola ou ir ao cinema...

– Fica tranquilo: você foi um pai bem direitinho, seu Antônio.

– É isso: queria ter sido menos "direitinho". Em tudo.

Contei a ele de quando voltei ao *campus* da USP e vi a galera espalhada pelos jardins da faculdade, fazendo tudo o que a um jovem de vinte anos é cabível e necessário fazer: beijar muito, gazetear a aula chata pra aprender um passo de dança, tomar sol de *topless*, fazer piada da vida... Até porque a porra-louquice se dá naquele momento ou nunca mais se dará.

Eu, aos vinte anos, me dava muita importância porque acreditava representar uma das lideranças do movimento. Com isso, praticava e me deixava controlar pelo policiamento ideológico a ponto de preferir namoradas de esquerda às de direita – mesmo minhas companheiras sendo muito mais descuidadas, malvestidas e menos perfumadas (o figurino apropriado tinha a grife do despojamento).

O esporte talvez tenha sido nossa única atividade realmente democrática, na qual nos permitíamos reunir sem distinção ideológica. Terminado o jogo, contudo, a direita ia comer beirute nas poltronas acolchoadas do Joakin's (*) e nós a moela com ovo colorido dos botequins populares.

(*) Lanchonete situada no elegante bairro do Itaim Bibi, em São Paulo.

Enfim: no momento de ser apenas jovem, me impus a responsabilidade de ser irrepreensível ativista de um movimento que permanecia bradando velhos bordões enquanto o mundo tecia outras bandeiras.

– Queria ter sido mais livre, espontâneo e irresponsável quando estudante. Se tivesse sido assim, talvez eu hoje fosse melhor pai.

Deixei Tadeu na porta da casa de Daniel e segui para a produtora. Arranquei sem esperar que o namorado lhe abrisse a porta.

Depois pensei se não teria sido medo de assistir a um possível beijo dos dois.

Não cri que fosse isso. Imputei à pressa de chegar ao trabalho.

Talvez um pouco de ciúme. Igual ao que tive quando vi pela primeira vez o Paspalhão beijar Juliana.

Só o que não poderia era passar o resto da vida na dúvida sobre se atitudes banais como aquela poderiam ter origem em alguma espécie de sorrateira intolerância sexual.

Por outro lado, não queria ficar como certas pessoas que, para demonstrar seu absoluto e rigoroso respeito para com as diferenças, praticam a discriminação pelo privilégio – que não deixa de ser um preconceito às avessas.

Conheço um jovem *gay* que faz as maiores barbaridades: passa a mão na bunda das pessoas, pega no bilau de desconhecidos e, a quem se contraria, chama de preconceituoso.

Cheguei na empresa e estavam todos no quintal. Trabalho nenhum em andamento.

Subi para o escritório para ver se conseguia nova e urgente ocupação.

Nenhuma proposta de trabalho sobre a mesa.

Liguei o computador. Nenhum *e-mail* profissional.

Resolvi chamar o restante da família pelo Skype.

Recebi, por ele, a melhor notícia de minha vida: Juliana estava grávida!

– Você vai ter um neto australiano, pai – me disse toda prosa.

– Eu vou ser tio! – gritou Vítor, invadindo a tela com um sorriso distorcido pelo fraco sinal de rede.

Lídia estava radiante como futura avó. Até a conexão melhorou com sua chegada.

Não sabendo o que fazer com minha alegria, desci e, junto com a novidade, avisei que estavam todos dispensados do trabalho. Que viessem festejar comigo!

Chamei também Tadeu e Daniel.

Montamos a mais comprida e alegre mesa do restaurante.

Se não o fui como pai, haveria de ser o mais torto, irresponsável e relaxado dos avós: seria cúmplice de todas as suas malcriações, morreria de rir quando quebrasse copos ou tirasse nota baixa na escola, ensinaria a roubar todos os brigadeiros antes de cortarem o bolo de sua festa de aniversário, tomaria ao lado dele chuvas e chuvas de verão.

No caminho de volta, decidi não tornar a chamar o Paspalhão de Paspalhão. A partir de então o Paspalhão seria, também para mim, Rodrigo. O pai de meu futuro neto.

CAPÍTULO 15

Aruanã fica a menos de trezentos quilômetros de São Paulo. Estrada ótima. Um número excessivo de pedágios, é certo. Também excessivo o preço. Mas tenho que admitir: o leito da estrada é quase um tapete.

Conheço pessoas que defendem esse tipo de cobrança:

– Dá gosto pagar o pedágio! – Germano, nosso técnico, é um deles.

Não concordo: pago uma carga tributária altíssima para o nada que recebo em troca.

Em São Paulo pedágio é mato, sendo o mais revoltante aquele situado no início da rodovia Castelo Branco.

Um consórcio construiu a Marginal pedagiada para oferecer, a quem mora nos condomínios da região de Alphaville, uma rota de fuga para o trânsito intenso daquele trecho. Cobra pelo serviço uma tarifa extorsiva – um dos quilômetros rodados mais caros do mundo. De toda forma, a quem precise ou se disponha a pagar caro para fugir do trânsito, ótimo: sem custo para o estado, há a opção da nova via. No mais, tudo seguiria sendo como sempre foi: tráfego gratuito – e engarrafado.

No entanto, por conta da tarifa exorbitante, os investidores não obtiveram o movimento e, respectivo, retorno financeiro esperados. Alguns meses depois, embora menor, foi instituída cobrança de pedágio também para o trecho livre. Em resumo: em vez de baixar o preço abusivo, passaram a cobrar o trecho gratuito, de modo que, na diferença entre as duas tarifas, a Marginal pedagiada deixou de ser tão economicamente inviável para os potenciais usuários.

Financiar campanhas políticas é sempre muito vantajoso.

A mim, sendo inevitáveis, restou pagar todos os pedágios, colocar um CD no *player* e aproveitar a viagem.

Cheguei a Aruanã no final da tarde. Fazia anos que não retornava. Venci uma das primeiras edições do festival. Começo de carreira. Início de um amor absurdo. Trafegar por suas ruas me trouxe profunda saudade, pois, à exceção de detalhes, tudo continuava praticamente idêntico.

O evento cresceu. Deixou de se dar no clube, foi para um ginásio de esportes e, agora, passava a ser na praça central.

Fazia muito frio, mas os músicos não se fiaram nele: foram ótimas as músicas e seus intérpretes. Nas três noites.

Ao lado de artistas mais experientes, um grupo grande de jovens compositores renovou nossa certeza: a música brasileira não atravessa crise de criatividade. O problema sempre esteve na escolha restritiva dos eleitos para receber divulgação mais ampla.

O resultado do júri foi injusto como sempre. Igual seria se outro fosse. Dizer que uma tal música é melhor que todas as outras é descarado exagero. Vencer um festival significa consagrar uma determinada canção por obter maior consenso favorável, no contexto de um determinado dia, junto a um reduzido número de pessoas sobre as quais recaiu a responsabilidade da imperativa, embora impossível, escolha. Mas vale a pena: nenhum outro evento que reúna artistas desconhecidos do grande público tem capacidade para atrair plateia tão numerosa e nem de distribuir cachê semelhante ao que oferece a quem tem a sorte de vencer.

E há o encontro, a descoberta das novidades musicais, a percepção das estéticas predominantes naquele momento, o estabelecimento de redes e parcerias, a formação de público próprio e tudo o mais.

Nisso Aruanã é único. Nas duas primeiras noites, como acontece quase todos os anos, formou-se uma imensa roda de compositores numa das salas do hotel, juntando o artista contratado para o show, o jurado músico, os autores e intérpretes participantes, o artista da cidade... Ouvi, em ambas as noites, canções de muitas formas – sofisticadas, brejeiras, conceituais, engraçadas, maduras, incipientes, de variados ritmos, formas e estéticas –, todas alinhavadas pelo fio da beleza, espontaneidade e verdade pessoal de cada artista.

O show principal da segunda noite foi com Adileia, também vencedora de uma das primeiras edições, cantora e compositora de um dos maiores sucessos daquele ano – a mesma música que, em primeira mão, havia nos mostrado há onze anos, no almoço daquele carnaval de 2000.

Noites lindas da Música.

Outro que lá estava era o Rubinatinho, filho do meu grande amigo. Novinho, novinho, participava pela primeira vez. Chegou à finalíssima, mas não foi premiado. Muito bom desempenho considerando tratar-se de sua estreia.

– Como vai a política estudantil? – perguntei.

– Tô fora, tio!

– Seu pai me falou que você era presidente do Grêmio.

– Mentira do velho! Fui diretor pra ver se reativava o teatro e reformava a quadra. Não boto fé em política. Muito menos em políticos. Eu queria mais era lutar pelo voto não obrigatório. Político é tudo ladrão, tio.

Ficou um tempo receoso até perguntar:

– O senhor não é político, né?

– Não. Fica tranquilo – ri do seu embaraço.

Rubinato, pai, continuava mentiroso. Do bem. Mas mentiroso.

Cantávamos até quando o restaurante abrisse para o café.

No sábado, dividimos o hotel com os convidados de uma festa de casamento. Lá pelas tantas, ganhamos uma plateia bem estranha: homens de terno amarfanhado com colar de luz neon na testa e mulheres descalças – o sapato *scarpin* na mão – com óculos escuros de aro colorido e chapéu da Minnie.

Vinham da festa e, mesmo embriagados, pediam licença, se sentavam e ouviam a música com o mesmo silêncio reverencial de todos nós.

Quase no final da noite, os próprios noivos prestigiaram a roda: sentados, quietinhos lá na ponta, ouviram até a última música.

Quando, terminada a roda, os recém-casados fizeram menção de também nos acompanhar no café da manhã, Angenor, um dos grandes artistas do júri, não se conteve:

– Ô, noivos! Só uma perguntinha: não têm nada melhor pra vocês fazerem na noite de núpcias, não?

CAPÍTULO 16

Voltei de Aruanã no início da tarde de segunda-feira.

Logo que cheguei à produtora recebi telefonema de Raquel me pedindo novo *jingle* para a campanha de um desodorante íntimo. Estava em São Paulo. Quis jantar comigo.

Escolhi uma cantina descolada: ao mesmo tempo *clean*, arrojada e acolhedora. Quase romântica.

O vinho derrubou a maquiagem da executiva. Voltou a Raquel da ECA.

Queixou-se da solidão. O marido a deixou quando soube de seu romance com o marido da amante de seu marido.

– Os homens não aceitam dar à mulher o direito que concedem a si mesmos – resumiu dessa forma o motivo de sua separação.

Havia tristeza no que dizia e essa tristeza inundou-a de sedução.

O vinho derrubou a repulsa que passei a dedicar a ela desde o dia em que forneceu o número da sua conta bancária para o depósito de sua primeira comissão.

– Casamentos são complicados – foi o que consegui comentar depois de ouvir a sua história.

– Mesmo o seu?

– Também ele, claro.

– Vocês sempre foram exemplo do casal modelo. O amor incondicional.

– Amores incondicionais só existem entre pais e filhos.

– Que tipo de amor é, ou foi, o de vocês, então?

– O amor possível.

– À possibilidade de todos os amores, então! – me propôs um brinde com olhos cheios de vontade.

Elevei meu copo em direção ao dela, sem malícia.

Ela aproveitou a proximidade dos dedos que seguravam a taça para roçar nossas mãos.

– Sabe do que me arrependo, Antônio? Ter me entupido de maconha e conhaque naquela noite em Búzios.

Na última noite da nossa viagem, há trinta anos, aconteceu uma urgência mútua nunca antes – nem depois – havida entre nós dois.

Os carinhos começaram na pousada, onde dormíamos em cinco no mesmo quarto.

Corremos para a praia atrás de discrição.

Entramos no mar, atrás de intimidade.

Tiramos as nossas roupas, atrás de posse.

Algo – peixe ou crustáceo – mordeu seus pés.

Assustada, levei-a no colo para a areia.

Seu coração, amedrontado, custou a serenar.

Quando pacificado, exaustos de cana e erva, adormecemos.

Acordamos com o clarão do dia e a irritação do Coxinha:

– Não combinamos sair às seis?

Eram quase nove horas quando nos achou.

Nem no restante tempo de faculdade e nem nos recentes anos de trabalho para a sua empresa, nunca conversamos sobre aquela noite, antes de agora.

– Sóbrios talvez nunca tivesse rolado nada entre a gente. Nem aquela vontade – tentei minimizar.

– Em mim sempre rolou.

Me surpreendi com seu insuspeitado desejo e, sobretudo, sua tardia confissão.

– Você nunca me falou nada.

– Tô falando agora.

– Agora ficou tarde.

– Pra mim, não.

Havia tanto tempo de ausência sexual em mim que aceitei sua mão e sua vontade sobre as minhas.

– Será que isso é o melhor pra nós? – perguntei.

– Tenho essa dúvida desde Búzios. Tô querendo saber agora.

– Eu tenho um sítio aqui perto.

– Quanto perto?

– Uns trinta quilômetros.

– É longe. Tenho urgência. Te esperei demais, Antônio. Vamos pro meu hotel.

Na porta do restaurante, enquanto esperávamos o manobrista trazer meu carro, sua boca me devorou.

No carro, antes da primeira esquina, sua mão já percorria meu corpo.

Um pouco adiante, tive de conter sua ânsia quase depravada.

No hall do hotel, ao porteiro que lhe perguntou se eu estava com ela, foi ríspida:

– Claro, idiota!

No elevador, foi anatômica ao ajustar nos meus os seus quadris, esmagando nossos corpos multiplicados infinitas vezes na parede de espelhos.

Os dias de abstinência quase me fizeram possuir, ali mesmo, a ela e a todas as Raquéis refletidas nos quatro cantos que já eram dezesseis que viravam sessenta e quatro bocas de cuja avidez, crescida em progressão geométrica, eu já não dava conta de saciar.

Quase arrombamos o quarto.

Sem colocar o cartão para acionar a luz do ambiente, fechamos a porta e procuramos a cama em completo blecaute.

No caminho, havia uma luminária móvel de ferro que Raquel, já descalça, chutou com a violência do seu desejo.

Sua dor, súbita e intensa, aplacou nossa descontrolada necessidade.

– Enfia essa porra desse cartão no interruptor e acende essa merda de luz! – parecia me culpar.

Quando clareou, vimos que não era grave, apesar da dor intensa.

Ainda irritada, trancou-se no banheiro.

Sem outra coisa que fazer, me pus a avaliar a arquitetura do quarto, a disposição dos objetos, a neutralidade da decoração...

É incrível como todos os hotéis – os mais contemporâneos – se parecem.

A impessoalidade dos elementos acabou me remetendo a tantos e tantos aposentos; tantas e tantas viagens; tantos e tantos aconchegos onde Lídia e eu fizemos amores desmesurados...

Girei o botão para acionar o som. A música que o rádio despejou no apartamento era um *hit* qualquer, impessoal como o ambiente, tão repetidamente executado que deixei de percebê-lo. Em seu lugar, o *dial* da minha cabeça sintonizou outra emissora, retransmitindo a partir de um tempo remoto a música que escrevi num certo carnaval do ano 2000, num quarto parecido com aquele:

Nem terminou
já tô morrendo de saudade
o dia nem raiou
a vida nem veio chamar
e a manhã ainda nem aportou...

Comecei a entender que estar ali, por maior que fosse nosso recente isolamento, não era o que minha história com Lídia merecia.

É certo, também, que Raquel não merecia, depois de as coisas chegarem aonde chegaram, desencontro como aquele, trinta anos mais tarde.

Não havia, pois, como contemporizar as duas situações.

Quando voltou do banheiro, tentei explicar que não era o momento emocional para me envolver com quem quer que fosse.

Raquel não compreendeu:

– Sai daqui, seu viado!

Perdi aquela e todas as posteriores campanhas da empresa cujo marketing administrava.

CAPÍTULO 17

Lídia e Vítor voltaram de Melbourne no final da semana seguinte. Fomos buscá-los – Tadeu, Daniel e eu.

Era início da noite.

Mal almocei. Os dois viajantes, muito menos.

Fomos direto para uma cantina. A escolha foi de Vítor.

Estava feliz por ter minha mulher e meu caçula de volta.

Era a primeira vez que Daniel jantava conosco, depois de assumido o relacionamento com Tadeu.

Na volta, o deixamos em casa.

Tadeu, ao contrário da última semana, veio dormir conosco.

– Conta aí, gente: e o meu neto? – perguntei logo que nos sentamos no sofá do apartamento.

– Tá ótimo. Juliana só tem um pouco de tontura. Enjoa bem pouquinho. Nem parece grávida – Lídia deu a ficha da filha.

– Mas e ele?

– Ele quem, Antônio?

– Meu neto, ora! Ou neta, sei lá...

– Seu neto, ou neta, tem três centímetros. Você quer saber o quê? A cor dos olhos ou dos cabelos? – adorava quando Lídia resolvia exercitar seu bom humor. Mesmo sendo eu a vítima.

Riram todos da minha cara.

– Isso vai ser um avô tão coruja... – emendou Tadeu, coberto de razão.

– O melhor de todos! – concordei. – Vou deixar fazer tudo que não deixei vocês fazerem!

– Sacanagem, pai... – Vítor reclamava à toa, pois, já no seu tempo, fui bem menos exigente, no tocante às responsabilidades, do que com os dois primeiros.

Envelhecer é descobrir, aos poucos, que estamos na vida mais a passeio que para o trabalho, pela farra que pelo compromisso. As crianças nascem sabendo disso. São educadas para esquecer que sabem. Amadurecem e repetem com os filhos o erro dos pais. Por fim, envelhecem e tentam corrigir com os netos o erro que cometeram com os filhos.

Fico imaginando esse deus que as pessoas acreditam, depois de criar o mundo no maior capricho, ao final dos séculos, bater os olhos na sua grande obra e pensar consigo mesmo: "Vai entender: dou tudo de bandeja – maior mordomia – e os caras inventam a obrigação de trabalhar até juntar o suficiente pra comprar tudo aquilo que já haviam ganhado de graça!".

– Preciso dizer uma coisa...

Tremi nas pernas. Quando Tadeu fazia aquela cara, dando às palavras semelhante gravidade, era porque vinha bomba.

– ... o Daniel vai pros Estados Unidos no começo do ano. Estudar na Academia de Arte Dramática de Los Angeles. Eu vou com ele.

Era uma bomba, como supus.

Lídia empalideceu:

– Assim tão de última hora?

Tive dó de seu escancarado sofrimento.

– Não é de última hora, mãe. Estamos programando isso há oito meses. Temos o visto, uma casa para alugar, um emprego temporário, as vagas reservadas. Tá faltando um pedaço da grana. O curso custa dezesseis mil dólares anuais. A mãe do Dani bancou o dele e mais o aluguel da casa. Queria vender meu carro, como fez a Ju. Posso?

Dizer o que naquela hora?

– Bem-vinda ao lar, meu amor – não sabendo o que dizer a Tadeu como que responsabilizei minha mulher.

– A culpa agora é minha, Antônio?

Parecia haver um buraco negro, uma espiral de equívocos em torno de nós dois – como uma bomba de sucção tragando nossas afetividades enquanto nos agarrávamos à parede enferrujada do nosso amor.

Para piorar a situação, arrasado com a decisão minuciosamente planejada e esquiva de Tadeu, fui para o quarto sem coragem e força para me desculpar com Lídia ou dizer o que fosse.

Dois minutos depois ele veio me ver:

– Me desculpe, seu Antônio.

– A vida é tua, faz o que bem entender com ela.

– Eu vou fazer. Mas me desculpe ter que fazer você sofrer por eu fazer o que entendo ser o melhor pra minha vida.

– A próxima vez, faz menos de sopetão.

– De que jeito?

– Fazendo tudo às claras. É um jeito de ir me acostumando aos poucos com a ideia.

– Me perdoa. É que demorei pra lhe contar sobre meu relacionamento com o Dani. Aí ficou tudo meio que na moita.

– Sua mãe sabia e você também não contou pra ela.

– Eu ia contar. Aí ela resolveu viajar de repente.

– Você planeja isso há oito meses, Tadeu.

Ele desistiu de encontrar desculpa:

– Me perdoa.

– Tá tudo certo. Boa sorte.

Veio me beijar. Dei a face sem retribuir o beijo.

Mesmo comunidades pacificadas, vez ou outra, tem seus bloqueios retomados. Sabia que também o nosso era passageiro.

– Boa noite – disse da porta.

– Liga pro Germano, amanhã, na produtora. Ele tem um amigo que mexe com compra e venda de carro usado.

Quando Lídia entrou eu estava perdido, sem saber como desfazer a estupidez do meu comentário despropositado.

– Eu não queria atingir você com o que disse...

– Mas atingiu.

– ... foi um desabafo comigo mesmo.

– Nosso amor tá fragil demais. Qualquer brisa é minuana.

– Tem muita coisa acontecendo. O emocional esmigalhado. Pela primeira vez me sinto cansado.

– Imagina eu, depois de trinta e sete horas de viagem.

– Vai ficar tudo bem.

– Amanhã a gente conversa.

CAPÍTULO 18

Outra vez, ajudar um filho nos preparativos de sua viagem monopolizou as atenções de Lídia.

Foi ela quem cuidou da venda do carro para a loja do amigo do Germano, da compra dos dólares americanos, das roupas e demais demandas. Como passaporte, visto e outros entraves burocráticos já tinham sido providenciados pela mãe de Daniel, a terapia de cuidar dos intermináveis trâmites não se prolongou o bastante para evitar um princípio de depressão, antes ainda da partida de Tadeu se consumar.

Se as funções de Lídia foram bastante reduzidas quando comparadas à viagem de Juliana, as minhas inexistiram. Limitei-me a observar a obcecada fuga de minha mulher, mergulhada nos mínimos afazeres da viagem como se nadasse num intenso redemoinho, quando, na verdade, o que fazia era se debater na areia das coisas, como se houvesse mar revolto onde já era a praia.

A viagem seria no dia 15 de janeiro.

Vítor deu uma ideia que achei perfeita para ocupar nosso tempo com outra coisa que não fosse pressentir como o apartamento se ampliaria após a saída de mais um morador: um cruzeiro de Natal. De quebra, não teríamos uma solitária ceia em redor das duas dezenas de amigos de todos os anos.

Lídia acedeu a contragosto por obstinada insistência de Vítor e pela surpreendente decisão de Tadeu em viajar conosco.

Saímos do porto de Santos no final do dia 21.

Logo que embarcamos, subimos para o convés para acompanhar as manobras náuticas da partida.

Quando deixamos o canal, Lídia já havia descido para arrumar as coisas na cabine. Tadeu foi logo em seguida. Ficamos, Vítor e eu, até que não houvesse mais nada em torno de nós que não fosse mar e céu.

Meu caçula era um companheiro e tanto. A diferença é que não me fazia companhia: gostava das mesmas exatas coisas. Estar só com nossos muitos assuntos entre a imensidão do oceano e a infinitude de estrelas foi o programa de quase todos os inícios de noite.

Já o piano-bar foi onde passamos, Lídia e eu, as nossas quatro primeiras madrugadas. Dançar com ela, os corpos colados, nos fazia encurtar fisicamente a distância imponderável que fendeu a unidade de nossas vidas.

Sentir seus seios no meu peito e o calor das suas pernas nas minhas recuperava, por momentos, a delirante atração carnal que sempre nos arrebatou. Estávamos longe, contudo, do tempo onde era preciso empreender dura batalha para evitar que nos amássemos no elevador ou num canto qualquer do caminho até chegarmos à intimidade da cama. Muito ao contrário: bastava algo que nos distraísse – um encontro com Vítor e sua nova turma transitando pelos deques, a visão de Tadeu solitário na sala de leitura ou uma foto nova dos filhos posta para venda num dos corredores – e o desejo se dissolvia como a espuma das marolas no tapete das águas marinhas.

A primeira escala, na Ilha Grande, em Angra, no segundo dia de viagem, foi preciosa. Nem a excessiva fila para conseguir lugar nos botes que faziam o traslado do navio até a praia tirou nosso bom humor. Também as águas frias da região não desaqueceram nossa alegria. Lídia estava fisicamente deslumbrante e emocionalmente deliciosa, Tadeu completamente profuso e receptivo e Vítor exuberante como sempre.

À noite, depois do jantar, nos reunimos para dançar – os quatro de mãos dadas – na boate situada na popa do último deque. Quando nos cansamos, levei Lídia até a varanda – com a desculpa de ver o rastro da lua no espelho negro das águas – e lhe sapequei um beijo tão juvenil quanto aqueles trocados pelos nossos jovens vizinhos de amurada.

Fizemos naquela madrugada um amor tão pleno e afetuoso que, mesmo o destino se decidindo pelo futuro que nos reservou, haveríamos de nos recordar dele como um pedaço bastante especial de nossa vida: tenho comigo ainda a textura de sua pele, a expressão de seu rosto, seus gemidos e até as feições do seu êxtase naquela que foi a nossa última grande noite de amor.

Coube até mesmo espaço para a velha sessão abobrinha:

– Será que em dia de tormenta, mar agitadão, navio jogando pra todo lado, dá pra transar sem se mexer, só no balanço das águas? – perguntei enquanto deslizávamos sob a noite calma.

– Como você é bobo, Antônio...

– "Oi no balanço das águas eu vou!" – cantei o samba do Salgueiro, belisquei sua bunda e ganhei uma carinhosa travesseirada no rosto.

Navegamos durante todo o terceiro dia. A piscina ficou abarrotada de gente. Para conseguir uma espreguiçadeira era necessário ir à guerra. A trilha sonora era completamente aeróbica. O volume do som, *heavy* completo. E não é que, com tudo isso, foi ótimo?

No quarto dia chegamos a Salvador.

Adoro a cidade, embora me irrite a postura de alguns prestadores de serviço – motoristas de *vans*, taxistas, vendedores em geral – em achar que, pela minha condição de não nativo, deva ser tratado como otário.

Contratamos um táxi, fomos aos lugares de que mais gostávamos, tomamos um banho na praia de Stella Maris, almoçamos uma moqueca com caipirinha de siriguela – a sempre preferida de Lídia – e voltamos ao navio para breve descanso até a ceia de Natal.

Foi nossa última tarde de inteira felicidade.

Bastou a embarcação se pôr em movimento, após um apito grave como o som de mil tubas amplificadas pela parafernália de um trio elétrico soteropolitano, para Lídia se transformar.

Já durante o tempo em que fazia a toalete para o jantar natalino, parecia traçar com o lápis dos olhos olheiras profundas no seu estado de espírito.

A partir de então, o cruzeiro se transformou em desencontro de casal.

O Natal, embora ao meu lado, Lídia passou com os filhos.

Tadeu não quis descer em Búzios. Lídia permaneceu com ele. Fiz companhia ao Vítor, que não conhecia a cidade.

Era o último dia do cruzeiro.

No rescaldo da viagem, reencontrei meu filho mais velho, fazendo-o ver que as mágoas pela notícia de sua partida eram mais um gesto de amor que uma cobrança de lealdade.

Na outra ponta, saboreei cada pedaço do oceano, cada estrela do universo, cada minuto ao lado do caçula (devia chamar-se Antônio Júnior, o Vítor. Ou Antônio II, sendo tão igual a mim).

No âmbito do meu casamento, viajei com duas Lídias: uma no caminho até Salvador e outra no trajeto de volta. Foi como se a primeira mulher, ao afastar-se de Santos, também se distanciasse do dia em que Tadeu se juntaria à ausência de Juliana, como duas metades da mesma saudade. Já a segunda, nascida no dia em que o sentido da navegação se inverteu, foi se deixando tomar, precocemente, da melancolia que a partida de Tadeu inexoravelmente haveria de lhe trazer.

Quanto mais Santos se aproximava, tanto mais distante me sentia dela.

Parecia que, ao partir de Salvador, Lídia tivesse me esquecido no Nordeste.

CAPÍTULO 19

A viagem de Tadeu foi a gota d'água.

Tudo o que fazíamos passou a não bastar.

Não é que havia infelicidade no ar, mas um vácuo de alegria.

Não é que havia um rio de rispidezas, mas uma seca de carinho.

Não havia pequenas discussões. Apenas grandes silêncios.

Não havia zanga. Faltava divertimento.

Havia amizade onde houvera o desejo.

Armistício onde inexistia a guerra.

Então veio a proposta pela produtora. Uma empresa americana. Valor irrecusável. Incluía a empresa e o prédio.

Pedi o dobro para não vender. Eles aceitaram.

Exigi que mantivessem a equipe. Fizeram contrato de um ano com os freelas, mantiveram os CLTs.

Me convidaram para o Conselho, Consultoria ou coisa que o valha – um cargo desses que equivale a coisa nenhuma. Declinei.

Exigiram constar no contrato que ficaríamos impedidos de abrir empresa concorrente pelo prazo de dez anos. Concordei.

Assinamos.

A despedida foi no mesmo restaurante onde comemorei a gravidez de Juliana.

Saímos à francesa, Lídia e eu, logo quando começaram a fotografar o que já se tinha tornado nostalgia.

Pedi ao Luigi, dono da casa, que liberasse o consumo e pusesse a despesa na minha conta.

Dias depois, quando voltei para acertá-la, soube que beberam até bem de manhã, brindaram a nós e saíram tristonhos.

Fizemos bem em não somar à deles a angústia de nossa antecipada saudade.

Enquanto esperava o manobrista trazer meu carro, parei para admirar um cachorro velho, muito velho. Tinha uma orelha em pé, outra caída; o pelo rarefeito; um olho meio cego que pôs em mim sua luz tênue mas sábia e me intuiu a presença mais que enxergou.

Fazia já um tempo que vinha observando me comover muito mais o velho, o feio, o estropiado que o jovem, o belo, o íntegro. Eram os primeiros sinais de minha própria velhice.

Incluí na venda todos os meus computadores de mesa.

Quando me dei conta, um mês depois, já haviam formatado a máquina que ficava sobre a minha mesa.

Perdi os arquivos de todas as minhas músicas.

Foi quando me decidi que gravaria, com aquelas de que me lembrasse, meu primeiro disco autoral.

As que permanecessem esquecidas, paciência!

– Então é porque não era boa.

Me lembrei do velho seu Geraldo, muitos anos atrás, no Bar do Alemão.

No início de fevereiro, Vítor pediu uma viagem à Disney.

Achamos conveniente afastá-lo daquele clima denso, emocionalmente quase insalubre, que povoou nossa casa.

Sozinhos, tudo ficaria mais fácil: sabíamos que havia chegado a hora de decidir o que fazer do nosso amor.

A viagem a Tiradentes aconteceu do nada: eu lhe propus, sem muita expectativa de aceite, ela topou – talvez porque tenha compreendido, como eu, a dimensão da história que havíamos construído, grande demais para amputá-la de nossos futuros sem nem ao menos tentar uma cirurgia reparadora.

Pensei – e via claramente que Lídia também o fazia – que poderíamos, quem sabe, encontrar na guarda da cama colonial do quarto, no vão das pedras que cobrem as ruas, no ouro das igrejas ou na água corrente da fonte central do chafariz de São José um suspiro, uma nesga, uma fagulha, uma gota qualquer da imensa e indissolúvel felicidade que experimentamos no passado, quando a vida pôs fim aos tantos desencontros de um amor que nascia para estar acima dos acontecimentos, ao largo das existências; inatingível ao tempo.

Ocorreu, porém, que se suspiro, nesga, fagulha ou gota um dia houvera, silêncio e ausência cuidaram de os esconder ou aniquilar.

Não havia vaga na Pousada dos Portais, nem mais nada do que um dia fomos nos corpos que ocuparam a cama da outra casa que nos hospedou.

No vão das pedras, no brilho das igrejas, na água da fonte encontramos apenas o espectro da memória do que não restou.

No silêncio do jantar da segunda noite ouvimos, dentro de nós mesmos, aquilo que minha boca temia dizer. A de Lídia, não:

– Melhor que a gente se separe, Antônio – era objetiva, não adiantava.

Naquela mesma noite, arrumamos as malas, choramos juntos, adormecemos separados e abreviamos a viagem.

De manhã olhei, ainda um momento, seu corpo nu saindo do chuveiro e, pela primeira vez na vida, só pude sentir por ele a mais profunda ternura.

Tudo entre nós, assim como aquela viagem, parecia com voltar à casa da infância, se emocionar com ela mas descobrir que o lugar dos sentimentos estava posto num tempo anterior. O atual parecendo miragem.

Ternura não é amor.

Na confusão de emoções destrambelhadas daquela hora, nem os fantasmas de antigas frustrações deixaram de vir à tona. Me lembrei de quando Lídia correu de mim, depois do beijo em São Joaquim do Rio Turvo; lembrei de quando Lídia me abandonou em Aruanã, me deixando sozinho para ganhar um festival que, sem ela, não tinha mais sentido; lembrei de quando Lídia – ainda hoje sem ter me dado qualquer explicação plausível – deixou de me encontrar em Santa Rita e, de lembrança em lembrança, olhando seu corpo com olhos que afinal me ensinaram a compreender o que é ser apenas ternura, tive, com bastante clareza, a revelação de que seu verdadeiro amor sempre foi Carlos, o Idiota. A mim restando, desde sempre, a ternura com que me acolheu em sua vida.

Com esforço disse tudo isso a ela, enquanto se vestia. Queria sua negação veemente, sua revolta, sua irada indignação.

Lídia me ouviu, permaneceu calada por longo tempo e, por fim, repetiu, com as mesmíssimas palavras, a frase da noite anterior:

– Melhor que a gente se separe, Antônio.

Diante disso, deixei o último dos meus silêncios assentir na sua proposta e, ao final da breve viagem a Tiradentes para fracassada tentativa de retomar o passado das nossas vidas, retornamos a São Paulo para o início da longa viagem que haveria de dar vida aos nossos novos futuros.

Para compor canções, me habituei a colecionar palavras amorosas numa brochura pequena que não deixava de carregar comigo aonde quer que fosse. A coleção também me serviu para utilizar com as mulheres da minha juventude, fazendo com que, mesmo as que não amei, acreditassem na minha paixão por elas e, de paixão em paixão, seguissem comigo até aonde a vida nos levasse. No entanto, justamente eu, colecionista de palavras belas, arquiteto de sonoridades sentimentais, viveria o resto dos meus dias sem conseguir pronunciar, mais nunca, aos pés dos ouvidos de Lídia, a desejada palavra de afeto que fosse bastante para reescrever o nosso amor.

Assim, de palavra ausente em palavra ausente, o silêncio ocupou um espaço tão extenso entre nós que terminamos por nos ausentar um do outro, como as palavras.

A fim de nunca assistir ao amor se arrastar, mendigando existência pelo chão da casa da nossa amizade, foi que afinal nos separamos.

Para nos redimir ou nos dizimar.

Parte Final

De futuro e outras travessias

abril de 2013

A carta que Lídia deixou no meu bolso antes de viajar a Melbourne para visitar Juliana

Comecei a te amar antes mesmo de saberes da minha existência.

Foi no primeiro Festival de Casa Nova. Aquele do teu terceiro lugar. Não me lembro o ano, o que aconteceu com a nossa música, como foi que voltei... Lembro que chegamos na sexta-feira, vindos de uma apresentação em Goiás. Lembro que cantaríamos no sábado. Vesti um conjunto preto e fomos para o ginásio assistir à primeira eliminatória. Lembro de algumas músicas, alguns músicos conhecidos e lembro da tua entrada no palco. Depois, não lembro de mais nada: passou a ser tua a minha atenção absoluta. Lembro da tua camiseta branca sobre a camisa jeans clara. Lembro a calça do mesmo tecido e cor da camisa, com uns bolsões na altura dos joelhos. Lembro até a marca: Guaraná Brasil. Muito, muito lindo, era como estavas.

Sempre achei ser impossível saber a hora exata onde um amor começa a desmoronar (que fato, que mágoa fizeram isso com ele?). Pensava que, ao perceber a fenda na superfície, já um vazio imenso o teria devorado por dentro.

Pois eu percebi o início do fim do meu amor pelo Carlos: foi no dia em que te vi naquele palco em Casa Nova. Desde então passei a sentir como sendo a tua boca quando era ele quem eu beijava. Teu o corpo quando nos amávamos. Até teu cheiro, mesmo desconhecido para mim naquela época, cheguei a sentir na pele dele. Parece leviano, mas, guria demais, não conseguia entender o que se passava comigo.

Chorei diversas noites de raiva, vergonha e medo. Raiva de ti por existir em mim, vergonha por deixar de amá-lo antes de desvencilhar-me dele e medo de que fosse descoberta por algum dos dois. Eu era muito guria, Antônio.

Foi esse medo que me fez, mesmo fervendo por dentro, manter absoluto silêncio quando notei teu olhar de desejo sobre mim. Desejo que me levou à varanda em São Joaquim do Rio Turvo. Medo que me fez correr de volta pra ele, toda assustada, quando o troféu quebrou, no instante do nosso primeiro beijo. Beijo cuja culpa me fez aceitar a mudança para a suíte do hotel onde Carlos gastou metade do prêmio para me dar intimidade, conforto e discrição quando só o que eu queria era o devassado, o improviso e a promiscuidade da proximidade do teu corpo, no colchonete próximo, rente ao chão daquele alojamento.

Foi esse medo que me fez, em Aruanã, não olhar para os teus olhos, ao pé do palco, quando cantei só para ti, com a voz que jamais havia encontrado em mim e jamais haveria de reencontrar. A voz que não era física, mas intenção. Intenção de te prender nas teias dela. A voz que não era minha, mas completamente tua, como eu. A minha voz que de tão tua ninguém compreendeu. Ninguém aplaudiu a não ser com uma baita indiferença porque as plateias intuem quando não cantamos para elas. Medo que me deu trégua quando, lindo, mais que sempre, me deste tão timidamente de presente a tua preocupação comigo no acidente com o resto da gauchada. Trégua que me permitiu prender tua mão na minha com a desculpa de olhar a tua unha quebrada.

Gesto que fez voltar o medo que me fez aceitar submissa quando Carlos, derrotado, ordenou que tomássemos o ônibus de volta na noite em que planejei perder a culpa e te entregar meu corpo.

Medo que me fez ouvir calada, na volta a Porto Alegre, o destempero de Carlos com a derrota em Aruanã porque eu sabia que, no fundo, não era com a música que se destemperava e, sim, com minha progressiva partida de sua vida.

Medo que me fez aceitar fazer amor com ele, naquela mesma noite, no chão da sua sala, sem qualquer cuidado, consentindo o quase estupro como compensação da culpa que gerou o medo.

Compensação que me concedeu terminar com Carlos para nunca mais ser amada com rancor. Rancor que, afinal, me trouxe a liberdade de te ligar sem medo, quando te vi na televisão. Ligar pra dizer que te amava desde o início, dizer que te queria muito, abrir meu peito e te dizer tudo o que só não disse pela insegurança que senti com a tua indiferença ao receber a notícia de que eu havia terminado com Carlos. Insegurança que só me deixou dizer que a minha necessidade de te ver era imensa como a tua. A tua necessidade que me pôs nas nuvens, me completou de ternura, me atiçou o desejo. Desejo que me fez te prometer aquilo que sempre quis: encontrá-lo em Santa Rita para, finalmente, te amar inteiramente nua da culpa e do medo.

Eu era muito menina. Guria demais pra te dizer por que não fui. Pois bem. Vou te dizer agora.

Não fui, Antônio, porque soube em seguida que engravidara de Carlos naquela noite de rancores. Gravidez que trouxe de volta, infinitas vezes multiplicado, o medo. Medo que me fez esconder, na carta que te escrevi, as razões da minha ausência. Só que dessa vez já não era o velho medo paralisante. Ao contrário, foi o medo que me fez sozinha procurar o médico e sozinha caminhar de volta daquele aborto. Medo que me impediu de morrer e me impeliu a parar de chorar e estancar a culpa para te ligar. Medo que me fez voltar à vida. Vida que me fez entender tuas razões em estar magoado comigo por descumprir a promessa de ir a Santa Rita. Vida que me fez lavar os pés no mar, antes de correr a te procurar, no início do ano que sabia que seria o nosso.

Só que aconteceu de o Carlos descobrir o aborto e me chantagear com a ameaça de fazer o mundo saber do ato que cometi: o ato, segundo ele, assassino de retirar seu filho – o filho do seu rancor –, caso eu não voltasse para ele, ressuscitando o medo imobilizante que pensei ter exorcizado quando pulei três ondas e me atirei no mar de Torres.

Eu era muito guria, Antônio. Por isso fugi pra Minas, sem deixar vestígio de lugar ou telefone, dizendo que iria pro Rio de Janeiro. Por isso não te liguei, nem a ti nem a ninguém: para fugir de Carlos, fugir da memória ruim de um aborto necessário para não gerar um filho feito da mágoa de um amor destroçado. Tinha vergonha de mim. De te contar minha história. Tinha medo do meu corpo. Quis fugir de tudo, mesmo de ti, reinventar outra pessoa e partir do zero.

Mas desisti por tua causa, minha absoluta necessidade de ti. Desisti porque sem teu amor, tua presença, viver já não tinha sentido. Então te procurei em Tiradentes, depois de Vítor Mateus, meu único confidente, contar que estarias em Ouro Belo.

Este é o segredo que nunca te contei por ter sido tão guria, no início, e tão feliz depois que cresci junto de ti.

Tenha em mente que serei sempre tua.
Mesmo no silêncio, na ausência e na distância.

Com afeto,
Lídia.

CAPÍTULO 1

Logo que nos separamos, vim morar no sítio.

Sem a produtora, pouco necessitava ir a São Paulo.

Mesmo depois da separação dos bens, os rendimentos da parte que me couberam na divisão do que herdamos ou amealhamos durante a vida seriam mais que o suficiente para as minhas despesas diárias.

Fomos bastante justos na partilha – a história das nossas vidas não comportaria ser diferente. Combinamos que cada um faria duas listas de bens: uma contendo o que pretendíamos para si e outra com o que julgávamos pertencer ao outro. As duas listas ficaram praticamente idênticas. As discordâncias se deram por conta de alguns discos, livros, mimos e mobiliário que decidimos no par ou ímpar.

Fiquei com o sítio. Lídia com o apartamento onde morávamos. De ambas as partes, houve lealdade, respeito e afetividade do princípio ao fim do nosso amor.

Me acostumei com a quietude do mato. Também me habituei com as sombras de suas noites. Quando chove, sento na varanda e contemplo o lume dos trovões.

Apurei os ouvidos e já consigo perceber o que antigamente me parecia o mesmo que silêncio: a água do riozinho que abastece a lagoa correndo nas pedras, as lagartixas caminhando na parede, as flores dos *flamboyants* caindo no cimento da entrada da garagem e todas essas coisas. É como se, no apartamento, só ouvisse os sons executados de *mezzo forte* para cima enquanto aqui no sítio conseguisse ouvir mesmo um *molto pianissimo*.

Ainda não sou suficientemente bom para distinguir meus vizinhos. Sei que o passarinho vermelho que canta comigo na varanda toda vez que toco meu violão é um tiê. Conheço, desde muito tempo, os sabiás. Também reconheço o bicho pequeninho, de orelhas curtas, pelo marrom-acinzentado, que acabou de procriar: é o preá. Eriberto, o mesmo caseiro que me ajudou a procurar Tadeu – no tempo em que ainda nem sabia seu nome –, conhece tudo: planta, bicho, estrela... e tem a previsão da dimensão das chuvas com pelo menos três horas de antecedência. Por isso seu quintal é uma beleza: uma infinidade de frutas e até um milharal encontra-se dentro dele.

Para nossa imensa tristeza, meu neto australiano ficou para mais tarde: logo que chegamos de Tiradentes veio a notícia da perda da criança. Era começo de gestação. Não ficou sequela alguma. Juliana e o Paspalhão – até nova gravidez meu genro volta a ser o que sempre foi para mim, um paspalhão – continuarão tentando.

Lídia foi para Melbourne assim que recebeu a notícia.

No aeroporto, deixou no meu bolso a carta que levo sempre comigo (exatamente como fiz, por um tempo – há muitos, muitos anos –, com o bilhete que mandou o Caldeira me entregar em Santa Rita).

Vítor ficou comigo no sítio.

Em maio Lídia me comunicou que havia uma casa térrea, de dois quartos, na rua de Juliana. Pretendia alugá-la.

Em junho fechou o negócio. O Paspalhão lhe garantiu que o preço era de ocasião. Lídia, então, resolveu comprá-la em vez de alugar.

Na metade do ano, arrumou escola para que Vítor fosse morar com ela. Logo quando soube que moraria na cidade, meu filho perguntou:

– Tem algum time de futebol em Melbourne?

Daniela, a ex-mulher de sua vida, já nem passava pela sua cabeça.

Fui eu quem o levou. Estava de fato devendo – acho que mais a mim mesmo – uma visita para a minha filha.

Encontrei-os muito bem. Eram felizes, os dois. Pena que fosse tão longe.

Prefiro não lembrar o instante do meu regresso e menos ainda os primeiros dias que sucederam a minha volta.

Andei muito tristonho.

A sorte é que não tenho a menor vocação para a depressão.

Então, de um belo dia em diante, a Música completou minha cura.

Passei a compor como nunca.

Juntando as canções que permaneceram na minha cabeça – mesmo depois de apagadas da memória do meu micro na produtora – mais as que venho criando, dá para gravar pelo menos dois CDs.

Passei o Natal com Tadeu e Daniel. Os dois vieram de Los Angeles para estar comigo em Nova Iorque.

Encontrei-os igualmente bem. Felizes também, os dois.

Na primeira noite do meu retorno ao sítio, em vez de olhar para as fotos dos filhos que enfeitam o corredor que leva aos dormitórios da casa como o fazia todas as vezes (era quase uma forma de lhes desejar boa-noite), passei por elas, abri a varanda do meu quarto, sentei na amurada com os pés para fora, olhei tudo em torno e resolvi que, em algum lugar, de algum modo, deveria existir um belo sentido para o meu futuro.

Sem ainda saber ao certo como se começa a escrever um destino novo para as próprias coisas, escrevi uma letra para cantar o presente daquela hora:

HOJE E NUNCA MAIS

Tanto ver trovão quebrar a noite, oiê
Tanto ouvir o rio polir a pedra, oiá
chuva desabar do céu e o chão beber
sol inchar o grão e o milho rebentar

Tanto ver tiê quebrar a casca, oiê
Tanto ver preá lamber a cria, oiá
Tanto ver menina brincar de coser
Tanto ver piá correr de lá pra cá

Tanto ter estios e temporais
Tanto ter vazios e vendavais
tive filho e compreendi meu pai
me querer bem junto ao cais
Tanto ver que fruto cresce e cai
tanto ver que gente chega e sai
vi também que vida vem e vai
hoje é hoje e nunca mais
Tanto ver trovão correr na cerca, oiê
Tanto ouvir o rio virar canoa, oiá
chuva desabar do céu e o chão encher
sol rachar o grão e o milho ressecar

Tanto ler ciência mundo afora, oiê
tanto ver luzeiro mata adentro, oiá
Tanto ser descrente, olhar mistério e ver
Tanto ver milagre e não acreditar

Tanto ter estios e temporais
Tanto ter vazios e vendavais
tive filho e compreendi meu pai
me querer bem junto ao cais
Tanto ver que fruto cresce e cai
tanto ver que gente chega e sai
vi também que vida vem e vai
hoje é hoje e nunca mais
*(*11)*

Na semana seguinte, pelo Skype, Lídia me perguntou se eu poderia encontrar um corretor que cuidasse da venda do apartamento que foi nosso.

Tinha um grande amigo no ramo. Ela que se despreocupasse. Cuidaríamos de tudo.

Vítor apareceu para me contar que resolveu torcer para um tal de Melbourne Victory.

Quando desligamos, me dei conta de nunca mais ter ido ao estádio.

Vender o apartamento era a forma mais direta de Lídia me comunicar sua decisão de não voltar – tão cedo ou nunca mais – ao Brasil.

Era quarta-feira.

Vesti a camiseta e fui sozinho ao Pacaembu.

CAPÍTULO 2

No final de 2012, o deputado Avelino Gurgel foi condenado no Supremo pelos atos de corrupção praticados oito anos antes.

Li veemente defesa feita a ele no *blog* de um cidadão por entender descabida a dimensão de sua pena pela sua história, seu bom comportamento e por seu crime tratar-se de um ato meramente pecuniário.

Olho o apartamento vazio e penso na infinidade de dramas e íntimas consequências desastrosas dos maus atos públicos que, por permanecerem no foro particular das pessoas atingidas, deixam de ser considerados na condenação moral ou penal de quem os praticou.

Olho o apartamento vazio e penso que as desconfianças motivadoras da lenta implosão do nosso amor incondicional certamente não foram mensuradas durante a discussão que balizou o apenamento do réu.

Da mesma forma, o acidente que tirou – ou ainda tirará – a vida do motorista não pesou no julgamento de quem se apropriou – ou ainda se apropriará – da habitual porcentagem da verba destinada à construção da estrada inconclusa; como também não pesou – nem pesará – a falta de socorro que matou – ou matará – a mãe do ajudante de obras na pena do prefeito que usou para si ou para a campanha de seu partido o dinheiro que não chegou ao canteiro de obras do hospital público; como, certamente, todos os atos tenebrosos do passado não são levados em conta na hora em que, um a um, os novos líderes (já nem tão novos) selam acordos políticos com crápulas notórios – condenados ou em vias de o serem – em troca de votos para o seu plano de poder ou dez minutos do próximo horário eleitoral.

O suicídio do gerente do Banco do Brasil, julgado como único mentor do golpe cujos principais beneficiários foram meu velho conhecido – que seguiu dormindo como um anjo – e o político influente que o apadrinhava, nunca foi manchete de jornal. Nem jamais será.

Olho o apartamento vazio e penso que talvez tenha ficado velho demais, ranzinza demais para aceitar esse vale-tudo, pragmático e maquiavélico. Pode ser. O certo é que não tenho mais idade para transigir em relação ao meu velho ideário.

Olho para mim e vejo que acordei de todos os meus sonhos num apartamento vazio da mobília de todo o meu passado recente – o supérfluo foi doado, quebrado ou rasgado e o essencial levado para um guarda-móveis bastante pequeno, embora maior que a parte restante do que fomos nós no interior da nova casa de nós mesmos.

Olho para mim, no apartamento vazio, e vejo que não tenho por que conceder, contemporizar ou condescender com mais nada que não seja o futuro que pretendo dar a mim e aos meus inusitados sonhos.

Nisso, me sento no chão sem tapete, do espaço sem presente, e descubro não ter sequer alguém com quem sonhar futuros.

Solitário – como jamais estive na vida – e incapaz de me desvencilhar da casa onde morei com a felicidade, me deixo permanecer no chão até que o dia se desfaça.

Foi quando dor e solidão começaram a cantar pela minha boca. Tirei uma caneta do bolso e dei voz a elas.

A canção ficou pronta e eu não tinha como gravar a melodia.

Tracei um pentagrama na parede da sala e nele imprimi suas notas, seu ritmo, sua melancólica dinâmica.

Ideias de letra vieram em seguida e, não encontrando papel onde pudesse guardá-las do esquecimento, cobri de palavras e palavras e palavras o restante da sala, o corredor, o escritório, meu antigo quarto, as paredes todas do espaço um dia ocupado por um imenso e incondicional amor – o nosso amor absurdo.

O definitivo texto deixei impresso sobre a alvenaria que um dia serviu como guarda da nossa cama:

UM SONHO EMPRESTADO

Dá pra me emprestar um sonhozinho
que é pra eu tentar um pouco ser feliz sozinho?
Um só:
um sonhozinho pra se cochilar
e acordar melhor
noutra paisagem
Dá?

Dá pro sonho vir com personagens
pois não sei se tenho alguém com quem sonhar?

Eu de tanto amar a margem
nunca planejei viagens
Se rasgaram sonhos que vesti
se meu lugar não é mais aqui
me empreste um sonho seu pra eu partir
*(*12)*

CAPÍTULO 3

Era 12 de abril. Dia de completar cinquenta e três anos.

Fui despertado pelo telefonema da Austrália.

A primeira a me cobrir com palavras afetuosas foi Juliana.

Lídia repetiu-as todas com sentida e verdadeira sinceridade – a certeza que tive disso me provou ter sido o processo de separação, apesar de dolorososo, sereno e inofensivo às nossas imperecíveis afeições.

Por fim, Vítor me contou todas as periféricas novidades antes de me dar a notícia com a qual, percebi pelo seu tom de voz, sabia que me ofereceria seu melhor presente:

– Fiz uma música, pai.

– Que maravilha, cara!

– Na verdade já tinha feito outras. Mas essa foi a primeira que ficou boazinha.

– Grava e me manda por *e-mail*.

– Já tá na sua caixa.

– Vou ouvir assim que desligar.

Era boa a música. Ótima se considerados os seus dezessete anos de idade. E brasileira, apesar dos australianos ares onde foi criada. Me emocionei tão profundamente que não caí no choro: surtei.

Ver a música vertendo dele me dá a garantia de que meu filho jamais será completamente só.

Às onze descobri a capa de vime do Puma amarelo para, mais um aniversário, rodar por São Paulo e revisitar os caminhos do meu passado.

Foi a primeira vez que saí de Jandira, mudando, por conta disso, a ordem do trajeto, como se minha paulistana infância e juventude começasse pela USP para terminar na escola primária.

Capota arriada, respirei o ar carregado daquela sexta-feira com mais calma que de costume: não havia por que correr se não haveria ninguém me esperando na volta.

Ao sair da Cidade Universitária, subi a Rebouças até o final, peguei o tunelzinho à esquerda e caí no Pacaembu.

Na frente do estádio pude estacionar o carro e, na barraca da feira, comer três pastéis porque também não haveria o especial almoço de aniversário.

Tadeu me ligou à uma da tarde. Me encontrou no segundo salgado. Fiquei enternecido com as coisas que jamais me dissera em tempo anterior.

Suas declarações de afeto me fizeram mais extrovertido e falante do que já naturalmente o sou. Cheguei ao ponto de contar a um freguês, desocupado como eu, sobre meus distantes sonhos recorrentes. Lembrei de Tonho, fiz um relato dos tambores de Dito, dos humores de Zita e Serafim, descrevi Quitéria. No fim da história, me bateu uma baita saudade daquele povo todo.

Retomei meu passeio só depois das duas da tarde, quando os feirantes terminavam o recolhimento de suas barracas.

Passei na avenida Antártica para rever o velho Bar do Alemão.(*) Sorri sozinho ao recordar a noite em que Nelson Cavaquinho chegou com divertido mau humor porque tinha feito um show ao ar livre no pátio externo do Colégio Equipe. No meio do show começou a chover fininho e os estudantes não deixaram que ele parasse.

– Molhou meu violão todo! – reclamava o genial sambista na famosa mesa redonda do bar.

Contornei a praça Marrey Júnior, cruzei o viaduto e terminei na Marginal Tietê. Mais um pouco, subia a Cruzeiro do Sul para rever o colégio onde fiz o antigo curso ginasial.

Regressei à avenida Cruzeiro do Sul com a inicial intenção de subir a Senador Queiroz, pegar a Nove de Julho, Vinte e Três de Maio, túnel Ayrton Senna e voltar para o sítio em Jandira.

Quando me dei conta, tinha entrado na Marginal Tietê e já alcançava não o túnel mas a rodovia Ayrton Senna. A intenção era ir só até ali – Arujá, Mogi das Cruzes no máximo –, tomar um vento no rosto e retornar. Passei Guararema, Jacareí...

Sem ninguém por quem retroceder, fui em frente, sendo levado sei lá por que instinto ou destino e, em vez da volta para casa, empreendi uma ida sem exata direção, nem motivo.

Só quando terminou a Carvalho Pinto, me decidi concretamente por cruzar a via Dutra para visitar os festivaleiros todos no Rio de Janeiro: Waldemar, Adileia, Victória, José Flores, José Barbosa...

(*) Bar do Alemão: lendário bar situado na avenida Antártica, na Pompeia, em São Paulo, inaugurado em 1968 pelo pandeirista Dagô e o cavaquinista Nelsinho Risada, inesquecível por abrigar (até hoje) rodas de música com os maiores músicos brasileiros, entre eles Eduardo Gudin, que adquiriu a casa na década de 1990. (Ver matéria de Luiz Nassif em http://www1.folha.uol.com.br/fsp/dinheiro/fi2804200210.htm.)

Parei para abastecer o tanque perto de Taubaté e liguei para Adileia. Ela lamentou estar em Salvador para uma apresentação no Teatro Castro Alves.

Por ela, soube que Waldemar tinha voltado para Belém.

Sem meus dois principais amigos no Rio, teria voltado se, à minha espera, houvesse ao menos alguém por quem desistir da viagem.

Fui em frente.

Perto de Resende recebi o telefonema de Victória:

– A Adileia me ligou. Venha, Antônio! Já falei com o Zé Flores e o Zé Barbosa. A gente te espera no Bar Luiz (**) a partir das oito da noite. Levo um bolo de maconha pra gente comemorar o teu aniversário – e riu-se do outro lado da linha.

Suado e sujo cheguei à rua da Carioca às nove e meia, cansado mas feliz que nem moleque. O bolo de erva não veio, mas o tradicional croquete alemão estava sobre a mesa, como me esperando.

O estabelecimento fechou antes da nossa sede.

Fomos para o Lamas. (***)

Deu saudades do Waldemar.

– Voltou pra Belém na metade do ano – Victória confirmou a informação de Adileia.

– Quem topa visitar o cara? – lancei na mesa.

– Ah, tá! Vai indo que eu já vou – Zé Flores duvidou de mim.

– Tô dentro! – Victória não duvidou.

(**) Bar Luiz: histórico bar carioca, inaugurado em 1887, na rua da Assembleia, para em 1927 se mudar para o endereço atual, na rua da Carioca, o Zum Schlauch, em seguida Zum Alten Jacob, depois Bar Adolph e, finalmente, Bar Luiz foi um dos primeiros (se não primeiro) a servir o chope no Brasil. Suas mesas foram e permanecem sendo frequentadas por vários dos maiores expoentes da vida política e artística brasileira. (Ver mais em www.barluiz.com.br.)

Dormi na casa dela.

Na sala de sua casa, entrelaçamos carestias de afeto, beijamos nossas bocas e, de comum e tácito acordo, desistimos do sexo porque não teria mesmo cabimento.

(***) Restaurante Café Lamas: famoso reduto boêmio e gastronômico do Rio de Janeiro, é considerado o mais antigo da cidade, tendo sido fundado em 1874, no Largo do Machado. Em 1974 mudou-se para a rua Marquês de Abrantes, no Flamengo. (Ver mais em: www.cafelamas.com.br.)

CAPÍTULO 4

Me levantei às nove e fui às compras: as roupas todas que não trouxera e uma mala para transportá-las.

Na volta, acordei Adileia ao meio-dia para seguirmos viagem. Desistiu. Era de palha o seu fogo da véspera.

O meu não era: desliguei de vez o celular para não ser encontrado e resolvi tocar para Belém. Mas antes passaria em Vitória para encontrar o Jair.

Atravessei a Ponte Rio-Niterói, alcancei a BR-101 e, sete horas mais tarde, atravessava a Ponte Segunda para rever meu amigo.

Jantamos em Vila Velha e voltamos para sua casa onde cantamos, tocamos, atualizamos novidades e alinhavamos velhas histórias. Jair também estava separado e trabalhava numa Secretaria de Estado.

Saí bem cedo de Vitória, me sentindo remoçado como quando cruzava o Brasil com o violão nas costas e queridos adversários como o Jair no cangote para disputar a simpatia dos públicos e o dinheiro dos prêmios.

Peguei a BR-262 e fui parar em Belo Horizonte.

Ataulfo jantou comigo no domingo.

Joubert almoçou na segunda-feira.

À noite saímos os três mais a Bebela e a Vilma. Ambos estavam muito bem casados.

Ê, Minas! Cidade boa de boteco.

Terça-feira às oito da manhã eu já estava na BR-381. A intenção era bater em Salvador. Passei por Governador Valadares, Teófilo Otoni: o Puma velhinho mas inteiraço. Eu, nem tanto: pousei em Vitória da Conquista. O cansaço me avisando que o tempo passou. A alegria me fazendo ver que, mesmo cansado, ainda havia muito para ser feito nesta vida.

No dia seguinte, encaramos – o Puma, minha vida e eu – a BR-116.

Às quatro da tarde estava debaixo do chuveiro do hotel, na avenida Oceânica, em Salvador.

Jantei com o Assis, autor de um samba de roda maravilhoso, defendido por ele num festival do interior de São Paulo. Gostei tanto que gritei no meio do ginásio onde se deu a apresentação:

– Se eu ganhar dessa música, devolvo o prêmio!

Ganhei e não devolvi, claro. Éramos todos demasiadamente duros para honrar palavra dada em momento de generosa euforia. Vale, porém, o registro tardio de que foi bastante injusta a minha vitória: reconheci outra vez, perante ele, trinta anos depois.

Aquela foi a única vez que, estando na Bahia, só bebi cerveja. Tinha muito a cara de Lídia a caipirinha de siriguela.

Quinta-feira entrei na BR-101 às dez da manhã. Às cinco e meia da tarde estava em Maceió. Terra de Tavares e Paschoal, também grandes companheiros de estrada. Não consegui o contato de nenhum deles na primeira noite. Ao restaurante Maria Vai Com as Ostras tive de comparecer sozinho. Antes de dormir ainda matei a saudade das tapiocas, na Jatiúca.

Acordei cedo, tomei o café, comprei uma sunga na butique do hotel e me concedi um mergulho na praia de Ponta Verde. Foi atravessar a rua e cair na água. É ótimo uma cidade manter a primazia de ter a orla urbana preservada para o banho. Pena que sejam tão poucas as que remanescem.

Quando saía para o Recife, no final da manhã de sexta-feira, recebi no hotel o retorno da ligação que tinha feito na véspera ao Tavares. Me impediu de partir – confesso não ter sido necessário grande esforço: adoro Maceió.

Almoçamos no Pontal da Barra, na beira da Lagoa do Mundaú. Adorei a relembrança da história do troféu em pedra-sabão que ele ganhou num festival em Minas. Pesava uns dez quilos. Como trazer para Alagoas aquilo tudo? O hotel onde estávamos era também ponto de reunião da moçada da cidade. Terminou o festival e fomos todos para lá, as mesas esparramadas pela calçada. Bebemos praticamente diante da janela de nossos quartos. Quando acabou a noite, Tavares estrategicamente esqueceu o troféu num vão da rua. Dia seguinte, pagamos a conta, juntamos as malas, o táxi quase saindo, vemos o camareiro do hotel correndo esbaforido em nossa direção:

– Ói, moço, o senhor esqueceu o troféu!

Não houve como: Tavares teve que levá-lo consigo – para "esquecê-lo" novamente no interior do ônibus.

O único que levou a pesada estatueta para casa foi o Diésis, o segundo colocado:

– Vou pôr no pé da porta do escritório. Pra ela não bater com o vento.

Rejuntar o fio de esquecidas histórias nem eu sabia que me faria tão bem. Era como voltar a viver na pele de um Antônio que o tempo desviveu.

Sábado me despedi de Maceió. Valeu ter permanecido dois dias por suas quenturas, suas belezuras e seus ventos.

Logo de manhã, outra vez a BR-101.

Duas e meia da tarde já estava na praça da Bandeira, ao lado do estádio da Ilha do Retiro, no Recife.

Luperce já sabia de minha chegada por um telefonema do Tavares. Foi me buscar no hotel para me levar ao reencontro de uma das coisas de que mais gosto em todo o Nordeste: a moqueca de siri mole do Império dos Camarões, (*) em Brasília Teimosa. Ô coisa boa!

Luperce estava para a prosa como a moqueca para o paladar: eram campeões. Me diverti com a história da música pequeninha.

Ele tinha sido convidado para o júri de um festival no interior. Poucas músicas inscritas. Nível bastante amador. Na hora de escolher as doze finalistas, só havia onze dignas de serem consideradas "uma música". Procura daqui, procura de lá e nada. A ideia de reduzir uma vaga era perversa demais para ser aceita – festivais são feitos para incentivar, não para desdenhar dos participantes –, ainda que haja ausência de talentos.

Luperce foi quem deu a acatada solução: escolheram a menorzinha de todas.

– Pelo menos passa rápido. A gente sofre menos.

Só que, empolgado com sua classificação para a final, o jovem compositor bebeu ou fumou demais e acabou repetindo a canção dezenas de vezes. Foi a menor letra para uma das mais longas apresentações da história dos festivais. Na

(*) Restaurante Império dos Camarões: ótimo restaurante de frutos do mar, situado no bairro de Brasília Teimosa, no Recife.

quinta volta *da capo* o restante do júri já olhava feio para o Luperce. Lá pela nona começaram a voar sobre ele bolinhas de papel com a letra da canção. Na décima terceira voaram o bolo de macaxeira, a empada de camarão e o cuscuz que fora servido aos jurados.

– O cabra virou o cabrunco chupando carambola verde!

À noite foi musical. Recife Velho estava um fervo. Ouvi coisas lindas. Luperce subiu para cantar um maracatu com pegada pop, recém-criado, que me fez morrer de boas invejas. Me chamou em seguida. Foi bom reviver a festa de subir ao palco. Havia algum tempo que não o fazia.

CAPÍTULO 5

O domingo amanheceu azul e alguma coisa me garantia que a neblina e a cerração dos últimos meses se dissipariam com os sóis, Pernambuco adiante.

Pensei em fazer de Recife a Fortaleza num único estirão. Atravessei Olinda e resolvi cortar por dentro, no rumo de Campina Grande. Passei por ela, mas me cansei no Rio Grande do Norte. Pousei em Currais Novos. Senti que o Puma também havia se cansado. Jantei um bode na brasa e caí na cama antes das dez da noite.

Segunda-feira saí bem cedo – antes das sete horas.

Três e meia estava tomando um suco de mangaba na beira da piscina, no último andar do hotel, na praia de Iracema.

Almocei por ali mesmo. Desci para o apartamento e liguei para o Evaldo.

Jamais me esqueci da canção com a qual ele venceu o festival de Freitas, interior de São Paulo. O mais curioso naquele evento foi ter cabido ao júri – e não ao próprio público – a indicação do prêmio de aclamação popular. Era nitidamente dele a vitória. No entanto, como também lhe deram o primeiro lugar, o brilhante corpo de notáveis resolveu pulverizar as premiações. Minha música havia sido indicada para várias categorias, mas acabou sem vencer nenhuma delas. Por pura política de burra compensação, deram a mim o troféu de música mais querida da plateia. Esqueceram, contudo, de combinar com o público. Resultado: quando me anunciaram como sendo o vencedor, recebi de quem, teoricamente, me consagrou a maior vaia da minha vida.

Com o prêmio paguei a viagem e o maior mico.

Fiz questão de assistir ao pôr do sol na praia do Futuro.

Jantei com Evaldo e Sílvia – era sua segunda mulher e eu não a conhecia.

Também não conhecia o restaurante escolhido por eles, na avenida Beira Mar. Valeu a pena ter acatado a sugestão.

Soube que o Caldeira, meu amigo gaúcho, tinha se mudado para o Ceará e montado um bar em Meireles. Teria sido ótimo reencontrar o mensageiro da primeira carta de Lídia. Não consegui revê-lo: Evaldo não tinha seu telefone particular e o bar, onde chegamos até à porta, não funcionava às segundas-feiras.

Por conta disso, terminamos o programa mais cedo que o pretendido.

De volta ao hotel, pedi uma água com gás no bar da piscina vinte e poucos andares acima do calçadão. Debaixo das estrelas, diante do mar, apoiado na mureta de vidro e metal, revivenciei, com prazer, as últimas emoções da louca viagem que empreendia. Em certa hora, porém, a combinação de céu, mar, lua e estrela me trouxe profunda saudade das noites com Vítor no cruzeiro. Fugi dela descendo para o quarto, me pondo nu na cama e adormecendo com a TV ligada para abafar o silêncio de antigas e extintas boas lembranças.

Terça-feira, onze dias após minha saída de São Paulo, empurrado pela saudade experimentada na noite da véspera, não pude mais fugir à responsabilidade: religuei o celular, disquei para Melbourne e levei quatro terríveis descomposturas pelo meu sumiço sem pista (até o Paspalhão se achou no direito de me espinafrar, o paspalhão!). Soube que Lídia, preocupada, havia se programado para, no dia seguinte, comprar a passagem para vir ao Brasil atrás de meu paradeiro. Concordei que fora leviano, sem dar maiores detalhes da minha viagem. Disse apenas que estava e permaneceria em trânsito, numa expedição à Amazônia, onde não haveria linha telefônica senão a quilômetros de distância (o que, logo mais, não seria uma completa mentira), e prometi ligar em vinte dias.

Em seguida, chamei Los Angeles. Tadeu também me repreendeu. Com mais humor, contudo. A ele dei os detalhes que omiti aos mal-humorados australianos da família.

Logo quando desliguei o telefone, disquei na portaria e pedi pressa com o *check out*, pois pretendia, naquele dia, iniciar o primeiro dos dois mais difíceis trechos de minha insólita turnê: os quase mil quilômetros de Fortaleza a São Luís do Maranhão.

O Puma, porém, foi obrigado a desistir muito antes da linha de chegada: uma fumaça quase azulada, cheirando a óleo, saindo do capô, imobilizou-o ainda em Aldeota, menos de três quilômetros depois da avenida Beira Mar.

O orçamento ficou um absurdo: tinha fundido o motor.

Pensei em deixá-lo na garagem da casa do Evaldo para buscar na volta, mas achei invasivo.

O dono da oficina me ofereceu uma bagatela.

Decidi que havia chegado a hora de romper mais esse cordão com o passado.

Fechei o negócio.

A tudo o homem se acostuma. Era hora de me acostumar com as perdas.

CAPÍTULO 6

Peguei o primeiro táxi e segui para o aeroporto sem olhar para trás.

Não encontrei lugar no vôo para São Luís, a não ser que fosse para as nove da manhã seguinte. Desisti do encontro com Catulo.

Comprei a passagem no voo das 19h08 para Belém.

Era tarde para retornar e fazer o almoço em Fortaleza, embora muito cedo para o embarque.

Fiquei por ali inventando o que fazer para que a desocupação não desacelerasse o já lento tempo da minha prolongada espera: comida chinesa, um chope, uma passada na loja de artesanato – onde comprei uma bonequinha de pano com a esperança de vir a ter alguém a quem presenteá-la – e, por fim, a ligação:

– Waldemar?

– Quem é? – perguntou desconfiado.

– O seu ídolo – usei o batido bordão que me identificava.

– Fala, safado!

– Vou te visitar.

– Pois venha!

– Chego às dez da noite.

– Hoje? – surpreendeu-se.

Fiz a ele um breve resumo da história toda da minha viagem.

– Você é maluco!

Prometeu me buscar em Val de Cans, o aeroporto de Belém.

Dormi por, praticamente, todas as três horas do voo.

Pouso difícil, a chuva nos obrigando a rodar por sobre a baía do Guajará até que a noite se acalmasse.

Waldemar, com amazônica paciência, me esperava resignado como todos os povos da floresta diante da cotidiana supremacia das tempestades sobre a pontualidade das horas.

Nunca tinha vindo à sua cidade, embora sendo ele um de meus amigos mais queridos.

Fez parte – junto com Paulo Emílio, Rubinato, Diésis, Jair, Victória, Adileia e eu – do grupo que tornou menos injusta a vida dos festivaleiros (e, com isso, menos belicosos os nossos vínculos pessoais).

No início da década de 1980, não havia ou não era significativa a chamada "ajuda de custo" – a verba distribuída a todos os classificados para financiar o transporte, a hospedagem e a alimentação dos músicos concorrentes. Para atrair grandes compositores, se distribuía um polpudo prêmio aos três primeiros colocados e o restante dos participantes voltava com o prejuízo dos gastos da viagem pesando nos próprios bolsos.

Foi precisamente em São José do Rio Turvo onde tudo aconteceu e, a partir dali, a nossa relação ficou menos desigual.

Havia, naquele ano, um milhão de cruzeiros para o vencedor, oitocentos mil para o segundo colocado e seiscentos mil para o terceiro. Éramos doze os finalistas, ou seja: nove músicas sairiam absolutamente sem um tostão.

Foi quando percebemos que a divisão da somatória desses valores pelos doze finalistas daria, a cada um de nós, duzentos mil cruzeiros, o equivalente a um belo cachê para o fim de semana – houvessem quatro no mês e um artista bem sobreviveria apenas dos festivais.

Fizemos a reunião e sacramentamos a redistribuição dos prêmios. A Comissão Organizadora aceitou com uma condição: que o público não soubesse. Desse modo, foram escolhidos, anunciados e aclamados os três primeiros colocados.

Reunidos no fundo do palco, assim que soubemos o resultado corremos para dar a notícia ao vencedor:

– Parabéns, Waldemar! Você acabou de perder oitocentos mil cruzeiros!

Fiquei em terceiro – a perda dos quatrocentos mil sendo compensada pela alegria de não mais me compadecer dos colegas que saíam na penúria.

No ano seguinte, o organizador nos procurou:

– O público já sabe que vocês ratearam os prêmios. Ficou meio sem graça pra eles. O que vocês querem para não dividir este ano?

– Uma ajuda de custo que dê pra pagar as despesas e todo mundo ainda sair com um cacauzinho no bolso...

Foi o que fizeram – sendo seguidos pela maioria dos grandes festivais do interior.

– Você conhece algum lugar que tenha um bar que não fecha? – me perguntou o anfitrião assim que entramos no seu carro.

– Se conhecesse mudava pra lá – respondi convicto.

– Pois, então, se mude.

Waldemar me levou ao Bar do Parque.

Tomei um susto grande não com a majestade do Teatro da Paz ou a harmonia simétrica da praça da República, o cheiro doce das árvores, o bar em permanente vigília, nada disso: embora tudo merecesse susto e reverência, o que me assombrou foi o fato de as paredes do teatro serem cor-de-rosa e o bar possuir uma espécie de baixo mezanino que ficava um metro acima do nível do chão, cercado por um gradil de ferro fundido, com uma escada ladeada por um prolongamento do mesmo gradeado como num sonho longínquo – quantos? onze? doze anos atrás? –, o único que tive com Quitéria depois da definitiva e absoluta entrada de Lídia em minha vida. Uma Quitéria que não parecia ser Quitéria porque não era negra mas jambo sua pele e curtos e lisos seus cabelos de carvão, uma Quitéria tapuia de cintura mais fina, quadril menos saliente e iguais beleza e idade – embora com a aparência mais contemporânea – que lia um romance na mesa daquele bar; Quitéria – quase uma menina – que num sonho fechou o livro, se voltou para mim e cantou uma canção de melodia emaranhada e serpenteante como se estivesse num musical tupiniquim ou ópera cabocla e por quem, mesmo alucinado de paixão por Lídia, passei todo o – hoje distante e remoto – dia seguinte ansiando que chegasse a noite para revê-la; Quitéria, uma caboquinha que chegou do nada e se foi para só então – quantos anos? onze? doze anos depois? – ali estar, em carne e osso, como erigida do livro que lia num outro tempo ou do sonho que sonhei.

Subo a escadaria e, mesmo cético do milagre que parecia ter se dado, arrisco:

– Quitéria?

– Égua, tu me conhece?

Ela existia.

– Acho que desde sempre – respondi tomado de espanto e contentamento.

– Como assim?

– É que venho sonhando com você há muitos anos.

– Isso é uma cantada?

– Não. É a minha verdade. Comprei até um presente pra quando a encontrasse – dei a ela a bonequinha que adquiri no aeroporto de Fortaleza.

Quitéria sorriu com os dentes mais brancos que conheci na vida.

– Acho que não sei o teu nome.

– Antônio.

– Tu não me é nada estranho, maninho.

– Acho que não sou mesmo.

– A gente se conhece de onde?

– Deixa pra lá.

– Também canta? – ela perguntou de repente.

– Como você sabe?

– Tá do lado do maior artista da Amazônia – apontando Waldemar, em pé ao meu lado.

– Obrigado, mana! E você, do lado do maior safado do Sul – Waldemar apontou para mim antes de sair a cumprimentar amigos e nos deixar a sós.

– Pois se sente, Antônio. Seu safado – Quitéria me acolheu.

Mais que uma primeira conversa, o que houve entre nós foi um estranho reencontro com inéditas recordações que pareciam nos habitar. Quanto mais a ouvia, tanto mais parecia termos compartilhado anteriores intimidades. Então cantei a ela uma canção guardada comigo desde aquele sonho. Canção que escrevi para uma mulher que sabia fazer parte da minha vida, desde sempre, a vida que também era dela sem que ela ainda o soubesse:

DOIS TEMPOS DE UM LUGAR

É tudo muito estranho, eu sei, você nunca me viu mas, por favor, escuta:
não me pergunte como nem por que mas sei que temos vidas muito juntas
Como se num tempo, além do agora, onde não fosse antes ou depois
nada tivesse que ter sido ou fosse ser, senão nós dois
Eu nunca vi você mas sei que lhe conheço de algum modo, é sério, eu juro!
Em algum ponto nebuloso do universo já tivemos um futuro
Tenho a sensação que embaralhei dois tempos de um mesmo lugar
e se a gente se perder, de novo, um dia o Cosmos pode se quebrar

Nada faz sentido, creia, tudo isso é uma doideira tanto pra você como pra mim
Mas o que é o amor se não for o irracional levado ao fim do fim
*(*13)*

CAPÍTULO 7

– Quer dizer que você me conhece de um outro tempo? – perguntou quando acabei de soprar a canção no seu ouvido.

– Não faz sentido, eu sei, mas é isso.

– Você acredita em alguma espécie de Deus, Antônio?

– Acreditar num deus e desacreditar no deus dos outros é o que mais matou gente por toda a história da humanidade. E continua matando. Hoje mais que o câncer.

– Mas e você? Acredita?

– Já desacreditei mais.

– Como assim? – ela riu da minha resposta.

– É assim: já fui absolutamente ateu. Hoje acredito que não sei o quê, de alguma forma, atua pra me levar não sei pra onde. Deus pra mim é essa lógica que tem em tudo o que não faz sentido.

– Você não sente Deus?

– Nunca senti. Mas não vejo mais a necessidade disso pra considerar a possibilidade de alguém ou alguma coisa ter existência. Deus pode ser o que você não sente, nem vê.

– "... mas não pode deixar de dizer que uma nova mudança em breve vai acontecer"?

– Você conhece essa música?

Adorei a lembrança. Quitéria era surpreendente.

– Claro: "Velha Roupa Colorida", do Belchior. Eu amo esse disco da Elis! (*)

– Espera aí! Quantos anos você tem, menina?

– Vinte e três.

– Tem certeza? – brinquei.

– Certeza? Nenhuma. Só de que nasci em 90, há vinte e três anos. Mas depois de ouvir a música que você mentiu que fez pra mim, sei lá quantos anos eu tenho!

– Mas é verdade: eu fiz pra você! Ou pra pessoa que viria a ser você.

–Tudo bem. Verdade ou mentira, não tem importância. Eu gostei!

– Pelo jeito você adora música – perguntei afirmando.

– Minha vida toda tem trilha sonora.

– Trilha?

– É. Muitas vezes tô aqui, vivendo, assim, na maior, aí acontece uma coisa e eu ouço uma música tocando na casa da minha cabeça.

Suas palavras me lembraram uma outra canção – essa dos compositores Jean Garfunkel, Paulo Garfunkel e Prata: (**)

– "... fico sentado na velha poltrona num canto da sala da casa da minha cabeça..." – cantei um trecho para ela.

(*) Trata-se do disco Falso Brilhante, gravado por Elis Regina em 1976 e lançado pela Phonogram.

(**) Jean Garfunkel, poeta, ator, cantor, compositor e publicitário paulistano. Paulo Garfunkel (Magrão), irmão e principal parceiro de Jean, também é músico, compositor, publicitário e roteirista. Jean e Paulo, além dos próprios discos, têm músicas gravadas por Elis Regina, Maria Rita, Margareth Menezes, Renato Braz – CD Por toda a vida, com doze músicas, todas da dupla –, Zizi Possi e outros. Prata (Jaime Marques Saraiva), o terceiro autor da música citada, é músico (bandolinista e flautista) e compositor com músicas nas vozes de Zizi Possi; www.insonoris.com.br.

– "... desembesta eu sou todo ouvidos! Empresto a minha fala pra ver o que essa gente pensa...".

E não é que ela sabia a música?

– Você conhece o "Ninguém É Um"?

– Claro!

– Mas é de 93, 94 no máximo, esse disco!

– Se você colocar no *player* ele vai tocar do mesmo jeito. Até hoje, sabe? – riu da minha cara.

Engoli seco. Feliz da vida.

– Se eu fosse da curimba, acharia que você é um encosto, Quitéria. Um espírito velho que deu um *upgrade* no corpo que tinha e veio pro Bar do Parque sentir a reação das pessoas. Como não sou, acho que você é uma linda – e tomei sua mão para prendê-la na palma da minha.

O fato é que fazia muito, muito tempo que não me sentia tão bem ao lado de uma mulher que não fosse Lídia.

Em menos de uma hora, Quitéria ia se transformando na metáfora de tudo o que imaginei como um futuro.

– Vem comigo. Vou te mostrar Belém – levantou-se da mesa sem dar a menor chance para a mais mínima recusa.

– Quem te falou que eu não conheço Belém?

– "Eu nunca vi você mas sei que lhe conheço de algum modo..."

– Você aprendeu minha música!

– Relembrei. Você esqueceu que "num ponto nebuloso do universo já tivemos um futuro"?

Ela tinha quase decorado a canção!

– Você acredita nisso? – perguntei porque nem mesmo eu sabia se acreditava.

– Para de fazer pergunta. Vem!

Pagou a nossa conta e me empurrou até seu carro.

Me levou para conhecer Belém quase todinha: a praça do Santuário, o Parque Residência, depois descemos até o porto, passamos pela praça Waldemar Henrique e estacionamos na calçada em frente à Estação das Docas.

Atravessamos o portão de ferro, o pátio do estacionamento interno, a porta automática, o imenso galpão de ferro inglês e vidro em cujo sopro frio do ar refrigerado teria me deixado ficar não fosse Quitéria agarrar minhas mãos e me conduzir para o lado de fora do bulevar a fim de me mostrar os imensos guindastes amarelos seculares e a máquina a vapor, também centenária, enquanto me levava a passear – meu corpo bem juntinho ao dela – sobre o caminho de paralelepípedos à beira do rio, os dedos entrelaçados nos meus como um dia trancei meus dedos aos de uma outra Quitéria que agora reaparecia na pele jambo-morena de uma cabocla por quem a cada instante mais e mais me afeiçoava.

Um barco passou rente à parede do antigo porto – cheio de sopro, o seu motor cardíaco. Me debrucei na amurada de ferro branco, admirando o esforço que empreendia para rasgar o dorso agressivo do rio Guamá na contracorrente das águas. Quitéria acenou feliz para o barqueiro como a um conhecido de outras tantas travessias. O barqueiro devolveu o aceno com um neutro e discreto – mas simpático – movimento de cabeça.

– Você conhece o barqueiro?

– Não.

Com isso me dei conta da desnecessidade de na vida haver prévio conhecimento entre as pessoas para a troca de um cumprimento tão simples e corriqueiro como aquele – os dois, de bem com o mundo, se confessando assim, um para o outro. Foi minha primeira lição amazônica: saber o quanto minha alma carecia de ser desarmada.

Nessa hora – pouco depois da meia-noite – todas as luzes do complexo turístico se apagaram. Ficaram as enormes sombras dos guindastes, com seus quatro pés de apoio parecendo monstruosas garras; o negror pulsante do Guamá; um rastro amarelo de lua redonda sobre as águas e a presença alegre de Quitéria que apertou com mais força minha mão antes de realizar desabalada correria, comigo preso a ela, até a arquibancada do Anfiteatro do Forte de São Pedro Nolasco:

– Aqui é meu mirante de lua preferido.

Deitou de barriga para cima, a cara para as estrelas, me fazendo também estirar o corpo para – de braços dados – contemplar o céu, espremido no degrau, bem ao seu lado.

De repente, montou meu corpo um minuto antes de beijar minha boca com decisão e delicadeza para depois agarrar outra vez minha mão e reiniciar a correria, comigo junto, em direção ao carro.

Subiu para me mostrar a Cidade Velha, com seus azulejos e sua particular arquitetura, mostrou becos de ruas estreitas e curvas (onde recitou Drummond), o Forte e a Casa das Onze Janelas (onde cantou um samba do Geraldo Pereira), a Igreja das Mercês e a Feira do Açaí, onde paramos um instante para ver o movimento dos homens que descarregavam os barcos com balaios e balaios do fruto roxo ("...Tens o dom de seres muito onde muitos não têm nada. Uns te chamam açaizeiro, outros te chamam juçara..." – era Nilson Chaves e Joãozinho Gomes (***) quem, agora, ela cantava), a praça do Relógio ("Amor quando duas pessoas fazem amor não estão apenas fazendo amor. Estão dando corda no relógio do mundo" – já então era Mario Quintana quem falava pelos seus lábios); a Igreja da Sé;

(***) A música "Sabor Açaí" é uma das músicas mais emblemáticas da Amazônia. Seus autores são o paraense Nilson Chaves, cantor, compositor e uma das mais importantes referências da música amazônica, com mais de duas dezenas de discos gravados no Brasil (entre CDs e DVDs) e três CDs lançados na Europa; e o também paraense, atualmente radicado no Amapá, Joãzinho Gomes, considerado o grande letrista e poeta da Amazônia, hoje também parceiro de muitos dos maiores compositores brasileiros.

com parada na praça Batista Campos, percorreu a travessa Padre Eutíquio todinha para me mostrar a Boate Lapinha ("Pena de quem nunca esteve aqui pra ver fazer dormir a noite" – lembrou Marcelo Camelo) e, mais à frente, encontrar aberto um botequim de esquina onde pedimos diversas saideiras – menos para beber que para ter pretexto para seguirmos juntos – até que o dia se acendesse sobre a única mesa ocupada naquelas primeiras horas da primeira manhã da primeira quarta-feira em que amanheci e não tive que despertar de um sonho e ver que perdi Quitéria para a realidade.

Com dia claro e cantando Flavio Venturini e Murilo Antunes ("Clareia manhã. O sol vai esconder a clara estrela...") deixamos a Cremação para voltar ao Ver o Peso:

– A gente toma um tacacá e eu te deixo dormir.

Sentado num banco de madeira, com a boca adormecida no jambu, as palavras amoleceram:

– Sobre aquela coisa de você ter uma trilha... Posso criar todas as próximas canções da sua vida?

– É uma cantada?

– Agora, sim. Embora continue sendo a minha verdade.

Ganhei um beijo na boca.

– Qual o seu hotel, Antônio?

Só então me dei conta da reserva ter sido feita pelo Waldemar, em cujo carro deixei minha mala, ou seja: estava sem roupa e sem paradeiro. Acordá-lo àquela hora da manhã seria uma grande descortesia.

– Eu tô indo pra Bragança almoçar com a mãe. Se quiser vir comigo...

– Agora?

– Já!

Foi insano, depois de todas aquelas cervejas, rodar os mais de duzentos quilômetros que separam Belém de Bragança.

Ao mesmo tempo em que me deixava agir como um garoto, tinha que conviver com inédito preconceito: me sentir velho diante de tanta juventude.

Me pegava namorando com o canto dos olhos aquele corpo de menina depois de ouvi-la cantar as canções de que gosto com alma tão gêmea da minha.

Era dificultoso, àquela hora da vida, admitir paixão como aquela: súbita e tardia.

Chegamos a Bragança perto das dez da manhã.

Quitéria estacionou defronte à casa de sua mãe.

Tonto de sono teria preferido nem sair do carro, quando, de repente, fui atraído pela visão do prédio à minha frente: uma franciscana construção de paredes brancas, frisadas com faixas azuis onde havia três janelas sobre a porta principal e outras três situadas na torre, à esquerda do conjunto.

Foi como se o universo, em torno, deixasse de existir.

O calor liquefeito da manhã não me incomodou.

A mãe de Quitéria veio até o portão para nos receber e não percebi.

Um carro quase me atropelou.

Com passos decididos e olhos fixos, só parei diante do templo, admirando sua estranha aura como a uma foto familiar.

– É nossa Igreja de São Benedito. Quer entrar? – Quitéria brincou imaginando que a um ateu não poderia haver convite mais despropositado.

Entrei – deixando-a embasbacada e imóvel.

CAPÍTULO 8

Não lembro de sua arquitetura interna, não lembro das suas cores, não lembro dos altares e nem dos santos: não penetrei o espaço físico da igreja, fui adentrado por ela.

De algum modo, era daquilo que precisava.

Achei que seria devido declamar uma reza qualquer.

Se soubesse alguma, creio que o teria feito (já não lembrava como era nem o começo do pai-nosso que aprendi com minha avó).

De repente, um refrão antigo apareceu na minha cabeça, saído não sei de onde:

É dia de São Benedito
a praça põe roupa de cor
e o rezador canta bonito
no compasso do tocador...

A lua acende o infinito
feito o canhão de um refletor
No dia de São Benedito
reza um batuque de tambor

Toda criança guarda dentro de si
um candeeiro
só não deixar seu coração se ferir
e ele apagar...

Entendi que cantar sempre foi meu rito, minha oração.

Isso me permitiu compreender não ser aquela uma experiência espiritual, esotérica, apostólica, transcendente, nada disso: foi como me introverter para ouvir uma voz antiga – que só poderia ser, não sei bem como, uma outra voz de mim mesmo – sussurrar nas entrelinhas da canção que tudo seguia e continuaria seguindo seu inexorável caminho, soprar que tudo estava e estaria sempre certo, que os tempos não tinham distância, que Quitéria era um feixe de possibilidades, que não tínhamos idade, só imensa densidade de sentimentos.

Ao sair da igreja, tropeçando de sono e cansaço, tudo era semelhante a relembrar um sonho do qual, em realidade, nunca acordei.

Subitamente, no calor da rua, fui alvejado pelo jorro intenso do sol. Em seguida, a visão que tinha dos lábios aflitos de Quitéria me perguntando algo cada vez mais incompreensível foi se deformando e tudo escureceu.

Acordei numa rede, sentindo a friagem da compressa de gelo aplicada pela mãe de Quitéria – que, a despropósito, era Maria e não Zita.

– São Benedito seja louvado! – foi a primeira coisa que me disse.

Era quase manhã. Havia dormido seguidamente por dezoito horas.

– A mãe desacreditou no médico. Queria te pôr na ambulância de todo jeito – Quitéria, embora demonstrando autoconfiança, parecia, também ela, bastante aliviada.

Passei os olhos, ainda embaçados, pelo recinto à procura de reconhecer o lugar onde estava. Descobri ser o quarto que um dia pertenceu a Quitéria.

Numa parede ficavam seus muitos desenhos em cartolina e lápis de cor. Certamente ali estava todo o acervo das obras de seus primeiros anos. Me levantei, ainda cambaleante, para conferir seus precoces dotes.

Sua proporcionalidade, seu cromatismo, sua noção de profundidade eram espantosos.

Me detive, impressionado, diante de muitos desenhos.

Um, no entanto, me assombrou. Foi difícil acreditar no que via: lá estavam as três fontes – jorrando água – mais o oratório com uma imagem de santo e, acima de todo o conjunto, a cruz. Não restava dúvida:

– É o chafariz de Tiradentes – Quitéria se adiantou em responder, surpresa com meu interesse e minha cara de susto. – Foi um trabalho que fiz pra escola. Tinha uns nove anos. Ficou bonitinho, né?

– Mas por que Tiradentes? – parecia ser muita coincidência para desacreditar e muita doideira para, pura e simplesmente, admitir.

– Égua! Fiz porque a professora mandou. Foi uma pesquisa sobre festa de reis.

– Mas por que o chafariz? – acho que temi, por um instante, ter que acordar dentro do sonho.

– Porque achei bonito.

Respondeu com a mais natural das caras, como a dizer que mistério é apenas o não entendimento da simplicidade de todas as coisas.

E ficou tudo por isso.

Tinha fome. Devorei o café posto sobre a mesa.

Embora confuso, me sentia leve como quem tivesse feito uso de uma beberagem qualquer para limpar não os órgãos mas a desilusão.

No primeiro fiapo de sol, despedimo-nos de Maria e pegamos a estrada.

Não era a mesma da vinda: agora seguíamos à beira de um manguezal. Pássaros muito vermelhos, grandes e bicudos, cobriam de fogo o chão encharcado de água.

– São os guarás. A cor vem do chama-maré, o caranguejo que eles comem.

Mais um pouco e parávamos diante de uma praia longa, de areia fina:

– Vem nadar no rio Caeté. Vem!

À beira d'água tirou a roupa e, de calcinha vermelha como um guará, se atirou no rio.

– Vem, Antônio! Ninguém vai te ver.

Obedeci.

Ganhei um beijo logo que cheguei perto dela.

Meu corpo reagiu.

– Bem que o Waldemar me avisou: safado! – e se riu, de bem com a vida como estávamos, também, eu e todos os pássaros.

Na praia, um pescador passou diante das nossas roupas e se riu. Quitéria acenou para ele com sua juvenil desfaçatez e continuamos o nosso banho.

A água lavou minhas últimas resistências: havia vida demais em redor de Quitéria para seguir fingindo não desejar com todas as forças orbitar para sempre em torno dela.

Ganhei só mais um beijo e nos fomos:

– Pra casa, seu Antônio! Até Belém tem muito chão.

CAPÍTULO 9

O calor era tão intenso que parecia ter comprimento e densidade.

Então nos chamaram para o centro do terreiro.

– Teve um tempo que eu não te podia benzer – me disse Sá Maria, a pajé.

– Por quê, minha Mãe? – quis saber Quitéria.

Respondeu a nós dois:

– Porque quando me veio, de primeiro, era carne que não tinha matéria. Era como uma nota de música ainda não cantada, um personagem de romance não escrito. Veio pra aprender que tinha nascido pra fazer isto: cantar e escrever. Falei muitas vezes pro moço cantar o sonho, escrever o sonho. O moço fez pouco. Por isso perdeu tudo lá. Pra começar de novo.

Aí ficou de cócoras, como num tempo remoto, se chegando tão próxima de meu ouvido que, antes de cantar o samba – como inexplicavelmente sabia que o faria –, deixei de vê-la, apenas ouvindo sua voz me dizer:

– O tempo não tem passado ou presente. Tudo é uma coisa só. Viver é que nem um trapiche: de um lado tem o cais, do outro tem o rio e no meio tem a vida que tu conhece: o caminho de tábua, a ponte. Precisa o caboco aprender se mover no seu tabuado. Tem os que fica parado. Tem os que sabe ir e vir dentro dele. Tem os que volta pro início e vira estaca no cais. E os que vai até o fim, pra mergulhar no rio e ganhar outra dimensão. Mesmo no meio desses, tem os que fica de bubuia, por ali pertinho, e tem os mais sabido que apanha embarcação e aprende navegar pra muito, muito longe. Teu sonho foi um recado das existências. O fio da lembrança do que tu sabe mas esqueceu. Tu pode puxar a ponta e enxergar a meada toda. Ou, então, deixar como tá. Pra reaprender ao seu tempo, sem botar precedência. O moço não acredita em nada disso, eu sei. Não quer nem ouvir. Aprende, então, a lembrar o samba que eu tô tentando te ensinar desde muito tempo.

Saí da casa da pajé temendo despertar a qualquer súbito momento e me encontrar não mais no Condor, em Belém do Pará, no coração da Amazônia, mas no chão sem tapete do quarto vazio de um apartamento vazio da mobília de todo o meu passado recente, para descobrir jamais ter existido a Quitéria tapuia que não era a Quitéria de São José dos Becos mas aquela outra, também dos sonhos, que tinha me levado a conhecer de volta a felicidade, vagando por uma cidade quente, úmida e majestosa; ouvindo-a recitar Drummond e cantar Jean Garfunkel e Nilson Chaves, antes de me conceder também vagar pelo seu corpo igualmente quente, úmido e majestoso de menina.

– Quitéria, olha: eu achei tudo estranho, bonito até, mas eu não acredito em absolutamente nada disso.

– Nem eu, Antônio – me respondeu com a cara mais boa deste mundo.

– E por que você me trouxe?

– Sei lá. Em Bragança, enquanto te esperava na porta da Igreja de São Benedito, um negro, bem velho, se chegou e disse que eu precisava trazer você aqui. Então eu trouxe.

– Muito doidinha você, Quitéria...

A verdade é que estava amando novamente sem saber se era o muito tênue tudo ou o mais tenebroso nada.

– Você não falou que Deus era essa lógica que tem em tudo o que não faz sentido? – me disse assim que pôs o carro em movimento. – Pois taí: pensa em Sá Maria como mais uma face desse Deus sem sentido.

Estacionamos numa praça, ela desceu e me conduziu pelo braço até perto de uma construção à beira do rio:

– Ali funcionou o Palácio dos Bares, que já foi elegante, virou reduto boêmio, puteiro, voltou a ser local de festa... Foi aí que gravaram o filme *Bye Bye Brasil*, do Cacá Diegues.

Me deu uma vontade insuportável de cantar e cantar. Então entoei um par de coisas antigas até chegar nele. Não me lembrava de conhecer a letra – que sabia de cor. Pensei que compunha. Talvez o fizesse. Ou talvez tivesse, finalmente, aprendido a não esquecê-lo. O samba:

Fui mais longe que pensei, Sá Maria
Demorou mas eu cheguei
Sonhei tanto que não sei, Sá Maria
em que sonho eu acordei

Vida me deu o caminho e uma guia
eu só precisei ter pés
pra ganhar esse mundão, Sá Maria
um passo de cada vez

Pensei que fiquei com quase nada
porém, tenho tudo pra viver
água boa de beber (oiê)
uma linha pra pescar (oiá)
um abrigo se chover (oiê)
um amor pra namorar (oiá)

No balaio dos meus sonhos
guardo tudo que sonhei
e mais muito que sonhar, Sá Maria
Quando acabar sonho tudo outra vez
*(*14)*

A luz do sol na cara me instou a crer, com clareza, haver encontrado o futuro que queria dar a mim e aos meus inusitados sonhos.

Antes, porém, um fiapo da extrema solidão dos últimos meses me fez perguntar a Quitéria:

– Você é de verdade?

– Como assim?

– Às vezes eu penso que é sonho.

– E se eu for um sonho? Tem problema pra você?

– Desde que eu não acorde...

– Acorda, não. Vem!

Me puxou pelo braço até a beira do rio, onde havia pequenos barcos ancorados.

– Ei, maninho: tu levas a gente pro outro lado?

– Mas é agora!

Desajeitado, subi com dificuldade numa das pequenas e instáveis embarcações, amparado pela mão, o sorriso carinhoso e o cuidado de Quitéria.

Na passada do cais ao barco, quase cai do meu bolso a carta que Lídia me deixou quando partiu para Melbourne.

Logo quando o barco desatracou, me decidi por lançá-la na baía do Guajará.

E atravessamos

FIM

MÚSICAS

Veja como adquirir o cd com as músicas no site:
www.celsoviafora.com.br
www.facebook.com/celsoviaforaoficial

PARTE 1

1) (* 1) Música 1: A PONTE DOS SONHOS
(Sérgio Santos e Celso Viáfora) - Pág. 20

2) (*2) Música 2: VENHA
(Paulo Monarco e Celso Viáfora) – Pág. 52

3) (*3) Música 3: MEMÓRIA
(Celso Viáfora) – Pág. 58

4) (*4) Música 4: DIA DE SÃO BENEDITO
(Celso Viáfora) – Pág. 104

PARTE 2

1) (*5) Música 5: DOIS PERSONAGENS
(Jorge Hélder e Celso Viáfora) – Pág. 151

2) (*6) Música 6: NEM TERMINOU
(Pedro Viáfora e Celso Viáfora) – Pág. 163

PARTE 3

PARTE FINAL

Os personagens músicos citados neste livro têm nomes fictícios. Esses nomes são, todos eles, homenagens a grandes músicos brasileiros.

Eis a lista de seus nomes:

1) Rubinato: homenagem a João Rubinato, o compositor paulista Adoniran Barbosa;
2) Paulo Emílio: homenagem a Paulo Emílio Vanzolini, o compositor paulista Paulo Vanzolini;
3) Jair: homenagem ao compositor e cantor capixaba Jair Amorim
4) Ataulfo: homenagem ao compositor mineiro Ataulfo Alves;
5) Diésis: homenagem ao paulista Diesis dos Anjos Gaia, o Ranchinho, da dupla Alvarenga e Ranchinho
6) Evaldo: homenagem ao compositor cearense Evaldo Gouveia;
7) Waldemar: homenagem ao maestro e compositor paraense Waldemar Henrique;
8) Luperce: homenagem ao músico e compositor pernambucano Luperce Bezerra Pessoa de Miranda, o Luperce Miranda;
9) Catulo: homenagem ao compositor e poeta maranhense Catulo da Paixão Cearense;
10) Regina Carvalho: homenagem a Elis Regina Carvalho Costa, a cantora gaúcha Elis Regina;

11) Joubert: homenagem ao compositor e médico mineiro Joubert de Carvalho;
12) Victória: homenagem à Victória Delfino dos Santos (Bonaiutti de Martino, em solteira), a cantora paulista Marlene;
13) Adileia: homenagem à Adileia Silva da Rocha, a cantora e compositora Dolores Duran;
14) José Flores: homenagem a José Flores de Jesus, o cantor e compositor carioca Zé Keti;
15) Radamés: homenagem ao músico, arranjador e compositor gaúcho Radamés Gnattali;
16) José Barbosa: homenagem a José Barbosa da Silva, o compositor carioca Sinhô;
17) Assis: homenagem a José de Assis Valente, o compositor baiano Assis Valente;
18) Tavares: homenagem ao compositor, maestro e arranjador alagoano Hekel Tavares;
19) Paschoal: homenagem ao compositor, arranjador e multiinstrumentista alagoano Hermeto Pascoal.